明德书系 文化慢光丛书
读好书 光阴慢

我 悲哀地 望着 我们这一代人

朵渔 著

中国人民大学出版社
·北京·

目　录

辑二　诗歌的光源及我们的现状

辑三　一个姑娘在站台上哭泣

辑一

黑暗时代的精神遗嘱

我悲哀地望着我们这一代人……
——纪念莱蒙托夫二百周年诞辰

如果莱蒙托夫尚在，就不需要我，也不需要陀思妥耶夫斯基了。

——列夫·托尔斯泰

我悲哀地望着我们这一代人！
那前途不是黯淡就是缥缈，
对人生求索而又不解有如重担，
定将压得人在碌碌无为中衰老。
我们刚跨出摇篮就足足地占有
祖先的过错和他们迟开的心窍，
人生令人厌烦，好像他人的喜筵，
如在一条平坦的茫茫旅途上奔跑。
真可耻，我们对善恶都无动于衷，
不抗争，初登人生舞台就退下来，
我们临危怯懦，实在令人羞愧，

在权势面前却是一群可鄙的奴才。
恰似一只早熟又已干瘪的野果……
不能开胃养人，也不能悦目赏心，
在鲜花丛中像个举目无亲的异乡客，
群芳争艳的节令已是它萎落的时辰！
我们为无用的学问把心智耗尽，
却还嫉妒地瞒着自己的亲朋，
不肯倾吐出内心的美好希望
和那受怀疑嘲笑的高尚激情。
我们的嘴刚刚挨着享受之杯，
但我们未能珍惜青春的力量，
虽然怕厌腻，但从每次欢乐中，
我们总一劳永逸地吮吸琼浆。
诗歌的联翩浮想，艺术的件件珍品，
凭醉人的激情也敲不开我们心房；
我们拼命想保住心中仅剩的感情——
被吝啬之情掩埋了的无用的宝藏。
偶尔我们也爱，偶尔我们也恨，
但无论为爱为憎都不肯作出牺牲，
每当一团烈火在血管里熊熊燃烧，
总有一股莫名的寒气主宰着心灵。
我们已厌烦祖先那豪华的欢娱，

厌烦他们那诚挚而天真的放浪；
未尝幸福和荣誉就匆匆奔向坟墓，
我们还带着嘲笑的神情频频回望。
我们这群忧郁而将被遗忘的人哪，
就将销声匿迹地从人世间走过，
没有给后世留下一点有用的思想，
没有留下一部由天才撰写的著作。
我们的子孙将以法官和公民的铁面，
用鄙夷的诗篇凌辱我们的尸骨，
他们还要像一个受了骗的儿子，
对倾家荡产的父亲尖刻地挖苦。

（[俄] 莱蒙托夫《沉思》，顾蕴璞译，1838 年）

1825 年冬天的一个清晨，少年赫尔岑在父亲的书房门前听到一个令他震惊不已的消息：沙皇亚历山大一世在亚速海边的塔甘罗格去世了。“我从没想到他会死，”赫尔岑回忆道，“前不久我还在莫斯科见过他，他刚从霍登广场阅兵回来，安详地骑在马上，面色和蔼，线条柔和，显得疲惫而伤感。我朝他举起帽子，他含笑点头致意……”

那注定是个不平凡的冬天。由于亚历山大一世没有子嗣，按俄国皇位继承法，应由其弟康斯坦丁继位。正当彼得堡的店铺中竞相出售康斯坦丁皇帝的画像时，却传来了皇储放弃皇位的消息。原来，当年亚历山大一世上位时，曾参与过谋杀他们的父亲保罗一世的阴谋，康斯坦丁不愿再登上那滴血的皇位。相互推辞了16天后，皇位继承权最终落入了老三尼古拉一世手中。紧接着又有消息传出：彼得堡发生叛乱了，加烈拉大街遭到了炮击。这次起义，由一些贵族军官率部发起，集合了约三千兵力，列阵在参政院广场。这些贵族军官曾参与过当年的俄法战争，亲历过欧洲的繁荣和俄国的落后，对沙皇专制政权早感不满，要求沙皇废除农奴制和君主专制制度，建立君主立宪制和联邦制国家。然而起义仅仅持续了一天，就被尼古拉一世的近卫骑兵军镇压了。

随后便是全城大搜捕，乌云密布彼得堡。佩斯捷利上校、穆拉维约夫上校、特鲁别茨科伊公爵等起义领袖悉数被捕。大家都期待着被捕者能够减轻刑罚，因为宫中即将举行加冕典礼。善良的人们都认为，至少不会执行死刑，因为俄罗斯民族早已不习惯死刑了。事实上，自从著名农民起义领袖普加乔夫被叶卡捷琳娜二世判处绞刑，一位发动政变的陆军少尉曾被叶卡捷琳娜二世判处死刑外，在俄国历史上的大部分时期内，死刑是不存在的。保罗一世统治时期，顿河流域一些哥萨克叛乱，法庭判了两名军官死刑，但没人敢执行，最后奏请沙皇裁决。保罗一世说：“这些人统统是老娘们儿，他们想把死刑的责任推给我，这很好，谢谢他们。”然后他大笔一挥，把死刑改成了苦役。亚历山大一世时期，虽然也曾因几首小诗流放过大诗人普希金，但总体来说还算清明，至少还没有专设的独立宪兵机构，没有对十二月党人的早期活动进行严酷镇压。然而尼古拉一世登基伊始，便将死刑引进了俄国宪法，并将五位十二月党人领袖处死。为此，克里姆林宫还举行了特别祈祷大典，以庆祝死刑的执行。皇亲国戚和大臣们都参加了祈祷仪式，广场上跪满了密密麻麻的近卫军，大炮在克里姆林宫上空轰鸣。“绞刑架从来没有取得过这么辉煌的胜利，尼古拉明白胜利的重要性！”赫尔岑后来回忆说，“我那时是十四岁的孩子，混在人群中，也参加了这场祈祷。就是在这里，在这被血腥的祈祷玷污的圣坛面前，我立誓要为死难者报仇，把自己的一生献给反对这帝制、这圣坛、这大炮的斗争。”

除五人被判处死刑外，穆拉维约夫、特鲁别茨科伊、奥博连斯基等百余人被流放到西伯利亚服苦役。随着十二月党人被严酷镇压，整个社会舆论也出现了可怕的倒退。大家道路以目，不敢对党人们表现出丝毫的同情。“唯有妇女没有参与这场背叛亲人的丑剧，”赫尔岑说，“她们屹立在十字架旁边，面对血腥的绞刑架而毫无惧色。”就如雅各宾党人卡米尔·德穆兰的妻子柳瑟尔，这位革命的奥菲利娅冒着死刑判决的风险，不肯离开丈夫半步，并最终被送上断头台；当行刺法王路易·菲利普的青年阿利波被押上断头台时，向他伸出同情之手的，是女作家乔治·桑。十二月党人的妻子们也没有抛弃自己的丈夫，这些伟大的女性放弃了贵族的一切特权、财产和地位，怀着对受难者不灭的爱，与苦役犯们一起踏上了严酷的流放路，去分担苦役犯丈夫的厄运。她们在俄罗斯大地茫茫雪原上艰难前行的身影，像圣女一般刻印在俄罗斯人心灵的底片上，成为他们勇气、善良、尊严等精神信仰的不竭源泉。

十二月党人起义失败后，俄罗斯进入了最黑暗的年代——尼古拉一世统治下的“三十年代”。这位踏着反叛者的血迹走上皇位的专制统治者，带来的不仅仅是五座绞刑架，还有数不清的流放、苦役和兵营，并建立了书报检查制度，以及独立的秘密警察组织“第三厅”，并任命卞肯多夫为厅长。

十二月党人起义那年，莱蒙托夫才刚刚十一岁，正跟着外祖母享受南高加索的自然风光。他的外祖母出身于名门望族斯托雷平家族，与十二月党人领袖们多有联系。因此，莱蒙托夫虽未参与当年的革命，却是革命的“精神孤儿”。莱蒙托夫与赫尔岑算是同龄人，赫尔岑稍长两岁，两人虽交集不多，但成长的社会背景却是相似的。赫尔岑说：“他完全属于我们这一代。我们都太年轻了，没有能参加十二月十四日的起义。我们虽然为这个伟大的日子所警醒，但所看到的只是死刑和流放。我们被迫沉默着，忍着眼泪学会了沉默不响，把自己的心思掩藏起来——那是什么样的心思啊！那不是使人开朗的自由主义、进步思想，那是怀疑、否定、充满了愤恨的思想。”“怀疑、否定、充满了愤恨”，这几个关键词不仅是那一代“革命孤儿”们的精神底色，很大程度上也可以概括莱蒙托夫的诗学风格。

1828 年，莱蒙托夫作为半寄宿生进入莫斯科大学附属贵族寄宿学校，这也曾是茹科夫斯基、格里鲍耶陀夫、恰达耶夫等人的母校。在寄宿学校，他开始学习普希金和拜伦的诗歌，并写下了人生中的第一批习作，那时候他还只是个十几岁的少年。“我年轻，但心中沸腾着好多声音，/我一心向往的是能够赶上拜伦；/我们有同样的苦难，同样的心灵，/啊，如果是我们也有同样的命运。”这是他十六岁时写的诗，寻找着爱情，渴望着自由，梦想着不凡，同时又有一种对死亡的不祥预感。他曾屡次写到死亡：“我将怎样的结束这一生，我的心/将注定在何处漂泊，在什么地方/我将遇到可爱的事物、可爱的人?”（《一八三一年六月十一日》）“我哀求你！——用你仅有的眼泪/来悼念那具冰凉的尸体。”（《这一天将会到来……》）“不是的，我不是拜伦，我是另一个/还未可知还未可量的年轻诗人/同他一样，是人世放逐的流浪者，/但却深蕴着一颗俄罗斯的心。/我早早地开始了，将早早地收场……”（《不是的，我不是拜伦》）“我早早地开始了，将早早地收场”，莱蒙托夫凭借着青春本能所写下的诗句，仿佛是为自己的命运下的谶语。契诃夫就曾感叹道：“我无法理解，他还是个孩子，怎么能创作出这样的作品。唉，要是能写出这样的东西来，那么死也瞑目了！”

1830 年，莱蒙托夫考取了莫斯科大学思想政治系。莫斯科大学和皇村学校，在俄国教育史上和当时几代人的生活中，发挥了相当大的作用。彼得大帝曾取消了莫斯科作为沙皇首都的地位，然而 1812 年后，拿破仑皇帝的进犯却使莫斯科重新取得了如首都一般的地位。悠久的历史、优越的地理位置以及远离沙皇，使莫斯科大学成为俄国教育的中心。当时的莫斯科大学有着很浓厚的哲学和政治氛围，学校成立了不少兴趣小组和学生社团，如斯坦科维奇、赫尔岑和别林斯基在校时都组建过社团，其中以尼古拉·斯坦科维奇的影响最大。这位贵族青年仪表出众，心智殊优，性情良善，在道德与知识造诣上都远胜侪辈。他传扬寂静主义，倡言黑格尔学说，像一位超拔的圣徒一般与诸友朋相游，可惜享寿甚短（二十七岁），身后仅留下数首优雅、褪色的小诗和数篇残篇断简。别林斯基 1829 年进入莫斯科大学，比莱蒙托夫早一年，1832 年便因组织进步小组“十一号文学社”和创作反农奴制戏剧《德米特利·卡里宁》被学校借故开除。他真正成为大学生们狂热的精神偶像，是从 1835 年开始的，自那时起直至他去世的十三年间，他为各家报刊写下了几百万言激情澎湃的评论文字。赫尔岑与别林斯基同一年进入莫斯科大学，在校期间，他是个活跃人物，曾和朋友奥加辽夫一起组织政治小组，研究社会政治问题，宣传空想社会主义和共和政体思想。然而，当时校园里的政治空气已相当紧张，沙皇布置在大学周围的特务网络开始收紧，不少学生遭到逮捕、流放甚至突然失踪。莫斯科大学学生波列扎耶夫，仅因写了几首小诗便被沙皇送入兵营；克里特斯基兄弟，因对着沙皇的肖像咒骂，并挖去肖像上的眼睛而被捕，一人死于狱中，一人在流放地被害。赫尔岑和他的几个同学也因“企图组织秘密团体，发表犯法的言论”遭到了逮捕，并以“对社会有极大危害的自由思想者”的罪名被流放。“几个青年学生干得成什么？还不是白白葬送了自己！”这是遭到流放的赫尔岑们最常听到的社会论调。世态炎凉，不由人不沮丧。事实上，自十二月党人之后建立起来的一些政治小团体均未能成事，这一方面缘自尼古拉一世采取的高压态势，另一方面也说明这些团体力量的贫乏与目的之不明确。

事实上，恐怖主义吓不倒青年们，皮鞭、绞索和苦役只是给青年们上的一堂必修课，当他们从恐怖主义的学校里毕业，他们会给恐怖主义最致命的一击。“玩弄自由主义词句是危险的，从事秘密活动更是不可想象。一滴不小心为波兰洒下的眼泪，一句大胆说出的话，可以换来几年的流放、特务的迫害，甚至单身牢房。但正因为如此，这些说出的话，这些流出的泪，才格外重要。有时青年会因此而丧生，但他们死了，为解开俄罗斯生活的斯芬克斯之谜而进行的思想活动，不仅不会终止，而且会证明它的憧憬是完全正当的。”（赫尔岑）真正毒害青年们心灵的，是权衡利弊平庸乏味的市侩习气，是老气横秋自甘沉沦的犬儒主义。为年轻的冲动付出代价，这没有什么，可悲的是一个民族的青年一代没有青春气息。法国那些被卢梭的阴森、自由的生命诗篇哺育起来的青年们——圣茹斯特、奥什、马尔索、德穆兰、丹东、罗伯斯庇尔们，才是真正的革命青年，他们甚至都没活过三十五岁。当王朝复辟后，法国也成了老年人的天下，平庸势利的市侩主义开始抬头。在“赫尔岑小组”事件之后，直到19世纪40年代的“彼得拉舍夫斯基小组”，这中间是平静得令人窒息的十五年，“正是这十五年使俄国几乎一蹶不振，”赫尔岑说，“也正是这十五年毁灭了两代人：年老的一代胡作非为，虚度一生；年轻的一代从小即被毒害，我们至今仍能看到它那醉生梦死的代表者。”

没有资料显示莱蒙托夫与这些学生团体有何直接关联，但他在很大程度上赞同这些青年组织的政治观点，甚至参加过一些学生活动，如1831年将反动教授马洛夫赶出学校的风潮。赫尔岑在他的回忆录里对这一事件有详细的描述，但并没有提到莱蒙托夫。1832年，莱蒙托夫离开莫斯科前往彼得堡求学，所写作品大多与爱情、友谊和个人的苦闷有关。“不是的，我不是拜伦，我是另一个/还未可知还未可量的年轻诗人”，事实上，无论在早期风格还是题材上，他的确都模仿了普希金和拜伦。直到1837年之前，他还没有在任何一个文学圈子里站住脚，跟当时俄罗斯的“诗歌太阳”普希金也不认识。1837年1月末，普希金在与被沙皇政府收买的法国流亡者丹特士的决斗中重伤致死，全国为之震怒。莱蒙托夫迅速写下了《诗人之死》：“诗人死了！——光荣的俘虏倒下了……你们，这蜂拥在宝座前的贪婪的一群，/扼杀‘自由’、‘天才’、‘光荣’的屠夫啊/你们躲在法律的荫庇下……但还有神的裁判！”莱蒙托夫的诗甫一写出，立刻被到处传抄，引起了巨大的轰动。还没等宪兵总监卞肯多夫呈报给沙皇，已有人把这首诗寄给了沙皇本人，并加了一个新的标题：“革命檄文”。莱蒙托夫随之被流放到高加索，而他也因此一举成名。

在流放期间，莱蒙托夫第一次得遇别林斯基，并结识了被流放的十二月党人克里夫佐夫、戈利岑、利哈廖夫、奥多耶夫斯基等人。1838 年 1 月，当他重返彼得堡时，他俨然已是成名诗人，很快便进入普希金文学圈，并与当时的大诗人茹科夫斯基、普列捷尼奥夫、索洛古勃等人结识，还被卡拉姆津家族接纳。俄罗斯诗歌的太阳已经落山，莱蒙托夫正如月亮一般升起。“普希金是俄罗斯诗歌的太阳，莱蒙托夫是俄罗斯诗歌的月亮，”梅列日科夫斯基说，“整个俄罗斯诗歌在他们之间摆动着，在静观和行动这两个极之间摆动着。”虽然别林斯基与莱蒙托夫初次见面时，莱蒙托夫做张做智的犬儒姿态曾惹恼了他，但天才当前，别林斯基依然不吝赞美之词：“当讲到莱蒙托夫的时候，我们指的是从普希金逝世迄今的现代俄国文学；我们认为在现代俄国文学中找不到莱蒙托夫才能的敌手。”最富感染力的批评家别林斯基说：“在繁星密布的天空里也可以看见火红的天狼星，而莱蒙托夫才能的明星却几乎是在荒凉的天际闪耀着，在大小和光亮方面没有敌手。”克雷洛夫和茹科夫斯基才能接近枯竭，作为莱蒙托夫同代人的克尔卓夫和克拉索夫虽然依然闪耀着天狼星般的光彩，但已难掩更为夺目的莱蒙托夫的光华。

《沉思》一诗写于 1838 年，发表在别林斯基主持的《祖国纪事》上。1838 年这一年，赫尔岑和他的朋友们还没有从流放地归来；天赋良善的道德主义者别林斯基躲进小楼，一边与自身的贫困、疾病相妥协，一边和无所不在的书报检查官做着不懈的斗争；天资卓越的业余哲学家巴枯宁在莫斯科雄辩滔滔却鲜有听众；富家子弟包特金、巴纳耶夫、奥加廖夫、加拉霍夫们更像一群玩票的青年……当时的俄国知识界并不缺乏有理想的青年，但他们身处在那个荒凉的世界，上有充满敌意与武断无道的专制政府的压迫，下有完全不解事的群氓与市侩的误解与嘲弄，他们有如置身于黑暗的森林中，还没有油然而生一种同仇敌忾的团结感，还没有结成一个有效的精神之链。天赋敏感的莱蒙托夫写下这首诗，正是对当时整个社会环境冷暖自知的表皮反应。别林斯基说："这些诗句是用鲜血写成的；它们发自被凌辱的灵魂的深处：这是一个认为缺乏内心生活比最可怕的肉体死亡还要难受千万倍的人的哀号，呻吟！……在新的一代人中间，有谁不会在它里面找到对于自己的忧郁、精神冷酷、内心空虚的解答，有谁不会用自己的哀号和呻吟去响应它呢？"

老翻译家余振先生说："莱蒙托夫是一个用很严格的俄罗斯'格律诗'体写诗的诗人。"可能是为了传达原作的格律，他的译本显得过于整饬，有些地方为了凑字凑韵，显得别扭拖沓。比如将诗题译为《咏怀》，以对应汉语旧体诗中的"即兴"、"遣兴"、"述怀"之类的，这实在是有些硬攀亲戚的感觉。而顾蕴璞先生的译本又过于"雅"，在气势上稍输。读翻译诗，尤其是俄语译诗，大多就是读个"意思"吧，很难在诗艺上做什么探讨。开篇第一句便劈头盖脸而来，"我悲哀地望着我们这一代人！/那前途不是黯淡就是缥缈"，也为整首诗定下基调。我们前途渺茫，目标模糊，在一种老年的世故与节奏中逐渐沉沦，丝毫没有青年的热情、理想与信念。“真可耻，我们对善恶都无动于衷，/不抗争，初登人生舞台就退下来，/我们临危怯懦，实在令人羞愧，/在权势面前却是一群可鄙的奴才”，犬儒、世故、怯懦的青年，在高压专制的权势面前就只配做奴才。“我们为无用的学问把心智耗尽”，别林斯基偏偏不同意这句。在别林斯基看来，他们那一代人不是学问过多，恰恰相反，是缺少真正的认识与学问，无论对于德国浪漫主义，还是法国空想社会主义，大家都是浅尝辄止，随便学了点皮毛而已。“偶尔我们也爱，偶尔我们也恨，/但无论为爱为憎都不肯作出牺牲，/每当一团烈火在血管里熊熊燃烧，/总有一股莫名的寒气主宰着心灵。”偶尔也爱，偶尔也恨，但爱恨都不肯做出牺牲，像一个旁观者、袖手人，或如钱理群先生所说的“精致的利己主义者”，“他们高智商，世俗，老道，善于表演，懂得配合，更善于利用体制达到自己的目的”，一切只为自己做打算，聪明地站在食利者一边。做一个行动主义者，一个殉道者，一个将诗篇奉献给生活和时代的诗人，一个世俗教士般传播福音的人，这才是莱蒙托夫的追求。“脱离行动后的静观对于普希金是一种得救，对莱蒙托夫来说却是诗人的死亡，刀刃的生锈。”梅列日科夫斯基说，“在普希金笔下，生活渴望成为诗；在莱蒙托夫笔下，诗渴望成为生活。”莱蒙托夫立志于一种“行动的诗学”，而非装饰性的、为艺术而艺术的诗学，而这也将决定着诗人的命运。

“我们这群忧郁而将被遗忘的人哪，/就将销声匿迹地从人世间走过，/没有给后世留下一点有用的思想，/没有留下一部由天才撰写的著作。”事实上，不算剧本和未完成的散文体小说，到1840年，莱蒙托夫留给世人的作品至少包括约400首短诗和30首长诗。对于一个只有二十多岁的青年而言，其作品量不可谓不大。别林斯基说他不想将莱蒙托夫视作俄罗斯的拜伦、歌德或普希金，虽然他“可与普希金并驾齐驱，或许比他更胜一筹”，但他不会变成其中任何一个人，他就是俄罗斯的莱蒙托夫，他二十多岁就完成了他自己。“白银时代”的诗人帕斯捷尔纳克在评价他这位诗歌前辈时说：“是怎样的同一性将莱蒙托夫完美的抒情箴言与其诗其他构成的具体到无意义程度的声响结合在一起的呢？（我举莱蒙托夫为例，是因为尽管他对与诗无关的许多事情一知半解地鼓吹，尽管他有不少糟糕的诗，尽管他的情绪具有两面性——在一种情况下是真正诗人的激情，在另一些情况下，则更多的是‘真诚’的弱点和无序，尽管这一切，他冷漠的、厌世者的箴言仍双倍地令人吃惊，它赋予他的抒情诗以基调，所构成的即便不是他的诗歌面貌，也是一个响亮的、不朽的、永远有感染力的深度指数）——正是这样。”（《三诗人书简》）这个评价有弹有赞，可谓褒贬精当。莱蒙托夫诗作里的“箴言”性让人印象深刻，尤其是那些“冷漠的、厌世者的箴言”，阴郁、晦暗而有力，每每像下人生谶言。但他也的确写作过多，凭热血和本性在自己一知半解的事物上屡屡发言，显得粗陋苍白。尤其是他少年时期的作品，全凭灵感信笔而就，佳构与劣作并存，幼稚之处在所难免。莱蒙托夫的伟大之处正在于，他能凭借他那天才的抒情才华，凭借他良善的生命本能和道德热情，以一种让帕斯捷尔纳克都感到惊讶的“怎样的同一性”，将这一切浑融无间地调和为一个抒情整体，呈现出一种“响亮的、不朽的、永远有感染力的深度指数”。

1840 年 2 月，在公爵夫人拉瓦尔的舞会上，莱蒙托夫与法国公使的儿子巴兰特发生冲突。原因是两人都对谢尔巴托娃公爵夫人感兴趣，而公爵夫人更喜欢莱蒙托夫。2 月 18 日，双方的决斗以和解结束，但莱蒙托夫还是被交给了军事法庭，并被调往高加索某步兵团。这简直就是去送死，因为这个步兵团当时正在高加索作战。7 月，莱蒙托夫一到高加索，就参加了瓦列里克河上的战役，整个部队几乎全军覆没，莱蒙托夫侥幸得免。1841 年 1 月，在外祖母的再三奔走下，莱蒙托夫得以回到彼得堡短暂休假。

屠格涅夫第一次见到莱蒙托夫，就是在某伯爵夫人的府上。他坐在一个角落里，远远看着这位声名鹊起的年轻诗人，并未主动上前搭讪。莱蒙托夫穿着骠骑兵禁卫军的制服，挂着佩刀，佝偻着腰，忧郁地望着伯爵夫人，却没有人跟他攀谈。“莱蒙托夫的外貌中有一种令人不安令人可悲的东西，他那黝黑的面孔和呆板幽暗的大眼睛闪动着一种阴沉的仇恨的力量，一种隐而不露的无所畏惧的勇气和激情。他那呆滞的眼光与几乎像孩子似的柔润和翘起的嘴唇，极不相称。他的小矮个、罗圈腿、大脑袋、缩脖子、宽肩膀，整个形象给人不愉快的感觉，但是任何人立刻都可以认识到其中所蕴含的力量。”事实上，伯爵夫人的沙龙绝非令莱蒙托夫感到愉快的地方，他根本就受不了上流社会沙龙里那令人窒息的空气和虚伪的假面：“我在表面上沉湎于他们的浮华与辉煌/而内心里却爱抚着我那些往日的幻想/那些逝去年月的神秘的哀愁。”“按照那时的风气，他故意装出一副拜伦的派头，同时又混杂着别的更加糟糕的古怪而乖张的成分。”屠格涅夫写道，“为此他付出了多么高昂的代价啊！大概莱蒙托夫从内心里感到无比地寂寞，命运把他赶进了这么一个窄小的圈子里，他会窒息而死。”（《戴灰眼镜的人》）很难说屠格涅夫的观感不带有先入之见或个人好恶，在巴纳耶夫的妹妹巴纳耶娃眼里，莱蒙托夫就像变了一个人。“我只见过莱蒙托夫一次，是在他动身去高加索以前，在我姐夫安·亚·克拉耶夫斯基的书房里，他是来向我姐夫辞行的。他那对黑晶晶的眸子射出犀利的眼光，一直留在我的记忆中。”巴纳耶娃回忆道，“莱蒙托夫在克拉耶夫斯基的书房里像一个顽皮的学生，东翻翻桌子上的文件，西翻翻书架上的书本。他的活泼愉快使我惊奇，他一点也不像我所认识的那些作家。”（《巴纳耶娃回忆录》）

1841 年 4 月，没有得到延期许可的莱蒙托夫再次回到高加索。在此期间，他写下了人生中的最后一批诗作：《别了，你满目疮痍的俄罗斯》、《梦》、《悬崖》、《他们彼此爱着，那么长久，那么深情》、《约会》、《我独自一人走上了广阔的大道……》、《预言家》。“别了，你满目疮痍的俄罗斯，/奴隶的国土和老爷的国土，/你们，那卖身于权贵的人们，/还有你们，那天蓝色的军服。/或许，在高加索山岭的那边/我可以躲避开你们的总督，/躲避开那无所不闻的耳朵，/躲避开那无所不见的眼目。”

梦想躲开世俗的耳朵与沙皇的眼目的莱蒙托夫，却没有躲开一颗从宿命的方向射来的子弹。1841 年 7 月 27 日，在高加索的皮亚季戈尔斯克，莱蒙托夫遇到了过去的老友，其中还有士官生学校的同学马丁诺夫。在一次家庭晚会上，莱蒙托夫的玩笑话激怒了愚蠢鲁莽的马丁诺夫。争吵过后，马丁诺夫要求与莱蒙托夫决斗。莱蒙托夫已经巧妙地化解过一次决斗，这一次，他依然不以为意，接受了挑战。地点就选在高加索玛舒克山的悬崖上。他压根就没打算打死自己的同学，率先朝天开了一枪，而他自己却被一枪打中心脏。像是一场宿命的安排，继普希金之后，俄罗斯诗歌的月亮也在决斗中陨落，年仅二十七岁。那一天，玛舒克山麓突降大雨，莱蒙托夫的尸体在大雨中淋了很久。据说马丁诺夫是受人挑唆，沙皇和上流社会对这位不安分的诗人早已不耐烦。当沙皇闻知莱蒙托夫的死讯后，说了一句话：“他活该这样！”

在 19 世纪的俄罗斯，决斗风气盛行，以示勇气、胆量和风度，甚至连托尔斯泰伯爵都未能免俗。1861 年春天，托尔斯泰和屠格涅夫在一起闲聊天，聊起了行善。屠格涅夫说自己经常教育女儿要多帮助不幸的人，多做好事。托尔斯泰说他不喜欢这种“英国式的”行善，只把自己的一小部分捐给穷人，真正的善要发自内心。两人言语不和，越说越激动，屠格涅夫说："你要是再用这种腔调说下去，我就抽你！"托尔斯泰当即起身，拿枪去了。随后他给屠格涅夫下了战书，要求对方到林子里去，在不要第三人在场的情况下决斗。托尔斯泰在林子里等了一夜，等来的是屠格涅夫的一封信。屠格涅夫说，他还是希望按传统的方式进行决斗，也就是说，有见证人，有香槟。托尔斯泰说，您这是怕我了，我蔑视您。从此，两个人十七年没有见面。

"我悲哀地望着我们这一代人！/那前途不是黯淡就是缥缈"，每每读起这首诗，心中便泛起万千波澜。莱蒙托夫写作这首诗时，才不过二十三四岁，却能凭借诗人敏感的表皮和神经，准确地传达了时代的脉搏和道德状况。别林斯基将他奉为普希金之后的第一人，也正是因为他对俄罗斯生活和精神世界的深刻展示，"他是生活现象世界的全权占有者"。从 1838 年开始，俄国知识界开始进入所谓"辉煌的十年"，逐渐形成了一个具有独特精神风貌和以忠忱专志的流品自居的社会阶层。莱蒙托夫虽未躬逢其盛，但其绝不降志辱格的反抗精神和道德基调，都一一印证在他的诗行中，成为一个时代的精神资源。

2014. 1

黑暗时代的精神遗嘱

——别林斯基和他的时代

1849年4月23日凌晨，青年陀思妥耶夫斯基从彼得拉舍夫斯基小组回到家里，刚躺到床上，蒙眬之中，房间里似有人影晃动。不是在做梦吧？他微微睁开睡眼，看到床前站着两个人：一位红胡子警长，一位蓝制服沙俄宪兵中校。

"快穿衣服吧，我们可以等你一会儿。"中校说，"我们是奉上谕而来……"

陀思妥耶夫斯基很快就明白了是怎么回事。他镇静地穿好衣服，在女房东惊惧的目光中，随警长走出房门。他被带到了位于枫丹卡大街的"第三厅"大楼，在那里，已有不少参加"星期五聚会"的同道被拘捕在此。

陀思妥耶夫斯基被指控犯有自由思想罪，在对待君主和祖国的态度上有越轨行为。"我并不害怕这种指控，"陀思妥耶夫斯基说，"我公开地谈论了一些别人认为有义务沉默的事物，但这是不是就是我的自由思想的表现呢？我的罪状在于我宣读了别林斯基致果戈理的信，是的，我是宣读了。但谁能说得出我更倾向于哪一方？”

无论他倾向于哪一方，调查此案的委员会主席罗斯托夫采夫将军认为，既然被抓进了监狱，那就证明有罪，还审什么审，直接判刑就是了。他是个大老粗，沙皇的宠臣，认为审判纯属浪费时间。判决书很快就下达了，军事法庭认定退役工程兵中尉陀思妥耶夫斯基有罪，“剥夺其职位及一切财产，并着立即将其枪决”。总检察官建议将枪决改为“流放要塞服苦役八年”。尼古拉一世对总检察官的报告做了最后的批示：“流放四年，然后贬为列兵……但赦免的决定要在准备执行死刑的最后一刻宣布。”

1849 年 12 月 22 日上午 7 时，陀思妥耶夫斯基一行被押上警察局的马车，驶向谢苗诺夫校场。在“预备……瞄准……”的口令下，身披殓衣的陀思妥耶夫斯基经历了一场刻骨铭心的生死考验。“哥哥，我没有垂头丧气，也没有失魂落魄！”在与死亡狭路相逢后，他在给兄长的信中说。他在等待流放生涯的到来：“在哪儿活都是活。活要活在我们自己心里，而不是为外界条件所左右。”

陀思妥耶夫斯基是在 1849 年 3 月得到别林斯基致果戈理的那封公开信的抄本的。在此之前，他虽有听闻，但未得亲见。4 月 15 日，是彼得拉舍夫斯基小组的“星期五聚会”日，陀思妥耶夫斯基答应为大家宣读那封公开信。诗人迈科夫还记得陀思妥耶夫斯基当时的神情：“我记得，陀思妥耶夫斯基像苏格拉底临死前面对朋友那样坐着，穿着一件衬衫，敞开领口，口若悬河地大讲……”

在当时的听众里，有一个年轻的小公务员叫安托涅利，正是他的告密，将整个彼得拉舍夫斯基小组的成员们送进了沙皇的第三厅。沙俄宪兵首脑、掌管第三厅的杜别尔特将军，与别林斯基、帕纳耶夫、涅克拉索夫、赫尔岑等自由派青年，都是“老相识”。

陀思妥耶夫斯基宣读那封公开信的时候，别林斯基已经去世将近一年了。

1848 年 5 月 28 日，彼得堡的上空笼罩着乌云，雨淅淅沥沥下了一天。陀思妥耶夫斯基从他的好友雅诺夫斯基那里得到一个惊人的消息：别林斯基死了。当天夜晚，陀思妥耶夫斯基的癫痫病（一种被时人认为“神圣”的怪病，据说历史上一些伟人如穆罕默德、拿破仑都得过）严重发作。别林斯基被陀思妥耶夫斯基视作恩人，当他还是个二十岁的年轻人，刚刚写出自己人生中的第一部作品《穷人》，就被大批评家别林斯基宣布为“天才”，“另一个果戈理”。“一个二十岁的人，您是不可能懂得这些的……作为一个艺术家，您把握了、认识了这个真实，这是老天对您的恩赐，您要珍惜这种恩赐，要无负于这种恩赐，您会成为一个伟大作家的!”面对如此评价，陀思妥耶夫斯基简直要晕了。要知道，在文学的王国里，别林斯基就是沙皇，“他只消用沙哑的声音慢条斯理地说上两句，仿佛对学生上课似的，一切就都搞定了”。

别林斯基，这位生于落后省份一个偏远乡间的肺病患者，虽家世寒微，所受教育亦粗陋贫乏，却凭着他坚毅的性格、诚正不阿的品格、知行合一的人生理想，成为他那一时代影响力最大、声音最激越的火热的道德家和批评家，一个“时代的萨伏那洛拉”。以赛亚·伯林在其名作《辉煌的十年》中说，19 世纪 40 年代的俄国前卫青年，诸如巴枯宁、赫尔岑、安年科夫、屠格涅夫、果戈理，哲学家卡特科夫、别德金，散文家科尔什，玩票的富家青年包特金、巴纳耶夫、奥加廖夫、加拉霍夫，大诗人涅克拉索夫……均一时之俊彦，“但诸子之上，巍然耸立着批评家别林斯基。别林斯基在教育与品位上的缺点，尽人皆知；他貌不惊人，散文风格亦多可憾之处。然而，他成为他那个时代的道德与文学独裁者”。他是“俄国知识阶层的良心”。他的影响力所及，可谓妇孺皆知。1856 年，著名的斯拉夫主义两兄弟之一、对别林斯基并无好感的阿克萨科夫游历俄国乡镇后不无沮丧地发现，“每一位能思考的青年、每一位在乡下生活的龌龊沼泽里渴求一丝新鲜空气的人，都熟知别林斯基之名。乡下教师无人不知别林斯基写给果戈理的信。你要是想寻找诚实的人、关怀贫穷与受压迫者的人、诚实的医生、不惧奋战的律师，在别林斯基的信徒里就能找到”。

就是这样一个人，“了不起的天才，坐头把交椅的批评家，思想界的巨子”，经常要通宵达旦地写作，却连个像样的房子都租不起。“唉，”他说，“夜里头要是冻死了也不会有人知道……”别林斯基去世后，他的丧葬费还是朋友们凑的。大家用抽签的方式购买了别林斯基的全部藏书，全部收入留给了他那因贫极、孤独而娶的非偶之妇和幼小的女儿。屠格涅夫还将别林斯基的女儿收为义女，答应抚养她长大。只有第三厅的头目杜别尔特将军略感遗憾：“我们本来要他在牢里烂掉的。”别林斯基去世时年仅三十七岁，正当盛年，却过早地耗尽了自己。

1842 年，年仅二十四岁的屠格涅夫就与别林斯基成为莫逆之交。他们经常在一起激烈交谈、争论，通宵达旦。别林斯基因患肺疾，脸色苍白，极易疲倦，通常一副病恹恹的样子。在人前也显得突兀、局促、笨拙，有点自闭倾向。但与朋友们在一起时，他又兴奋、迷醉，经常彻夜高谈，毫无倦意。有一次，在长达六个小时的聚谈之后，别林斯基突然叫了起来：“怎么？我们还没有搞清楚是否有上帝存在，你们就想吃晚饭了？”

屠格涅夫与别林斯基完全不同。这位富家少爷性情随和，身体健康，高高大大，一表人才，天生的情种，一生离不开爱情和女人。虽然经常一副懒懒散散、无精打采的样子，但一看便知是那种在草原上土生土长的贵族子弟。年轻时，他也曾对别林斯基深为服膺，别林斯基曾说：“我们这时代切望信念，对真理如饥似渴，辗转苦求。”屠格涅夫对此呼应道：“有些时代，文学不能只谈艺术性，有些比诗更高的利益。”当托尔斯泰向他提议创办一份“以纯文学与艺术为主”的期刊时，屠格涅夫答复他，当今时代所需，既不是“抒情的絮聒啁啾”，也不是“树上清歌的鸟”；“你讨厌这片政治泥沼，不错，这玩意儿龌龊，一派污尘，俗劣，但是，大街上有脏东西，有灰尘，而我们到底还是不能没有市镇”（1858 年致托尔斯泰）。

但屠格涅夫在本性上并非一个坚定的道德主义者，更非狂热的政论家，而是一个怀疑主义者，一个不偏不倚的旁观者。在赫尔岑眼里，他是“亲切热络的老友，天赋极高的艺术家，软弱的盟友，一枝太容易随风屈服的芦苇，一个积习难返的妥协者”。这种人不易产生激情，且会情不自禁地在某种程度上倒向对手的观点。屠格涅夫说他这一生什么也没干，除了恋爱、旅游、打猎和写作。屠格涅夫家的庄园里住满了听凭少爷摆布的女奴，屠格涅夫在很小的时候就在她们身上初尝了男女之事。他曾追求过巴枯宁的妹妹达吉雅娜，追求过少女萨维娜，但都止于精神之恋。他一生追随女歌唱家维亚尔杜夫人，可以说苦苦追随了一生，“像一条被人逐出的老狗似的东游西逛、到处飘零”。他虽是个情种，却一生未婚，只跟一个女裁缝生了一个私生女小彼拉盖雅。“结婚吧，年轻人，”他在晚年写道，“你们想象不出光棍汉的晚年是多么凄凉。”他在爱情上花费了太多功夫，连托尔斯泰都感到惊奇。“我决没想到，他竟然这么深挚地爱着。”托尔斯泰在巴黎见到屠格涅夫时，屠格涅夫正毫无希望地追随在维亚尔杜夫人身边。屠格涅夫在晚年曾对托尔斯泰夫人说，他已不再写作了，原因是他不再有恋情了，而他从来都是只有在爱的时候才能写作的。

屠格涅夫对待政治像对待爱情一样，肤浅，游移，用情不专，不易产生深情。1848 年巴黎街头暴动那一天，他虽身在巴黎，却只记下了在人群中穿来穿去叫卖椰子和雪茄的小商贩所持的冷漠、超然的态度。革命的失败让他的许多朋友沮丧不已，他却对此无动于衷。“谁说过人注定是自由的?”他说，“历史证明恰恰与此相反。”以赛亚·伯林在评价屠格涅夫时说：“的确，托尔斯泰从来不会让你疑惑他偏爱谁、谴责谁；陀思妥耶夫斯基也从来不掩饰他认为得救之路何在。这几位伟大、痛苦的拉奥孔里，唯屠格涅夫始终细谨而存疑；……他不曾具有任何清晰的原则，没有鼓吹任何教条，对所谓个人与社会的‘可恶的问题’不提任何万灵药。”

1847 年初，别林斯基终于准备动身去欧洲疗养。在此之前，他刚刚离开为之付出六年心血的《祖国纪事》杂志，转投帕纳耶夫和涅克拉索夫主持的《现代人》。在为文学包工头克拉耶夫斯基卖命的六年，是他一生中最美好也是最痛苦的时光：“我将为这个杂志而死，我要将《祖国纪事》放进我的棺材当枕头。”短短几年间，他写下了一生中最重要的篇章，却也耗尽了他全部的能量。他不但遭受着经济上的盘剥，还要在精神上承受书报审查制度的摧残。物质上的匮乏，加之精神上的痛苦，使他的身体油灯一般耗光，经常咯血不止，脸色苍白，气喘吁吁。几番犹豫之后，他决定去欧洲疗养，也许欧洲久负盛名的温泉和德国的医学教授们还能妙手回春。旅费是朋友们凑的，主要的一笔钱来自赫尔岑。

赫尔岑最后一次见到别林斯基，是在 1847 年秋天的巴黎。“他已病重，怕大声讲话，从前的精力只是回光返照似的偶尔重现一下。”就是在这个时期，他写下了给果戈理的那封公开信。

别林斯基的朋友安年斯基在《辉煌的十年》一文中对当时的情形有着更为清晰的描述：

> 疗程即将结束，我们不久也要离开萨尔茨堡。别林斯基觉得自己好多了。咳嗽减少，夜里也睡得比先前安稳了。他已经不止一次说过住在偏僻的地方太闷气。几乎就在我们离开萨尔茨堡到巴黎去的前一天，我突然收到果戈理的一封信。他在信中告诉我，《与友人书信选》的出版给他招来很多麻烦，他并不期待我的赞许，但仍然想听听我对这本书的真实看法，一个没患傲慢病和自我崇拜症的人的看法……在信的结尾处果戈理突然提到别林斯基，并顺便向他致意，同时还附了一封写给他本人的信。果戈理在那封信中责备别林斯基在《现代人》第二期上对《书信选》的火气太大……

1831 年，出生于小俄罗斯波尔塔瓦省的小镇青年尼古拉·瓦西里耶维奇·果戈理，结束了自己毫无生气的小职员生活，开始投身于文学创作。在二十二岁那年，他遇到了俄罗斯最伟大的诗人普希金。随后，他发表了鬼气森森的小说集《狄康卡近乡夜话》。二十五岁那年，他被文学界的朋友推荐为圣彼得堡大学世界史副教授。为了偷懒和掩饰学识的浅薄，他讲课时常在面颊上缠条绷带，以示颔部肿胀，不便讲话，然后给学生分发些古罗马废墟的小照片。在大学待了一年多之后，他再次辞职。“我们，我和大学，互相唾弃而分手。我又成了一个无忧无虑的哥萨克人。”随后，是讽刺俄国官场的新剧本《钦差大臣》的公演，用纳博科夫的话来说，当时的情况相当怪异：“声名轰轰烈烈地降临在他身上：朝廷带着几乎是恶毒的兴高采烈欢呼这个戏的上演；前排的妄自尊大的高官坐立不安，丧失了自尊；无行的批评家在发泄陈腐的恶毒言语；见解颇有影响的那些批评家把果戈理捧到了天上，因为他们认为这个戏是一个伟大的讽刺……”果戈理有点受不了了，他决定一走了之。此后十年，他一直躲在国外生活和写作，直到 1842 年《死魂灵》出版。

别林斯基就是将果戈理捧上天的批评家，也是最有力的支持者。在别林斯基刚开始从事文学批评时，果戈理就是他最为关注的作家。如果说别林斯基以七篇雄文奠定了普希金“民族大诗人”的地位，他写给果戈理的笔墨则丝毫不少，甚至在篇幅上还有胜之。仅 1842 年一年，别林斯基就发表了五篇评论《死魂灵》的文字。别林斯基最为推崇果戈理作品里表现出的“人民性”，认为果戈理的创作是俄国现实主义文学成熟的标志。面对别林斯基的推崇，天性温和、性格内敛的果戈理认为，与其说自己的作品充满了战斗性和批判性，不如说是善意的讽刺，是“含泪的笑”。他不愿意被作为一个斗士看待，他的政治理念更接近温和的民粹主义路线，赞成温和的改革与改善。为此，他准备着手写作《死魂灵》第二部，从正面来描写俄罗斯，以期对第一部进行必要的矫正。

第二部的写作进行得极为不顺，他不得不四处出游，想寻找健康和灵感，但什么也没找到。1847 年，他出版了《与友人书信选》，意图“把它当做一个标准，让读者具备适合接受《死魂灵》续篇的情绪”（纳博科夫的猜测）。这部书甫一出版便招致骂声一片，批评者认为这是一部反民主、反自由，为古老的家长制、农奴制张目的“坏书”。书里充满了对俄国东正教宽容精神和信仰力量的推崇，在对待西方派与斯拉夫派的态度上貌似骑墙，实则更倾向于斯拉夫派。“这简直就是历古以来用俄语写的东西中最古怪和最富有教益的书!”别林斯基在给《现代人》的文章里说，这本书的作者简直不是他所熟知的那个果戈理，很难让人相信一个拥有巨大才能的人“也会像一个最平庸的人一样蹉跌”。果戈理分明走上了一条歧途，“在这条新路上，等待他的是无可躲避的摔跌，在这以后，要回到原来的道路上就不大可能了……”

安年斯基将果戈理的来信读给病中的别林斯基听。起初，别林斯基只是心不在焉地听着，当看到果戈理写给他的那几行文字后，突然变得怒不可遏，说道：“他不明白别人为什么生他的气，应当对他讲清这一点——我得回答他。”

接下来，重病的别林斯基开始在疗养地写作那封著名的公开信。

一连三天，别林斯基洗完温泉回来后，没上楼到我的阁楼里来，直接到他临时布置的书房里去。这几天他一直沉默寡言，精神集中。每天早上喝完摆在他书房的那杯必不可少的咖啡后，便穿上夏季常礼服，坐在小沙发上，伏案写信，一直写到中午一点钟吃饭的时候。午饭后他不工作。他用三个上午就把信写好了……这期间他还常常激动得不能执笔，仰靠在沙发背上休息。其实这封信的写作过程相当复杂。别林斯基先用铅笔在各种纸片上打草稿，然后再把草稿誊写得工工整整，然后又抄了一份底稿自己留下。看得出，他把这件事看得极为重要，仿佛他已经理解到，他在编写一份超出私人通信范围的文件。

信写好发出之后，他们便开始朝巴黎去了，在那里，他们的朋友赫尔岑正在酒店等着。别林斯基在巴黎的房间里给赫尔岑朗读了那封信，赫尔岑听完后，悄悄溜进安年斯基的房间，低声对他说："这是天才之作。我想，这也是他的遗嘱兼最后证言。"

别林斯基在信中劈头便说："鞭子的说教者，无知的使徒，蒙昧主义和顽固专横的拥护者，鞑靼人生活风习的歌颂者——您这是在干什么！看一看您的脚下吧——您正站在无底深渊的边缘上……"的确，果戈理竟然鼓吹农奴制度为神义所授，谓其基础与其余俄国建制一般不容动摇。他甚至在书中教导地主如何对待农奴，说读书对普通百姓不但无益而且有害……这使别林斯基简直出离愤怒了。在他看来，俄国民众受沙皇专制压迫、受教会制度愚弄，已经够其不幸了，人们只有在文学中、在书籍里还能稍微透口气，找到冲决压迫的出口。他们把俄国作家看做他们唯一的代言人，使他们不受专制政治、政教和国粹主义摆布的保卫者和救星。“这就是为什么在我们这里作家的称号是这样令人尊敬，为什么甚至是一个才能不大的人文学上是这样容易获得成功的缘故。”作为《钦差大臣》和《死魂灵》的作者，怎么能放弃自己所担负的职责，在书中满口胡言呢？可以“原谅一个作家写得不好的书，却永远不能宽恕一本极为有害的书”。别林斯基在信的结尾劝告果戈理：“您曾经不幸带着一种骄傲的谦逊否定了您那些真正伟大的作品，那么，现在您应当带着真诚的谦逊否定您最近的这本书，用一些能使人想起您以前的作品的新作，来赎取让那本书出版问世所带来的沉重罪过。”

收到别林斯基的信后，果戈理又回了一封信。别林斯基抱着同情的态度读完了回信，只说了一句话：“语言怎么这么混乱。不错，他在那一刻必定是很不幸的……”

果戈理在他生命的最后十年里，一直在执拗地思索着《死魂灵》的续篇。他发表《与友人书信选》，就是想让舆论做好准备，接受《死魂灵》的第二部。但第二部的写作进程极为不顺，并最终在临死前将其付之一炬。纳博科夫分析认为，果戈理在创作上陷入了一个误区，那就是“按照一个明确的意图来创作”，而这个意图在第一部里是不曾存在的。“一个作家倘若对‘什么是艺术’和‘艺术家的职责是什么’这样的问题产生了兴趣，那么他就会惘然不知所措。”纳博科夫说，果戈理在创作上既想让“艺术家果戈理”满意，又想让“僧侣果戈理”满意，也就是说，他想让一个道德说教的果戈理与一个艺术至上的果戈理达成和谐，他想让所有人都满意，这就太难了。纳博科夫认为，果戈理是无法做一个清晰的道德主义者的，他就是一个“怪人”。所谓怪人，这是天才的标志，“只有二流作家才是心存感激的读者心目中的老友……伟大的文学则接近于荒诞。《哈姆莱特》是一个神经过敏的学生荒诞的梦。果戈理的《外套》是怪诞、可怕的噩梦”。纳博科夫说，如果说普希金深沉、托尔斯泰平淡、契诃夫婉约，那么果戈理就是古怪，这是他艺术的基础。他完全不了解俄国现实生活，他只熟悉小俄罗斯和彼得堡。“每当他努力用文学传统的流畅笔调写作，合乎逻辑地对待合理的思想的时候，他的才能便丧失殆尽。”当他创作《死魂灵》第二部时，他“已经丧失了凭空创作生活的神秘能力”。而纳博科夫也不赞成什么文学反映生活、干预生活，“文学要打动人类灵魂的最深处”。然而在俄国传统里，一个作家必须身兼道德说教者甚至僧侣的责任，如伯林所说，“说某人一方面是公民，一方面是赚钱牟利之徒，两种功能彼此十分独立，可以分持……此乃悖实之论。人不容分割”。这种传统与法国传统恰成对比，法国作家认为，自己只是个作品供应者，他们对公众只有一个义务——生产他所能的最佳作品，而不必管他私人身份如何。作为批评家的别林斯基，首先就是一个痛苦但满怀希望、努力分辨是非真伪的道德主义者。他对艺术之为艺术并不十分看重，而更看重艺术所带来的征服人心的力量。他认为在他的时代，俄国社会的核心问题不是政治问题，而是社会与道德问题，这正是作家大显身手的时刻。到了后期，他更发展成为一个人文主义者、激进的民主主义者，成为神学和形而上学的敌人，而纯属文学的争辩也上升为道德之辩。果戈理与别林斯基之辩，自有其逻辑必然性，是注定"终有一战"。只不过，别林斯基在争辩中过度表现了他天性中激烈、粗蛮的一面，如伯林所言，他"时作突兀而不必那么粗糙的判断，对求精求细太欠宽容，对纯粹的美太过疑忌，有时候，更因道德独断失之强横，在艺术与道德上俱成盲目"。

两个人的争论过去不到一年，别林斯基就去世了，年仅三十七岁。别林斯基的去世，标志着一个时代的结束，自此，俄国社会进入一段更为黑暗的时期，不再有自由思想之光闪耀。别林斯基去世四年后，果戈理也走到了人生的终点。看时人的回忆文章，果戈理的死况甚惨。死前一个月，他还操心着全集出版事宜，并且笔耕不辍，每天从上午工作到下午四点钟吃午饭，然后出门散步一刻，回屋后继续写作。然而他的身体迅速恶化，终至卧床不起，却不知道到底得的是什么病，医生们也束手无策。一天夜里，果戈理叫醒了小男仆，让他从五斗橱里取出一捆用缎带捆扎的本子，用蜡烛点着，放进炉火里。小男仆一下子明白过来，那是《死魂灵》第二部的手稿，赶紧跪下来恳求他不要烧。果戈理说："不关你的事，你还是祈祷吧。"火熄了，只烧焦了本子的四个角。他又把本子取出来，解开缎带，散开纸页，继续烧。烧尽之后，他一边划着十字走回自己房间，一边亲吻了小男仆，在睡榻上躺下来，突然大哭起来。

他为什么要烧掉自己最后的作品？纳博科夫说，一个艺术家之所以销毁自己的劳动果实，是因为最终他认识到已经完成的作品并不忠于他的天才。是这样吗？弥留之际的果戈理什么也不说，什么人也不理，甚至不再配合医生的治疗。最后快昏迷的时刻，医生们开始强行给他治疗。先是往他的鼻子上放了八只肥大的水蛭，用来吸血；然后又把他抬进温水浴缸里，脱光了衣服进行淋浴；后来又给病人放血，往头顶上放冰块，往嘴里灌蜀葵根汁……他不停地呻吟、哀求："拿掉水蛭，从嘴上拿开……"呻吟越来越弱，直到再也没有反应。

得知果戈理去世的消息，屠格涅夫沉痛异常。"我可以毫不夸张地说，我一生中所经历的事情，没有比果戈理的逝世更使我感到震动的了。"事实上，两位大师直到 1851 年 10 月才见过第一面，也是唯一一面。互致景仰后，果戈理主动提起了关于《与友人书信选》的争论。时隔三年，他仍然不愿提及别林斯基的名字，可见这个名字给他造成的伤害之大。他极其气愤地说起了赫尔岑："赫尔岑为什么竟在外国杂志上狂妄地侮辱我？"并说自己一贯坚守的宗教情怀和保守立场，前后并无二致。"我先前也是这样想的啊，所表达的信念同现在完全一样！何苦责备我变节和背叛呢？"但最终，果戈理也向屠格涅夫坦白："确实，我有很多过错，我的过错在于听从了周围朋友的劝告，如果说过的话能收回的话，我就销毁《与友人书信选》。我就烧掉它。”屠格涅夫能够理解果戈理的心境，他们在艺术观念和气质秉性上有相近之处。“死亡具有净化与和解的力量，”屠格涅夫在纪念果戈理的文章里说，“诽谤与嫉妒，仇恨与争执——所有这一切都将在最普通的坟墓前缄默：它们也将在果戈理的坟墓前缄默。”

屠格涅夫的纪念文章是在果戈理死后三天写成的，先是投给《彼得堡新闻》，被新闻审查官否决，继而投给《莫斯科新闻》，莫斯科的审查官尚不知此文已在彼得堡遭禁，并未阻挠其发表。文章登出三天后，第三厅的公文也下达了，屠格涅夫于是被抓进牢里，过了一个月的铁窗生涯。为果戈理坐牢，屠格涅夫视之为荣耀。他不像别林斯基那样激烈绝对，道德至上。他将作家分为两类：一类作家有着丰富的想象力和创造力，但始终处在社会的边缘，与他所属社会的集体经验若即若离；另一类则完全投入他所属社会的共同体里，无论在情感上还是心灵状态上都与其产生有机的联系。无疑，果戈理属于前者，而别林斯基属于后者，屠格涅夫则处在一种中间状态。他温和而执中，以浑融权变之道应物处事，镇定自持而进退有据。他曾与托尔斯泰交好，但也因观念不同而闹翻，甚至差点到了要决斗的地步。但两人心里都明白，对方是大师，是文豪，因此翻脸十七年后又重新取得和解。但和解也只是表面的，屠格涅夫在托尔斯泰的精神领域中始终感到呼吸不畅。“我怀着极大的兴趣读了他的《忏悔录》，就它的真诚、直率和坚定的信念而言，这是一篇出色的杰作。可是，它的道德准则都是错误的，而且，归根结底它会把我们引入歧途，把朝气勃勃的人生看得一片漆黑。因此，这是一种虚无主义的东西。”他不要道德至上，也不要宗教苦行，他要的是鲜活的人生；他不要绝对主义，不要自我牺牲，他要的是“事到临头，人人以人性使然而难以苛责”的善意与温情。他曾多次与母亲争论农奴问题，但总是败下阵来，并最终继承了斯帕斯克村的几百个农奴。晚年时，为了排遣烦闷，他曾用七百卢布从堂姐那儿买来一名年轻漂亮的女奴，教她读书、识字，并维系着一种奇特的性爱关系。

1883 年 9 月 3 日，屠格涅夫病逝于巴黎，随后归葬彼得堡。他的陵墓紧邻青年时期的偶像别林斯基。临咽气前他说：“诀别的时刻到了……像世世代代俄国沙皇一样。她便是皇后中的皇后。”最后时刻，他还惦记着一生追随的女人维亚尔杜夫人。

别林斯基去世后，巴枯宁也被关进牢里，赫尔岑远遁异域，格拉诺夫斯基缄默，克里米亚战争爆发，尼古拉一世驾崩……俄国社会进入民粹主义与斯拉夫主义盛行的时代。这一时代的“新人”形象是车尔尼雪夫斯基——“他没有赫尔岑的深度、想象力，他没有巴枯宁的雄辩、恣肆、气质或推理力量，也没有别林斯基的道德天才与独特社会洞察。但是，他有不屈不移的诚正、极度的精勤奋励，以及俄国人罕见的具体细节贯注力。……他的自律，他的不厌其烦，热烈、专志、功夫细密的勤勉，他不容怀疑的诚意，他那彻底的忘私，无情的直接，他对私人生活的漠然

不顾，他那让人放心亲近的道德魅力，自我牺牲的能力，创造了日后俄国革命英雄与烈士的原型意象。”（以赛亚·伯林语）

整个19世纪，从十二月党人，到“辉煌的十年”俄国知识阶层的形成，西方派与斯拉夫派的论战，民粹主义的勃兴……俄国知识界虽然纷争不断，但俄国知识阶层始终是社会的良心，是一个命运共同体。诚如别尔嘉耶夫所言，这个共同体是一个不切实际的阶级，迷恋于理想，甚至愿意为自己的理想去坐牢、服苦役以至赴死。“只因人数寡少，又远远孤悬于政府与群众之间，只因薄弱，只因忠于真理，只因诚挚，只因与别人极其不同，于是，他们有如置身黑暗森林中的人，油然而生某种同仇敌忾的团结感。”（以赛亚·伯林语）

1849年圣诞节前夕，免于一死的陀思妥耶夫斯基被戴上镣铐，押上一架无篷雪橇，踏上了遥远的流放地旅程。马儿在白色裹尸布一般无边无际的俄罗斯雪原上奔驰了半个多月后，终于来到了托博尔斯克。当牢门沉重地关上的那一刻，两个圣母般的人物降临了——十二月党人奉维津的妻子娜塔莉亚·德米特里耶芙娜和安年科夫的夫人普拉克斯菲娅·叶戈罗芙娜来看望他们了。“这些俄罗斯妇女，她们抛舍了彼得堡的上流社会，放弃了贵族的一切特权，走上了长久（也许是永远）同亲人甚至子女离别的道路，去分担苦刑犯丈夫的厄运。在这些俄罗斯妇女面前，怎能不双膝跪倒？只要俄国存在一天，只要世界存在一天，人们又怎能不永生永世向她们顶礼膜拜呢？俄国正是靠这样的女人的信仰和忠诚才有了生命，世界正是从她们的爱里获得活力的呀！在这生活的十字路口，她们仿佛是奉了上帝的旨意来到他们身旁，为的是让心灵不要在生活中迷失道路。她们获准见面，对这些不幸的人们给予鼓舞和安慰。分手的时候送了他们每人一本福音书。”（谢列兹涅夫《陀思妥耶夫斯基传》）

靠这本福音书，陀思妥耶夫斯基活了下来。

2014.1

参考书目

［俄］别林斯基．别林斯基选集．上海：上海译文出版社，2005.

［俄］赫尔岑．往事与随想．上海：译林出版社，2009.

［英］以赛亚·伯林．俄国思想家．上海：译林出版社，2001.

［美］纳博科夫．尼古拉·果戈理．桂林：广西师范大学出版社，2010.

［法］安德烈·莫洛亚．屠格涅夫传．太原：山西人民出版社，1983.

［苏］谢列兹涅夫．陀思妥耶夫斯基传．哈尔滨：黑龙江人民出版社，1992.

［俄］屠格涅夫等．回忆果戈理．天津：天津人民出版社，1985.

只要大地上还有一个囚徒……

——关于曼德尔施塔姆，一种信仰诗学

“亲爱的科尔涅依·伊凡诺维奇，我必须向你提出一个最严重的要求：你能借我一点钱吗？你知道我别无选择，而我的妻子又找不到工作……”这是曼德尔施塔姆1937年初在流放地沃罗涅日写给科·伊·丘科夫斯基的信。信中没谈别的，除了自己的窘况，就只有那句声嘶力竭而又苦苦哀求的话在纸上低回：你能借我一点钱吗？你能借我一点钱吗？……

曼德尔施塔姆一直都是个穷人：“我很早就爱上了贫穷和孤独，/我是个贫穷的艺术家。”他对金钱其实没什么概念，他只是想简单活下去，但仅仅活下去也是艰难的。从20世纪20年代起，他发表作品就变得困难起来，原因无非是“不符合时代要求”，“缺乏现实意义”。他曾找到老朋友、《探照灯》主编布哈林，希望能发表点作品，布无奈地对他说：“我无法刊登您的诗。您拿些译稿来吧……”后来，曼的妻子娜杰日达曾找到当时的文学显贵谢尔巴科夫（苏军上将，1934年起任苏联作协负责人），

谢问她，曼最近在写什么？“在写卡马……”娜杰日达还没说完，谢的脸上便有了笑容：“写一个游击队员？”当娜杰日达解释说写的是卡马河时，那笑容便立刻消失了。“干吗要写一条河呢？”这让他感觉诧异，也许他一直在等待曼德尔施塔姆的歌功颂德之作。

曼德尔施塔姆不是没考虑过转型，他也经历一个“价值重估”的时期。他背负着旧时代的沉重遗产，并以革命的名义努力调整自己，试图连接起“两个世纪的脊椎”，以适应“新体制”的要求。尤其是在20世纪20年代初，当阿克梅派作为“落后于时代”的典型被批判时，他也有些惊慌失措了。“与所有人相对，与所处时代相对，这可不是一件轻而易举的事情。”（娜杰日达）在震惊于自己“形单影只”的同时，他甚至试图切断与老朋友阿赫玛托娃的联系，以便追随集体的脚步。事实上他从来不曾做过政治上的真正的反对派，但他的气质和音调实在不符合“合唱队”（布罗茨基语）的要求，无论怎么努力，天生高贵的“嗓音”都让时代觉得刺耳；另一方面，当他试图与时代谈判时，却发现“时代对投降者的要价高得离谱”。在由激进主义逐渐走向恐怖主义的20年代，他不得不停笔数年，直到20年代后期，才重新找回了自己，在一种充满恐惧与重压的孤立状态中，勇敢地承担起一个独立诗人的使命。这副重担被他背负到生命的终点，即便是在苦难深重的流放途中，他也没有卸下来过。1937年，曼曾被迫在沃罗涅日做过一场关于阿克梅主义的报告，“以供批判”。在谈到阿赫玛托娃与古米廖夫时，他坦然相承："我与生者和死者都保持着联系。"

起初，曼德尔施塔姆还能做些翻译工作，勉强糊口。到流放地后，他连翻译的工作也不能做了。在失去所有的生存门径后，他开始四处求情，得到的答复无一例外的都是"请示上级"，然后心照不宣地石沉大海。哈耶克说："在专制社会，不是不劳者不得食，而是不服从者不得食。"体制内多的是顺从的谋食者，一旦被体制视为异己，谋生的艰难立刻显现。在当时，个体生存的所有渠道差不多都被体制收回了，每条路都被堵得死死的。有一段时间，个人还可以在自家的院子里养头母牛过活。在走投无路时，曼德尔施塔姆也曾想养头母牛，但转念一想，母牛需要吃干草，而草料需上级批准，只好作罢；也可以偷偷地帮别人做衣服或打字谋生，但要冒极大的风险；最后一条道就是乞讨了，就像曼给朋友们四处写"乞讨信"一般。如果连乞讨也不能奏效，唯一能做的事情就只有"在克里姆林宫的城墙下哭泣"（阿赫玛托娃《安魂曲》）。

从 20 世纪 20 年代后期至二战前的十几年，是俄国历史上最为黑暗和恐怖的时期。阿赫玛托娃就是在这一时期"被夺走了一切生活"，并因而获得了"哀泣的缪斯"的称谓。这也是曼德尔施塔姆苦难深重的十几年、"精神加速度"的十几年——被体制踢出来，遭遇跟踪、审查和流放，最终丧命于远东的劳改营转运站。历数曼所遭遇的苦难似无必要，我们所能够想象到的一切——恐惧、栖遑、无奈、绝望、屈辱……凡此种种，加诸他身上都不为过。布罗茨基认为，曼德尔施塔姆不被体制接受的原因是他“精神自治的程度”太高，“我并不认为若俄国选择了一条不同的历史道路，他的命运便会有什么不同。他的世界是高度自治的，难以被兼并”。主要体现在他“语言上的优越感以及由此而产生的心理上的优越感”，这使他与主流和大众逐渐拉开了距离。曼也的确是骄傲的，他曾在《第四篇散文》中说：“在俄国，只有我一人借助声音工作，而周围全都是些涂鸦。”曼的骄傲足以使他招来一切打击，而在专制国家，“精神上的优越总要在肉体的层次上遭到抵抗”——其结果便是，“其声音愈清晰，便愈显得不和谐，没有合唱队喜欢这声音，美学上的孤立需要肉体的容积。当一个人创建了自己的世界，也便成了一个异体，将对抗袭向他的各种法则：万有引力、压迫、抵制和消灭”（布罗茨基《文明的孩子》）。

曼继承的是阿克梅派的诗学遗产，这其中不仅有整个俄国19世纪的诗学积淀，更有“对世界文化的眷念”（曼德尔施塔姆语）。曼德尔施塔姆的诗学趣味迥异于时代，他对当时流行的现实主义、象征主义甚至未来主义等等诗歌流派不屑一顾。“对一个诗人是真理的东西，对所有诗人都是真理，组建什么样的流派都毫无意义，发明自己的诗学也毫无意义。”曼德尔施塔姆的“诗歌真理”是什么呢？他感兴趣的是“词语”，而非“时代”、“政治”、“现实”等等主题。诗歌是“以不死的词语那燃烧的盐”

组成的，是“将一个现象提升到它的十次幂”，而不是一个简单的现实主题。是“词语”本身，而非转化为“意象”，“意象”依然是现象级的，“词语”才是本质的，是一种“内在的意象”，它意味着敞开，揭示着存在，而存在才是诗人最大的骄傲。因此他才会说“写点无意象的诗吧”，“爱事物的存在更甚于爱事物本身，爱你自己的存在更甚于爱你自己”（曼德尔施塔姆《阿克梅之晨》），“谁能像牧师高举圣餐那样把词语高高举向时间，谁就会成为第二个约书亚”（曼德尔施塔姆《词与文化》）。他也不认为“文学在进步”。“根本不存在当代诗歌比过去诗歌‘高水平’这回事，”他说，“文学中的进步论代表着学术愚昧的最粗鄙、最可恶的形式。文学形式在改变，一套形式让位给另一套。然而，每次改变、每次获得，都伴随着丧失。”（曼德尔施塔姆《词的本质》）比如，现在再也写不出杰尔查文或莱蒙托夫那种风格的颂诗了，因此，诗歌的进程更像是一种不间断的、不可逆转的失去，“失去的秘密多得像创新”。如汉斯·昆对当代艺术的质疑，“仿佛一切都得一再痉挛般地从零开始，仿佛每次改造都是一次伟大的更新”。这也让我联想到我们的“先锋崇拜”，似乎凡是先锋的就是对的、好的。先锋不是一拥而上，先锋是小道，是少数人的寂寞事业。更为关键的，不要为先锋提前戴上桂冠，先锋面临的最大可能其实是失败，先锋为我们积累了尸体和经验。

据娜杰日达回忆，在 20 世纪 30 年代，曼已不再关注 20 世纪的诗歌，他曾跟妻子娜杰日达说：“你知道吗，如果有过一个黄金世纪，那就是 19 世纪。”他的书架上存放的只有安年斯基、古米廖夫、阿赫玛托娃和俄国 19 世纪的诗歌，以及一大批拉丁语诗人，如奥维德、贺拉斯、提布卢斯、卡图卢斯……他本来就不是一个博闻强识的阅读者，而是一个口味刁钻的、一根筋的、刺猬式的阅读者。“完全没必要拥有很多书，一生只读一本书的读者才是最优秀的读者。”他曾对娜杰日达说。那本书是什么？是《圣经》吗？曼德尔施塔姆说：“也许。”当然，也可以是但丁的《神曲》。他总是随身带着《神曲》，即便是去劳改营的路上。他可以背诵《神曲》里的不少片段。这样一位趣味卓越的诗人，与时代的冲突几乎难以避免。“个人的美学经验愈丰富，他的趣味愈坚定，他的道德选择就愈准确，他也就愈自由——尽管有可能他愈不幸。”（布罗茨基《诺奖受奖演说》）趣味这东西最难骗人，政权只需嗅一下味道，便知道是不是“自己人”。作协的领导法捷耶夫有一次对娜杰日达说：“要知道，帕斯捷尔纳克也是外人，可是他离我们毕竟稍近一些，还可以和他共事……帕斯捷尔纳克让我们感觉更轻松一些，他那里有大自然。”法捷耶夫无论如何算是个行家里手，他知道帕斯捷尔纳克的作品中有与革命文艺相通融的东西，至少不会产生冲突。而曼德尔施塔姆则完全没有这些。他的诗里有希腊，有但丁，有俄国 19 世纪的黄金时代，就是没有普罗大众的革命文艺。

曼德尔施塔姆与“大众”、“时代”的偏离不仅仅缘于他的艺术趣味，更因为他孤绝的艺术信念——他对可作为交谈者的“时代”的听众，尤其是“同辈中的朋友”充满了恐惧和不信任。他不认为诗歌有什么具体的交谈对象，取悦于时代的读者，对未来做出某种预言或在道德上作出训诫，那是文学家干的事情。文学家离不开具体的交谈者，文学家的书桌前永远坐满了听众，而诗人只与潜在的交谈者相关，他不必知道那个人是谁，也不必发出任何道德训诫，他所怀抱的仅仅是“一种想用自己的语言让人吃惊、想用那预言的新颖与意外让人倾倒的愿望”。因此，诗人“没有必要高于自己的时代，优于自己的社会”。比如他所喜欢的那个弗朗索瓦·维庸，“就远远低于15世纪文化的中等道德的精神水准”。诗人更应该关心的是“距离”，因为讨好时代的大众无异于与邻居的泛泛而谈，简直就是“无休止地、令人厌恶地在自己的心灵上钻孔”。真正的诗歌永远是朝向一个未来的、未知的接受者，“自信的诗人不可以怀疑这样的接受者的存在”（曼德尔施塔姆《论交谈者》）。曼在本质上是一个孤独的天才，他不善于处理日常生活中的琐碎细节，不会与平庸的邻居打成一片，对人际关系和日常世界束手无策，因他过于关注本质性问题。在俄罗斯的知识分子传统中，“民粹主义”一直颇有市场。如别尔嘉耶夫所言，很多卓越的俄罗斯人都“没有源于高山的激情”，面对黑暗、广阔如大海般的人群，他们害怕孤独，害怕被抛弃，会天然地投入这个集体的旋涡之中去寻找温暖和认同感。在这一点上，连“深不可测”的陀思妥耶夫斯基也未能幸免，这也是他在本质上不同于欧洲天才尼采的地方。曼德尔施塔姆无疑是沿着陀思妥耶夫斯基所铺设的那条复杂的、精细的形而上学之路走过来的，但他却没有陀氏的民粹梦想。要知道，曼在写作《论交谈者》一文时才二十二岁，也就是在他写作刚起步的时候，就确立了自己孤绝万仞的写作路向，这一路向注定充满了孤独与艰辛。

我冻得直哆嗦——
我想缄口无言！
但黄金在天空舞蹈，
命令我歌唱。

（荀红军译）

这首诗写于 1912 年，曼刚刚二十一岁。他几乎甫一开口，就显示了自己独特的嗓音——尖利的、高亢的、美声的，或如布罗茨基所说的，“有些像金丝雀的颤音”。他的歌唱完全旁若无人，因为是一种天上的声音在“命令”他歌唱。天上有什么？有黄金在舞蹈！这黄金是他的希腊，是基督教的上帝。曼早期的诗作大多是指向这两个具有黄金质地的主题的——一个在远方，一个在高处。因此，接下来他才会说：“去痛苦吧，惊惶的歌手，/去爱吧，去回忆，去哭泣。”面对无限的高处与远方，一个诗人所能做的就只有这些了。唯有痛苦，才是一个天才的必修课；唯有爱，才可能得救赎。但作为一个“惊惶的歌手”，曼德尔施塔姆依然是幸福的，因为他尚有一个希腊可供哭泣，他尚有一个上帝可供吁求。

你的形象令人痛苦且模糊不清

你的形象令人痛苦且模糊不清，
我无法在雾中辨认。
“上帝”——我失口说道，
我自己本来不想说。

上帝的名字像一只大鸟
从我胸中飞出。
浓雾在前面翻滚，
空鸟笼子在后面。

（荀红军译）

当一个抒情诗人拥有了自己的吁求对象，他的脆弱也是坚强的，他的哭泣也是幸福的。因为那至高无上者可以拯救你的灵，可以赦免你的罪，可以抚慰你的苦难，收留你的泪水。如果没有一个希腊，我们的回忆至多是苦涩的。而如果没有这样一位至高无上者，想想看，你所有的呼喊都将是人间最绝望的呼号，无以蒙恩，无以抚慰，你的呼喊又有什么意义？正因为有了这样一位上帝的形象——即便因一时的浓雾而让人难以辨清，但“空鸟笼”意味着那只大鸟的永恒存在——曼的诗歌便具有了承纳一切苦难的基础。

苦难，几乎就是俄罗斯人的精神底色。别尔嘉耶夫在论述陀思妥耶夫斯基时说，俄罗斯人的灵魂深处有一种陶醉于死亡的启示录般的悲剧境界，“它很少珍视什么，很少持久地眷恋于什么”，它不像欧洲人那样与文化和宗教产生稳固的联系，并受制于传统和习俗。俄罗斯人的灵魂“向所有的远方敞开，它很容易挣脱一切根基，在自发力量的风暴中飞驰而去，到达无限的远方。它迷恋在俄罗斯大地无边的旷野上流浪。形式的缺失，约束的无力，使得俄罗斯人没有真正的自我保存的本能，他轻易地就毁灭自我，燃烧自我，消失在旷野”（别尔嘉耶夫《陀思妥耶夫斯基的世界观》）。这段话用来评述曼德尔施塔姆也大致不差。曼就是一位高贵的、多血质的、时刻处于精神亢奋中的毫无遮掩的抒情诗人，他的心灵是无盔甲的，吁求是赤裸裸的，当然才华也是赤裸裸的。这种“高速度的，暴露精神，有时甚至暴露秘密”的诗，使曼时常陷入一种自杀式的、完全无法自保的危险境地。“像那只鸟一样，他成了他的祖国慷慨地向他投掷各种石块的目标。”（布罗茨基《文明的孩子》）如果说在20纪30年代之前，曼德尔施塔姆尚可沉醉于对古希腊的回忆之中，尚可向模糊的上帝吁求，进入沃罗涅日时期后，他的声调则一下子变了。紧张，急促，惊悸，随时会尖叫，而赤裸裸的恐怖也成为唯一的主题。

> 放开我，交出我，沃罗涅日：
> 你将丢掉我，或者错过我，
> 你将失去我，或者归还我，
> 沃罗涅日是胡闹，沃罗涅日是乌鸦，是匕首……
>
> （《放开我，交出我，沃罗涅日》，汪剑钊译）

这是曼德尔施塔姆刚进入沃罗涅日时写的一首诗，急促，错乱，任性，不像是呼救，更像是一种赤裸裸的自毁般的叫嚣。像是从希腊众神中走过来的一位尊贵客人，沃罗涅日，我命令你，“放开我，交出我”！因为，“沃罗涅日是胡闹，沃罗涅日是乌鸦，是匕首……”但有谁听？在这里，只有“一片鸭绒似的白雪茫茫”，只有“冷酷的阉人四处分发毒药”，只有一个苦难的旷野可供面对。“哦，这是一个多么滞缓、气短的旷野！”在这种极端的苦难中，在这种嘴唇的嚅动都可能被剥夺的时刻，诗人何为？陷入沉默和虚无是简单的，但那不是伟大的天才所为。“你们夺去了我的海我的飞跃和天空”，但“你们无法夺去我双唇间的咕哝”。曼德尔施塔姆写道，“只要大地上还有一个囚徒”，诗人就不会停下手中的笔，就不会停止“嘴唇的嚅动”。

像是阴柔的银子在燃烧
与氧化物和合金斗争，
——这银制品的安静，犁铧的
铁尖，诗人的声音。

（王家新译）

王家新从英文转译的这首小诗，与汪剑钊译自俄语的版本差别极大，如后面两句，汪译为“而安静的劳动给铁制的犁铧/和歌手的嗓音镀上一层白银”，两相比较，几乎就是毫不相干的两首诗。也许汪译更接近原诗的节奏，而王译在经过英语的梳理后，逻辑上更可解。我们永远无法期待能呈现一个完美的汉语的曼德尔施塔姆，曼只能是属于俄语的。但俄语里的曼德尔施塔姆却可以通过一种变形记的方式，给当代汉语诗歌以启迪。比如对苦难的书写，不是叫嚣，更非沉默，而是“像是阴柔的银子在燃烧”，这种斗争既有“银制品的安静”，也有“犁铧的铁尖”，这才是真正的“诗人的声音”。曼德尔施塔姆对苦难的书写之所以没有走调，没有陷入非诗的、直白的怨艾中，一方面缘于上文所说的“个人趣味”的保障，趣味一旦形成，向下的路径就被堵死了；另一方面，他在个人风格上有一种对苦难的压缩和加速装置，这也和他对“词语”本身的强调有关。也就是说，无论如何，他都不会仅仅停留在苦难的现象上，而是通过诗句的“压缩”或“加速”，将苦难转变到“存在”和“本质”的高度。他很少写具体的现实苦难，但他的每一行诗句都包含着浓缩的苦难，是苦难的“十次幂”。如：“让密谋者们在雪中穿梭如羊群/让易碎的雪冠嘎吱作响/冬天对某些人是难闻的烟和夜宿处的苦艾/对另一些人是胜利的伤口的粗暴的盐。”（黄灿然译）曼德尔施塔姆对诗行的推进更多的是依靠“声音”和“节奏”，而非一个个意象。“是内在的意象赋予诗以生命。”曼说。那“内在的意象”是什么？是“鸣响”的声音：“没有一个字出现，但诗已经发出鸣响。鸣响的是内在的意象，触摸到它的是诗人的听觉。”（曼德尔施塔姆《词与文化》）曼也是在这一意义上肯定他的大师但丁的。“但丁是一位诗歌乐器的大师；他不是意象的制造商，他是变形和混合的战略家。”（曼德尔施塔姆《关于但丁的谈话》）在这首诗里，“密谋者”、“某些人”、“另一些人”是现象的而非具体的；“雪冠”、“易碎”、“苦艾”、“粗暴的盐”并非具体的意象，而是安插在诗句中的一个个“变形”或“混合”的加速装置，将诗句推进到一种“精神加速度”的效果。他也偶有具体的、有所指的讽喻之作，但基本上都是浓缩的、抽去了具体背景的，如下面这首小诗：

> 曾经，我的国家跟我说话，
> 溺爱我，轻轻训斥我，不读我；
> 但当我长大，成为目击者，
> 它立即注意我，立即像一块镜片
> 使我着火，用海军部大楼的闪光。
>
> （黄灿然译）

短短五行小诗，浓缩了曼德尔施塔姆与国家的全部争吵。“曾经，我的国家跟我说话”，的确有那么一个时期，国家以为他尚可改造，甚至“溺爱”过他，但极为短暂，继而就开始“轻轻训斥”。在被国家“轻轻训斥”的时候，曼德尔施塔姆也曾试图做出改变，但没有成功，于是陷入长长的沉默。训斥不成，国家开始“不读我”。不读，也就是放置一边，以便于遗忘。很多体制异端的消失，并非在肉体上被取消，而是“被遗忘”。不让他发表作品，不出版他的书，不让他的话传播出去，一两代人之间，对他的记忆可能就消失不见了。布罗茨基在他的诺奖演说中曾说：“……在这些罪过中，最深重的不是对作者的迫害，不是书刊检查组织等等，不是书籍的葬身火堆，有着更为深重的罪过——这就是鄙视书，不读书。由于这一罪过，一个人将终生受到惩罚；如果这一罪过是由整个民族犯下的话，这一民族就要受到自己历史的惩罚。”俄罗斯对它的诗人的遗忘方式，也曾被我们效仿。在国家开始有意将他“遗忘”的时候，曼德尔施塔姆也真切地感受到了这种不寒而栗的“萧条”，谈到俄国 19 世纪的诗人时，他曾有感而发：“这些由各式各样的黏土做成的诗人多么不同凡响！他们全都是俄国诗人，不仅仅是昨天或今天的，而是永远的。这样的诗人是上帝赋予我们的。一个民族无法选择他的诗人，正如一个孩子无法选择他的父母。一个无法给其诗人荣誉的民族就只配……不，它什么也不配！”（曼德尔施塔姆《萧条》）这不仅仅是诗人的骄傲，而是诗歌本身的确具有这种力量，配得上这个光荣。诗集无法出版尚可忍受，因为还可以抄在笔记本上，还可以存放在记忆深处。如果写出的诗歌没有一个读者，就仿佛无人对饮的独醉、无人共舞的欢场，其寂寞凄凉最难消受。“我跟在他们后面叹息，/对着某一个结冰的木筐叫嚷：/我只要一个读者！一个谋士！一个医生！/站在交谈多刺的楼梯上！”（汪剑钊译）在沃罗涅日时期，曼德尔施塔姆已经完全被体制冰冻了，不仅没有一个读者，甚至都没有敢和他面对面讲话的人，整个社会陷入“耳语”时代。有时在半夜写完一首诗，他会跑去隔壁的印刷厂，为自己的新作寻找听众。上夜班的排字工人们很高兴见到他，年轻人已习惯于用《文学报》上的口吻来评判他，而年长的工人们则会让那些年轻人闭嘴。“在困难时期，年老的工人们默默听完曼的诗，然后与曼东拉西扯地聊上几分钟，他们中的一位则趁机跑去商店，最后，他们会把一袋食物交到曼手上。他们工资很低，他们的生活大约原本就捉襟见肘，可是他们却认为'不能眼见一位同志遭难……在这种时候……'"（娜杰日达《回忆录》）每每读到曼夫人这段不动声色的回忆，总让我情绪难以自抑。一个迫害与流放它的诗人的国度是丑陋的，而在这丑陋之中，总还存在着最基本的善，纵然很微弱、很隐秘，但已足够让在难中的诗人喘口气。娜杰日达说，诗歌在俄罗斯一直扮演着一种特殊的角色："诗歌唤醒人们，塑造他们的意识。知识分子阶层的生成，如今就伴随着对诗歌的空前热爱。这就是我们价值体系的黄金储备。"曼亦深知诗歌的力量所在，诗人有时是脆弱的，但诗歌却是顽强的、倔强的，就像彼得堡的石缝里钻出来的青草，有时还具有某种权力——虽然这权力可能就来自诗歌本身的后坐力，从而将诗人误伤。曼德尔施塔姆就是因写了一首讽刺"克里姆林宫的山民"斯大林的诗而惨遭流放。这简直就是曼为自己选择的死亡方式——他利用了那些独裁者们对诗歌"过分的、近乎迷信的爱好"。他时常说："还有什么可抱怨的呢？只有在我们这里才有人爱诗，爱到因为诗而杀人。要知道，在其他任何地方都不会因为诗而杀人的……"诗歌的这种"权力"太让人苦涩了，它可以强大到让政权害怕，也可以反弹回来取消诗人自身。"但当我长大，成为目击者，/它立即注意我，立即像一块镜片/使我着火，用海军部大楼的闪光。"这说的就是诗歌的这种反弹力。海军部大楼，曾是苏联秘密警察的总部所在地。

曼德尔施塔姆在谈到他一生的导师但丁时说："但丁是一个穷人，但丁是一个内在的平民知识分子，是一个罗马古老家族的后代。谦恭有礼绝不是他的特点，倒是有点恰恰相反。谁如果没注意到在整部《神曲》中但丁不懂得如何待人处世，不懂得如何行动，不懂得说话，不懂得鞠躬，那他就真的有眼无珠了。……内心的焦虑、痛苦、烦人的笨拙一直陪伴着这个缺乏自信的男人的每一个脚步……而他实际上的同代人薄伽丘，却在同一个社会制度里如鱼得水，浸溺其中，嬉戏其中。"（曼德尔施塔姆《关于但丁的谈话》）曼的这段话多少有点夫子自况。他就是那样一个在体制里完全混不下去的人，一方面在精神上是那样精英、高傲，另一方面在性格上又是那样笨拙、焦虑、纯真。"我对世界还有一丁点儿惊奇，/惊奇于孩子和冰雪，/笑容绝不做作，恰似道路/也不像仆人那样顺从。"（汪剑钊译）即便在流放地的苦难中，在求生无门的惶恐中，曼的内心依然是纯净的，向善的。"眼前咯吱作响的冰雪，纯洁如新鲜的面包。"幸运的是，在苦难的人生中，但丁有他的贝雅特丽齐，曼德尔施塔姆有他的娜杰日达（俄语"希望"的意思），正是这些"永恒的女性"，引领他们上升。

人世凄凉。一切是空虚和平庸。
唯有女人和花朵给我们安慰。
可是，你把两种奇迹合而为一：

你是女人！你是玫瑰！

（汪剑钊译）

太深情了！这首小诗写于20世纪20年代，是曼发自肺腑的赞语，而娜杰日达，这位伟大的女性，像十二月党人的女人们那样，完全当得起这赞誉。她不仅在肉体上保护了曼，尽量延长了他的生命，更在精神上支持了他，提升了他。如果没有娜杰日达，很难说还会有一个真实的曼德尔施塔姆，至少是不完整的。正是她，这位诗人的遗孀，“在地球六分之一的表面上东躲西藏，紧握着一只翻炒他诗歌的长柄锅，在深夜背诵下这些歌，以防它们被手持搜查证的复仇女神抄走”（布罗茨基《文明的孩子》）。

在苦难中直接书写苦难，或在专制的国度里主动承担起一个诗人的良知，在很多诗人看来会有一种滑向“非诗”的危险。在这些人眼里，似乎只有“纯诗”才是安全的。这就把“诗”看得太小了，无非是针尖上的那点真理而已。把边界缩小，无疑是最为安全的。但诗的边界很大，如果诗的胃口不够大，诗人的消化能力不够强，诗歌也许早已成为艺术化石了。汉语古典诗歌曾承担起“巫”、“史”与“宗教”的功能，西方诗歌也曾与宗教密不可分，浪漫主义诗人们曾希望以艺术替代宗教，甚至到19世纪时，诗人在思想和信仰领域依然具有一定的引领作用。“雨果在法国，惠特曼在美国都是人们的典范。这是一个严格意义上的前卫形象，即他们走在前面，这个形象与人们的觉醒、进步、解放以及能力的复苏密切相关。”（阿兰·巴丢《世纪》）但自文艺复兴以来，一个总的趋势是，艺术越来越强调其自身独立的合法性，康德的“判断力批判”也使艺术自律获得了某种哲学解释的根基。诗人成了“失落的思想的残余物”，仅仅保留了“有限的行为”，那就是——语言的守门人。康德有一个悖论式说法：无目的之合目的性才是美。也就是说，艺术本身不具有目的和用处，它不关涉利害，不具有用性，它“拥有一些它自身中就得以表明的东西”（汉斯·昆《艺术与意义问题》）。但目的与意义是两回事，“无目的”并非“无意义”，艺术的自律与艺术向各种可能性的敞开之间并非完全对立的，而是处于一种辩证的张力关系中。试图用一首诗去推翻一个政权自是走火入魔之举，但在一个充满危机与苦难的情境中，如果“作为精致的地震仪”的诗人竟毫无反应，那也过于奇怪了。“艺术有社会的牵缠，每一件艺术品实际上都是对社会、公共关系的作为与回应。”作为宗教学家的汉斯·昆，面对意义不断丧失的当代艺术，依然强调以意义来对抗虚无，以“基本的信赖”对抗“基本的不信赖”。“归根到底，艺术品被创造出来的目的就在于发生、朗现。”他说，“艺术是游戏，但不只是游戏。”应当将艺术的意义问题放在一个总体的语境中来观察，“所谓总体语境，我指的是：艺术与生命的意义”，而不是从纯艺术的或艺术与政治的关系出发。

曼德尔施塔姆的例子告诉我们，伟大的诗歌不仅仅是“语言的守门人”，它可以承受一切苦难。即便最痛苦的嚎叫，也不会让人觉得刺耳，也没有打破艺术的自律。诗人唯一要记取的，是

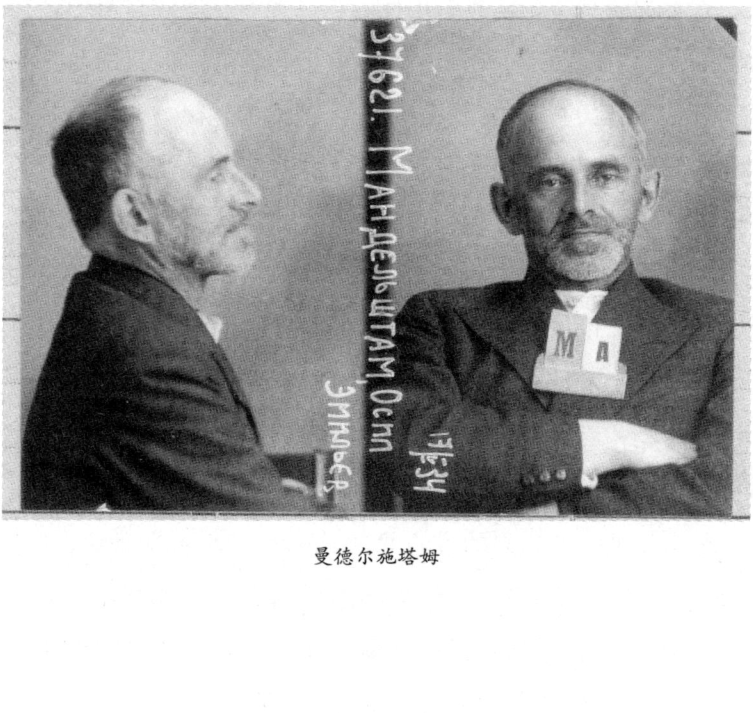

曼德尔施塔姆

尼采的警告：当我们看深渊太久，深渊也会深情地回望我们。不要被你强大的对手扼住喉咙，不要被苦难的深渊吞噬掉。有苦难就会有恶，但恶是无法避免的，具有自我意志的人的精神深处，总有一个善与恶的交锋之所，那是上帝与魔鬼相遇的地方。正如别尔嘉耶夫所言，恶是自由的孩子，恶是人具有内在深度的标志，它和善一样，是与个性、自由和人的自我意志相连的。恶并不可怕，因为与恶相连的还有罪与罚，“在人性的最深处，罚注定等待着人”。由恶所带来的苦难同样不可怕，在基督信仰中，苦难正是一条赎罪之路，人在苦难之中焚烧罪恶，净化和提升自己，“这符合人最高的尊严，符合他上帝的儿子的身份，只有通过苦难人才可以上升”，因此说“苦难也是深度的标志”（别尔嘉耶夫）。无论如何，恶是“自由人的命运”，如果无视恶，不承认人身上善与恶的分裂，就是一种伪善，会将人引向“圣贤”、“神人”、“超人”的歧途，最终导致专制、虚无和毁灭，导致一种更大的恶。这一切的关键是，人需走在通往上帝的路上，走在“神人”的路上，走在真理的路上，由恶所带来的痛苦才会把人引向赎罪。上帝存在，是因为恶存在，恶是上帝存在的证明，如果世界是绝对的善，就不需要一个上帝。如果上帝消隐了，善与恶的最终审判者消失了，一切都是允许的了，那人就不具有绝对意义了，因为没有人对恶负责了。

你不曾死去。你仍是独自一人，
只要讨饭的女友和你在一起，

平原的伟大，迷雾、寒冷
和暴风雪都会让你感到愉悦。

豪奢的贫穷，强大的匮乏，
你安详、平静地生活——
那些日日夜夜无比美好，
而悦耳的劳动多么纯洁。

作为他影子的人多么不幸，
被犬吠惊吓，被风扭曲，
半死不活的人多么可怜，
他向影子去乞求施舍。

（《你不曾死去》，汪剑钊译）

首先需要搞清楚的是，这首小诗里的“你”是谁。从前两节看，我将“你”读作诗人的第二人称。诗人抽身出来旁观自己的命运，迷雾、寒冷、暴风雪，甚至贫穷和匮乏都没有将“你”击溃，“你”依然是愉悦、美好和纯洁的，因为有“讨饭的女友”和“你”在一起，“你”依然日日夜夜从事着那“悦耳的劳动”——写作。这尘世的一切美好已足以应付一切灾难，给人以希望。这是曼德尔施塔姆的伟大之处，他没有被灾难击倒，没有被深渊吸附。在这方面，他是伟大的前辈陀思妥耶夫斯基的门徒。陀思妥耶夫斯基曾深入“罪与罚”的人类精神的最底层，并“引领我们穿越黑暗”。别尔嘉耶夫曾说，陀氏的伟大就在这里：

"他的最后一个词语不是黑暗。他的创作给我们留下的印象完全不是阴郁的、没有出路的悲观主义，在他那里，黑暗本身携带着光明，基督之光将战胜世界，照亮所有的黑暗。"（别尔嘉耶夫《陀思妥耶夫斯基的世界观》）陀思妥耶夫斯基战胜黑暗最终依靠的是"基督之光"，事实上曼德尔施塔姆亦是如此。第三节的"他"是谁？是第二人称的变调？还是另有所指？而"影子"又是谁的影子？王家新的译本将第三节译作：

> 而那个活在阴影中的人很不幸，
> 被狗吠惊吓，被大风收割。
> 这死揪住一块破布的人多可怜，
> 他在向影子乞求。

（王家新译）

这里面只有一个"他"，在逻辑上似乎更可解，"他"就是"你"的变调。而"影子"只能是上帝的影子，就是那个"你的形象令人痛苦且模糊不清"的上帝，而不可能是别的。曼德尔施塔姆也曾希望得到"尘世的影子"的怜悯，从沃罗涅日回来后，居无定所、一无所有的曼夫妇，曾四处找人借钱度日，但大部分人都拒绝了他们。走投无路时，曼甚至想到了帕乌斯托夫斯基，写《金蔷薇》的那位老人。虽然他们不认识，但他想试试。"他会给的。"他对娜杰日达说。但最终她没有借成。"那你们为什么没来呢？"帕乌斯托夫斯基后来有一次问娜杰日达。"没来得及，因为曼被捕了。"在文学圈里，还流传着曼借钱不还的传言。娜杰日达非常愤怒："曼在莽撞的青年时代的确有可能欠债不还，而在斯大林时期发生的一切，则不能叫做'借钱'，那是赤裸裸的乞讨，是国家使他陷入乞讨的境地……"

在众神隐遁、"上帝死了"而尘世间又苦难遍地、道路以目的时代，曼德尔施塔姆依然紧紧抓住了上帝的衣角。除此之外，他别无可求。一个当代诗人还需要"上帝"的救赎吗？也许无神论者无法理解"上帝"在信仰者心中的位置，当你遇到巨大的困境时，你会发现你没有一个求告的对象，无告的人生才是最大的悲剧。如果没有上帝，就无法解决善与恶的问题，无法解决生与死的问题。而如果没有永生，没有"不死"，人就不值得活。诗歌最终必然会触及这些终极问题。但不是说要重新回到一种宗教诗学，回到一种田园牧歌般的宗教情调里去，而是，在面对深渊般的苦难，面对挤迫我们的荒诞、虚无和无意义时，诗人必须对世界（世俗的和属灵的世界）抱持一种基本的信赖，建立一种敞开的、具有内在超越性的、面向人类幸福图景的信仰诗学。这不仅仅挽救了人，也挽救了诗：诗与宗教纠缠了千年，诚如汉斯·昆所言："诗与宗教是同一的，这也是寄希望于一个新的未来的主题——在一个能够产生诗的时代里，伟大的神学和伟大的美学在诗中以示范性的方式重新结合在一起。"（《诗与宗教》）曼德尔施塔姆以他黄金般的诗歌质地，为我们树立了这一典范。

仿佛一块石头从天外陨落，
一行诗，身世不明，被贬黜到此地。

无所哀求，这造物也不可改变。

它只能是这个样子。无人可以评判。

（《仿佛一块石头从天外陨落》，王家新译）

1940年初，娜杰日达·曼德尔施塔姆接到一份通知，让她去邮局领取一个退回的包裹。“收件人已经死亡。”邮局里的姑娘对她说。何时死的，死在了哪里，一切都成了谜。那一天，报纸上刊登了一份长长的作家名单，首届斯大林奖金开始颁发。作家们聚在法捷耶夫的家里为国家的恩赐而干杯。听到死亡的消息，法捷耶夫当时还洒下了几滴醉醺醺的眼泪。“我们毁了怎样一个诗人啊！”他说。“我只是不明白，他们中间有谁能真正地意识到什么叫毁了一个人。”娜杰日达回忆起来依然悲愤难平，“要知道，他们大多属于重估价值体系、为‘新生活’而奋斗的一代人。正是他们为那个强大个性、那个专制者铺平了道路，使他得以独断专行……”然而多少年过去了，那些风光一时的成功者早已被人遗忘，那大地上的苦难囚徒、神秘的失踪者，却像一块天外陨石，重新陨落人间。诗歌的伟大就在于，“合唱队”可以取消一个诗人的声音，但那天才的声音终会被一些隐秘的耳朵和心灵铭记下来；政权可以取消一个诗人的肉体，但那一行行看似孱弱无力的诗句，终会“像一块石头从天外陨落”。一行诗，可以身世不明，可以被贬黜被流放，但它坚硬倔强，无所哀求，不可改变。“它只能是这个样子。无人可以评判。”只有上帝可以评判，只有时间可以裁决。一块诗歌的陨石，终将超越多少闪光一时的玻璃。

2014.9

参考书目

曼杰什坦姆诗全集．汪剑钊，译．北京：东方出版社，2008.

带着来自塔露萨的书：王家新译诗选．北京：作家出版社，2014.

［俄］娜杰日达·曼德施塔姆．曼德施塔姆夫人回忆录．刘文飞，译．桂林：广西师范大学出版社，2013.

［俄］尼·别尔嘉耶夫．陀思妥耶夫斯基的世界观．耿海英，译．桂林：广西师范大学出版社，2008.

［美］布罗茨基．文明的孩子．刘文飞，译．北京：中央编译出版社，1999.

曼德尔施塔姆随笔选．黄灿然，等，译．广州：花城出版社，2010.

［德］汉斯·昆，伯尔，等．神学与当代文艺思想．徐菲，刁承俊，译．上海：上海三联书店，1995.

长着马脸的阿拉伯人

——帕斯捷尔纳克的怕和爱

1939 年夏天，女作家莉季娅去佩列捷尔金诺作家村，探听自己丈夫的消息。她的丈夫布隆什泰因，列宁格勒大学的物理学教授，早在 1938 年 2 月就被秘密杀害了。但莉季娅并不知情，因为她被通知说，她的丈夫被判“十年徒刑且不准通信”。她还以为他尚在人世，于是像那些一夜之间突然失去了丈夫、儿子的女人一样，徒劳地扑向一个个窗口、监狱、衙门、流放地，四处打探亲人的消息。

车子驶进作家村，突然迷了路。莉季娅在一处别墅的篱笆后面发现一个人——此人光着上身，皮肤被晒成了棕色，正顶着炎炎烈日在一块干燥的荒坡上除草。莉季娅停下来问路，那人好奇地打量着她，详细地告诉她该怎么走，随后又大声问：“您是莉季娅·丘科夫斯卡娅吧?”“是的。”莉季娅表示了感谢，转身离去。车子驶过公路，她才恍然大悟：“他就是帕斯捷尔纳克！原生态的、天生的尤物!”

位于莫斯科郊外的佩列捷尔金诺，曾是伟大的斯拉夫派尤里·萨马林的庄园的一部分，被改造后分配给受组织认可的作家们。帕斯捷尔纳克一直渴望得到一处用于安心写作的住所，他得到了。旁边住的是他的邻居法捷耶夫。在此之前，他一直住在作家协会分配给他的一套位于特维尔街心花园 7 号的两居室公寓里。作为被党接受的“同路人”，帕斯捷尔纳克曾一度被布哈林树立为文艺界的标兵。但随着 1929 年布哈林的失势，帕斯捷尔纳克也被马雅可夫斯基取代。1931 年写完《第二次诞生》后，帕斯捷尔纳克开始陷入长长的沉默。“《第二次诞生》结束了抒情诗的第一阶段。显然，道路未能走得更远……长期和痛苦的间歇来到了，他确实未能写下一行诗。我是目击者。我早就耳闻他惊惶地呼喊：‘我这是怎么了?’”阿赫玛托娃回忆说。直到 1944 年，他才写出了后来被他视为羞耻之作的《在早班火车上》。在 20 世纪 30 年代之前，帕斯捷尔纳克的诗歌创作都堪称活跃。早期的《生活——我的姐妹》，让他作为一个“白银时代”的抒情诗人的遗产被新时代顺利接收。完成于 1925—1930 年间的几部叙事长诗（《1905 年》、《施米特中尉》、《斯佩克托尔斯基》），使他与新时代迅速接轨，无论是创作风格还是主题，都呈现出无害化特征。《第二次诞生》（1930—1931）是他试图回归早期风格的一种尝试，能从中读出他自由的心性和舒畅的呼吸。但随着 30 年代“大恐怖”之幕的开启，帕斯捷尔纳克突然不知道该如何写作了。“空气中好像有点什么。”用阿赫玛托娃的话说，但到底是什么，谁也说不清。肯定不仅仅是因为恐怖，因为恐怖的空气早已存在。

沉默与失声也出现在阿赫玛托娃和曼德尔施塔姆身上，只不过，他们的沉默期出现得都比帕斯捷尔纳克早。曼德尔施塔姆在20世纪20年代中期就停止了写诗，直到30年代在流放地沃罗涅日才重新爆发。阿赫玛托娃一直是时断时续的，从未曾连贯过，似乎一点风吹草动就能将她打断。曼德尔施塔姆的妻子娜杰日达曾在其回忆录中分析过这种“不约而同的中断”现象，虽然与各自的命运、偶然的际遇有关，但仍有一个共通的原因存在，那就是，他们每个人都不得不重新确立自己在新世界中的位置。如果无法确立自己在世界中的位置，一个诗人也就失去了发声的根基。三人中，曼德尔施塔姆的自我确立过程进行得最为激烈：“与时代的关系成为他生活和诗歌的主要推动力，而就其性格而言，奥·曼却难以捋顺这些关系，他反而会使一切矛盾激化，让每个问题变得十分尖锐。”（娜杰日达语）曼德尔施塔姆是一个敏感、尖锐、多血质、毫无遮掩的抒情诗人，他的眼里只有诗歌，而且是唯一的诗歌，除此之外，他一概无视。而阿赫玛托娃不仅继承了阿克梅派的沉重遗产，还有她与新时代格格不入、诡奇多变的个人生活，这让她始终处于一种风雨飘摇的生存状态中。娜杰日达说，象征派诗人伊万诺夫的圈子和高尔基的圈子都对阿克梅派抱有敌意，“阿克梅派的某些特质在两大文学阵营均激起了愤恨”。阿克梅派诞生于旧帝国的首都彼得堡，纯粹，高傲（“阿克梅”源出于希腊文，即“最高级”、“顶峰”之意），充满了世界主义和“为艺术而艺术”的唯美哲学，“是对世界文化的眷念”（曼德尔施塔姆语），对传统的象征派手法充满鄙夷。因此，后来他遭到列夫派和象征派的遗老遗少们的集体围攻，也是顺理成章的事情。曼德尔施塔姆曾经说过，布尔什维克只关心象征派手把手交给他们的那些人。这其中就包括帕斯捷尔纳克。帕斯捷尔纳克属于新帝国的首都莫斯科，与彼得堡若即若离。在艺术品味上，他是列夫·托尔斯泰的忠实拥趸和斯克里亚宾的崇拜者，诗歌则继承了丘特切夫以前的诗歌传统，以及里尔克和勃洛克的象征主义。他对阿克梅派若即若离。虽然阿克梅派的女人们爱着他，但他除了赞赏过茨维塔耶娃的天才之外，未曾赞赏过其他人。阿赫玛托娃甚至怀疑帕斯捷尔纳克在1940年以前是否读过自己的诗作。

娜杰日达认为，帕斯捷尔纳克和曼德尔施塔姆在某些方面简直就是“截然相反的两个人”。比如，帕斯捷尔纳克渴望稳定的生活，舒适的住宅，“一张可供思想者伏案写作的书桌”。而曼德尔施塔姆则是一位精神上的浪游者，大地上的游牧者，“甚至连莫斯科住宅的四壁也难以圈住他”。有一次，曼德尔施塔姆在莫斯科富尔曼诺夫胡同终于得到了一处住宅，帕斯捷尔纳克去看望他们，临告别时说：“瞧，如今房子也有了，可以写诗了。”曼德尔施塔姆听后非常生气：“你听到他说什么了吗？”他不认为外在的这些因素可以妨碍一个诗人的写作，他也不需要书桌，他从来都是边走动边打腹稿，然后再坐下来用打字机记录。“即便在全民皆遭奴役的年代，曼德尔施塔姆也未必会出面捍卫作家拥有一张书桌的特殊权利。”娜杰日达说。他甚至诅咒自己的这套房子，他认为这样的“奖赏”不应该属于他，而应该属于那些听话的、为此而争破了头的歌功颂德者。而帕斯捷尔纳克则是一位典型的“别墅客”，“一个家庭型的、独特的、莫斯科的现象”（娜杰日达语），为了得到这些，他不得不靠近文学界，以便借道文学界而走向文学；曼德尔施塔姆从来都与文学界无关，他也不关心这个。早在 1927 年，娜杰日达就曾对帕斯捷尔纳克说过：“您要小心，他们要收养您……”而“文学界”对待两人的态度当然也是迥异的，他们对待帕斯捷尔纳克要宽容得多，甚至做好了稍稍妥协的准备。“要知道，帕斯捷尔纳克也是外人，”作协的领导法捷耶夫有一次对娜杰日达说，“可是他离我们毕竟稍近一些，还可以和他共事……帕斯捷尔纳克让我们感觉更轻松一些，他那里有大自然。”法捷耶夫无论如何算是个行家里手，他知道帕斯捷尔纳克的作品中有与革命文艺相通融的东西，至少不会产生冲突，如诗里的大自然元素、戏剧性的日常场景等。而曼德尔施塔姆则完全没有这些。他的诗里有希腊，有但丁，有俄国 19 世纪（他曾跟妻子娜杰日达说：“你知道吗，如果有过一个黄金世纪，那就是 19 世纪。”），就是没有普罗大众的革命文艺。他与新政权的关系就像打在阿·托尔斯泰脸上的那记耳光，赤裸裸的冲突，他没有属于自己的“安全保护证”。1928 年，在回答一份“苏联作家与十月”的调查问卷时，曼德尔施塔姆说，“我感到受惠于这场革命，但我把才能献给它，只是它至今还不需要”，“作家应成为一个怎样的作家这个问题，我是完全不懂的：回答这个问题无异于发明一个作家，即是说，替他写他的作品”。帕斯捷尔纳克对新政权则抱有希望，他的内心始终有个神秘莫测的叶夫格拉夫（《日瓦戈医生》里那位神秘、善良、身居高位、随时提供“庇护”的弟弟形象）。“帕斯捷尔纳克心知肚明，在 30 年代初的当权者中谁握有此等权利。”娜杰日达说，“这种寄希望于国家及其奇迹的心理与曼德尔施塔姆格格不入。他很早便清楚地意识到这个新型国家将给人们带来什么，他并不指望国家的庇护。”

无论如何，帕斯捷尔纳克有一点是始终未变的，那就是他对待朋友们的态度。无论是大恐怖时期还是相对轻松的时期，该挺身而出的时刻，帕斯捷尔纳克基本上都站出来了。当然，你不能要求一个天性谨慎的人在任何时刻都是英勇无比的，丝毫没有胆怯过，那不真实。1934 年 4 月的一个凌晨，秘密警察闯进了曼德尔施塔姆的家，把他带走了。原因可能是曼德尔施塔姆打了当时的红人阿·托尔斯泰一耳光，也可能是因为他写了一首讽刺斯大林的诗。理由当然可以随便找，因为很容易找到适用《刑法》第五十八条的口袋罪名——“反革命活动罪”。阿赫玛托娃当时正住在曼德尔施塔姆家，她是个离不开朋友的人，一凑够路费就跑到莫斯科去。在 30 年代，阿赫玛托娃与曼德尔施塔姆的友情非常热乎，在莫斯科她一般都住在曼家的小厨房里。但这非关爱情，曼说阿娃是一个营造“友谊而不是爱情”的天才。曼德尔施塔姆被捕后，娜杰日达找到了布哈林，布哈林问她：因为什么被捕？不会就因为一记耳光吧？“他没写过什么过火的东西吧？”娜杰日达撒了个谎，说没有。布哈林似乎也没什么办法。他那时已岌岌可危，不测的命运正等待着他。阿赫玛托娃找到帕斯捷尔纳克，帕斯捷尔纳克也开始为曼德尔施塔姆的事情奔走。他重新找到了布哈林，布哈林为此给斯大林写了一封信，信中附带说了一句：帕斯捷尔纳克为此专门找过他。随后的某一天，帕斯捷尔纳克接到了一个来自克里姆林宫的电话。关于这通电话，流传着多个版本，但亲历者只有一个，那就是帕斯捷尔纳克。1945 年，以赛亚·伯林曾到佩列捷尔金诺拜访帕斯捷尔纳克，下面是他凭记忆复述的帕斯捷尔纳克对他讲述的经过：

> 根据他的描述，他和妻儿在莫斯科的公寓，电话响时没有旁人，一个声音告诉他说是克里姆林宫来电，斯大林同志想同他谈谈。他认为这是一个无聊的恶作剧，就把听筒放下了。电话再次响起，里面的声音多少使他相信这电话是真的。斯大林就问他，是否正在同鲍里斯·帕斯捷尔纳克通话。帕斯捷尔纳克说正是。斯大林问，当曼德尔施塔姆朗诵一首关于他斯大林的政治讽刺诗时，他是否在场。帕斯捷尔纳克回答说，他认为他在场与否根本不重要，但很高兴斯大林能和他通话，说他知道这迟早会发生，说他们必须面谈，

> 谈具有无比重要性的事。斯大林又问曼德尔施塔姆是否是个天才。帕斯捷尔纳克回答说，他们是风格迥异的诗人，他尊重曼德尔施塔姆的诗，但并不觉得亲近，然而，不管怎么样，这无关紧要。
>
> ……不管怎么样，斯大林再一次问他，当曼德尔施塔姆朗读那首讽刺诗时他是否在场。帕斯捷尔纳克再一次回答，最重要的是他必须和斯大林见面，越快越好，一切都决定于此，他们必须谈谈终极问题，关于生和死。“如果我是曼德尔施塔姆的朋友，我应该懂得如何更好地为他辩护。”斯大林说，然后就挂了电话。帕斯捷尔纳克试着打回去，但不奇怪，未能接通。这件事很明显一直折磨着他。至少在另外两个场合他又对我重复了这个故事。他也告诉其他的来访者，但很明显用了不同的方式。

娜杰日达听到的版本与此稍有出入，但大体差不多。她并没有觉得帕斯捷尔纳克因胆怯或没有直接承认曼德尔施塔姆是个天才或大师而失去了一次拯救他的机会。是个天才又能如何？一个连自己的战友和朋友都能心平气和地一个个送进坟墓的人，会对一个诗人网开一面吗？哲学家阿兰·巴丢则将斯大林的这种做派解读为“一种从领导上对艺术家的专制式疼爱的戏剧化后果”（阿兰·巴丢《世纪》）。曼德尔施塔姆也没有丝毫埋怨帕斯捷尔纳克的意思。“干吗要难为帕斯捷尔纳克呢？我自己能有法子，他与这件事毫不相干。”曼德尔施塔姆说，“他说得完全正确，问题不在于大师不大师……”他们只是觉得帕斯捷尔纳克将打电话的事情传遍莫斯科“有些好笑而已”，表明帕斯捷尔纳克有“某种自恋情结和自我中心主义”。撰写回忆录时，娜杰日达对此早已释怀：“如果一个旁人介入奔走，这便不是常规而是例外，这位旁人将为此付出应有的代价。奥·曼的案子当然更不值得介入，因为他竟敢在诗中冒犯那位威严之极的人物。因此，我非常珍重帕斯捷尔纳克在 1934 年不怕被牵连的举动，他和安娜·安德烈耶夫娜一起来我们家，询问他该去找什么人……”

1935 年，阿赫玛托娃的丈夫普宁和儿子列夫·古米廖夫同时被捕入狱，帕斯捷尔纳克再次为朋友站了出来。1935 年 11 月 1 日，他异常大胆地给斯大林写了一封信。“有一次您责备我对同志的命运漠不关心。除阿赫玛托娃的生命对我们和我们的文化的价值之外，她对于我还弥足珍贵，作为个人我了解她的方方面面，打我的文学机缘一开始，我就是她正派、艰难和毫无怨言的生活的见证人。”帕斯捷尔纳克在信中说，“我请求您，约瑟夫·维萨里奥诺维奇，帮助阿赫玛托娃，释放她的丈夫和儿子，阿赫玛托娃对于我而言是他们的诚实的有力的证据。”帕斯捷尔纳克的这封求情信最终起了作用，斯大林在信上批示：“雅戈达同志：把普宁和古米廖夫从拘禁中释放，并通报执行。”

类似的事情还有过几次。1937 年，有人拿着一份《苏联作家赞同判处图哈切夫斯基、亚基尔等军界人物的请愿书》，让帕斯捷尔纳克在上面签字，帕拒绝了。当时的作协领导斯塔夫斯基专程跑到作家村，对帕斯捷尔纳克大发雷霆，还百般威胁。帕说，如果你不能心平气和地和我讲话，我没有必要听你的训斥，我可以回家。随后，他给斯大林写了一封信，信中说："我是一个在深受托尔斯泰信念的家庭里成长起来的人……您可以支配我的生命，但我认为自己没有权利决定其他人的生死问题。"然后他就在家里静静地等着被捕，很奇怪，没人来逮捕他。娜杰日达说，生活在专政恐怖之中的人们，时时都会体会到个人的孤立无援，并继而劝慰自己："我的声音难道能制止枪杀吗？……这不取决于我……谁会听我的话呢？"当我们中间的优秀人物也对赤手空拳冲向歌利亚的大卫无动于衷时，真正的悲剧就发生了。"我们全都在息事宁人，我们沉默不语，希望被杀害的不是我们自己，而是邻居。我们甚至不知道在我们中间谁是凶手，不知道有谁能仅凭沉默而获救。"1946 年 8 月，阿赫玛托娃遭到了日丹诺夫的恶毒谩骂，"阿赫玛托娃……不完全是修女，不完全是荡妇，更确切地说，是混合着淫秽和祷告的荡妇与修女"，继而被开除出作协。帕斯捷尔纳克是作协会员，但他拒绝出席批判阿赫玛托娃的会议，即便被开除出作协，他仍然冒险去探望阿赫玛托娃，并给正处于困境中的阿娃送去 1 000 卢布。因此，无论帕斯捷尔纳克曾经做过什么不堪的选择，无论他们之间有过多少过节（比如帕斯捷尔纳克在其《安全保护证》一书中，仅仅在一些段落里赞扬过阿娃诗作的朴素和现实感，却用大量篇幅去叙述茨维塔耶娃的天才），无论她对帕斯捷尔纳克的女人们如何不满，她对帕斯捷尔纳克的爱一直没有改变过，并一直承认他是个天才。1960 年，在帕斯捷尔纳克生命的最后岁月，阿娃不顾自己疾病缠身，赶去佩列捷尔金诺去探望他。5 月 30 日，当得知帕斯捷尔纳克的死讯后，平素难得流泪的阿娃，那一刻难过得泪流满面。

1937 年夏天，流放沃罗涅日的曼德尔施塔姆被允许短暂回到莫斯科。居无定所的曼德尔施塔姆夫妇四处借居，寄人篱下，滋味并不好受。“在莫斯科，只有一户人家的门是向那些被逐者敞开的。……只有在什克洛夫斯基家里，我们才觉得自己活得像人。这家人知道该如何对待在劫难逃的人。厨房里会讨论一些问题，如在哪里过夜，怎样去听音乐会，到哪里弄钱等等。”他们也曾到过帕斯捷尔纳克位于佩列捷尔金诺的别墅，帕斯捷尔纳克把他们迎到楼上，下去做妻子的工作。上来时满面愁容，他的妻子不愿意见他们。他不好意思地把他们送到车站，在月台上谈了很久，放过了一趟又一趟列车。无论如何，他是个好人，哪怕不够勇敢。娜杰日达后来再没去过帕斯捷尔纳克的家，但帕斯捷尔纳克有时会顺道看望一下娜杰日达。“他是唯一一位在获悉奥·曼的死讯后赶来看我的人。”娜杰日达回忆说。

无论如何，在那样一个时代，谁也无权要求别人做英雄。对朋友求全责备，你就永远找不到朋友。相信“安全保护证”的帕斯捷尔纳克早早就开始尝试适应新时代的要求，但他对于别人指责他向当局妥协极为敏感，甚至有些歇斯底里。1956 年，以赛亚·伯林第二次去探望帕斯捷尔纳克，刚一见面，帕氏就脸色铁青地说："我知道你在想什么。""我在想什么？""你在想——我知道你心里这么想——我为'他们'办过事。"伯林只有苦笑不已。帕氏是否真有所谓的"安全保护证"？至少他从未被捕过，而他的名字曾出现在几个案件的名单里。爱伦堡在他的回忆录中说："当我想到我的朋友和熟人的命运时，斯大林为什么没有动那个我行我素的帕斯捷尔纳克，却处死了百依百顺执行交给他的一切任务的科利佐夫，我看不出有任何逻辑。"帕斯捷尔纳克跟斯大林的关系的确颇耐人寻味。有一种传说（帕斯捷尔纳克曾向波波娃讲述过），说汇报有关逮捕帕斯捷尔纳克的证明材料，斯大林说了一句："不要动这个住在天上的人……"（伊文斯卡娅《时代的囚徒》）加林娜·涅高兹（帕氏第二任妻子季娜伊达的儿媳）曾在《透过往日的波折》一文中讲过一件逸事：斯大林自己写了几首诗，说是朋友写的，要帕氏给评价下。帕氏看后告诉斯大林："诗写得不好，让你的朋友最好去干点别的，对他更合适的事情。"斯大林沉默了一会儿说："谢谢你的坦率，我就这样转达。"一个专制多疑而又残暴的政治狂人，会在一个诗人面前突然变得如此谦逊宽容？以赛亚·伯林说帕氏不关心政治："他是一个孤独的、纯真的、有主见并能全身心投入的人。他的正直和清白据说甚至感动过最铁石心肠和愤世嫉俗的官员，而他之所以能活下来，当然一直是靠着他们的恩赐。"也许这位"住在天上的人"的正直和清白才是他的"安全保护证"？

无论如何，在“白银时代”那一代诗人里，只有帕斯捷尔纳克还活得好好的，这是客观事实。如阿赫玛托娃所讲的：“一切都出版了，如果不在这儿——便在国外出……总之有钱……如果你拿他与别的人的遭遇去比较：曼德尔施塔姆……茨维塔耶娃——无论你挑谁，帕斯捷尔纳克的遭遇都不错。”面对老朋友们遭受的苦难，甚至突然的消失，帕斯捷尔纳克感受到的是惊惧、羞赧，并为此而苛刻地检讨自己。比如，他对自己战后发表的《在早班列车上》就感到脸红不已，生怕别人认为他在“向主流看齐”。当阿赫玛托娃从战时疏散地塔什干回列宁格勒，路过莫斯科时，想与他见一面。前两天他都让人捎信说卧病不起，直到第三天才鼓起勇气出现在阿赫玛托娃面前。第一件事他就问阿娃是否读过他的《在早班列车上》。阿娃看他的表情如此痛苦，虽然已读过，却故意说还没读。帕斯捷尔纳克顿时如释重负，两人相谈甚欢。事实上，帕斯捷尔纳克没必要为《在早班列车上》脸红，那些诗作大多写于战时，有点“主流”的市民味道也无可厚非。谁又有权利指责那种在恐惧与绝望中做出的妥协呢？要知道，在沃罗涅日的时候，濒临绝境的曼德尔施塔姆也曾试图调整方向以求自救。他强迫自己写作了《颂诗》，甚至不惜摧毁自己的精神。但他“悔悟”得有些迟了，绞索已套到了脖子上。阿赫玛托娃则是在绞索套到她儿子的脖子上时开始写“颂诗”的。“许多人如今都建议我别提此诗，好让人觉得从未有过这件事。可我不会这样做，因为这样一来真相便不完整了：双重生活是我们时代的一个绝对事实，任何人都难以逃避。”娜杰日达说，“有谁能因为此类诗作而谴责他们呢?!”

如果帕斯捷尔纳克仅仅是这些诗的作者——三卷本汉译《帕斯捷尔纳克诗全集》，上海译文出版社 2014 年 4 月版——我真的不知道该如何评价他的文学成就。怎么说呢，无论他曾得到过多么高的评价（如以赛亚·伯林就曾说他是“‘白银时代’的最后一位也是其中最伟大的一位代表”，“在世界上任何地方都很难再想出一位在天赋、活力、无可动摇的正直品性、道德勇气和坚定不移方面可与之相比的人”），但就译成汉语的这些作品而言，实在有些乏味和平庸。无论在想象力、创造力、道德魅力还是阅读快感上，它们都无法真正吸引我，也无法启发我。我硬着头皮读完了这些译作，对一个诗人而言，这是可悲的。我们暂且将这可怕的落差归结于翻译的问题，但如果没有后来的《日瓦戈医生》，帕斯捷尔纳克的形象是多么单调而晦暗。《日瓦戈医生》被帕斯捷尔纳克视为精神自传：“当我写作《日瓦戈医生》时，我感到对同时代人欠着一笔巨债。写这部小说正是我为了还债所作的努力。我想把过去记录下来，通过这部小说，赞颂那时的俄罗斯美好和敏感的东西。”它的伟大之处并非因为它的批判性，它提供了多少道德教诲，而是它超阶级的丰富性、复杂的人性。在这一点上，它稍稍偏离了果戈理、陀思妥耶夫斯基、托尔斯泰乃至屠格涅夫的说教传统，而更接近于契诃夫这样的伟大先辈。阿赫玛托娃曾对伯林说，她无法理解帕斯捷尔纳克为什么会推重契诃夫，因为契诃夫的世界是灰暗的，从未闪耀过阳光，悲惨的人物深陷其中，无依无靠，让人看不到希望。帕斯捷尔纳克说："你见到她的时候告诉她，所有的俄国作家都在对读者进行说教：连屠格涅夫都告诫我们说时间是一剂良药，是一种可以治愈伤痛的药物。契诃夫却没有这么做。他是一位纯粹的艺术家——完全融入艺术——他就是我们的福楼拜。"帕斯捷尔纳克试图建立诗人与国家间新的关系准则——既非依附的，也非决裂的，而是经由艺术的丰富性来判定是非善恶。这与布罗茨基在《我们称之为"流亡"的状态》一文中所说的异曲同工："既然我们无以寄托对美好世界的希望，既然其他道路全行不通，那么让我们相信，文学是社会具有的唯一的道德保险，它是戕害同类原则的矫正器，它为抵挡高压政策提供了最有力的理论，内容丰富多样的人生是文学的全部内容，也是它存在的目的。"

《日瓦戈医生》的出现是一个必然，是帕斯捷尔纳克最后的救赎和自我完成。这部被他称作"一代人的精神史诗"的杰作标志着他与"帝国"最终决裂，独自步入了自我的精神领域。这也是帕斯捷尔纳克的天赋和秉性所在，他完全信赖自己的天赋，并由着自己的秉性去行事，但绝不陷入极端盲目和狂热之境。在这一方面，马雅可夫斯基就有些"自取灭亡"的味道，他信由自己步入并不熟悉的领域，他参与的程度太深了，以致无法控制自我。"我感觉到'我'对于我来说是渺小的，/有个人执拗地要从我体内挣脱出来。/喂？/是谁呀？是妈妈吗？/妈妈！您的儿子病得很重。/妈妈！他心中起了大火。/请告诉姐妹们——柳达和奥莉娅，/他已经走投无路。”唉，多么天才的诗人啊，可惜无法将自我体内的大火扑灭。而另一位后来吞枪自杀的作家——法捷耶夫，则是因为自我分裂太厉害，依附太多，无法整合自我，以致信仰破灭，精神崩溃。帕斯捷尔纳克曾说过：“法捷耶夫个人对我很好，但如果有人让他把我大卸八块，他也会认认真真地完成这个任务，而且还会理直气壮地汇报执行的情况。”法捷耶夫只有在喝醉的情况下才会偶吐真言，“他的心像潜水艇一般，分成许多互不渗透的隔离舱。只有烧酒能搅乱一切，能打开所有的舱壁……”法捷耶夫很喜欢帕斯捷尔纳克的诗，甚至能大段地背诵。但在作协做报告批评某些作家“脱离生活”时，他也提到了帕斯捷尔纳克。报告之后，法捷耶夫与爱伦堡在街头相遇，非要拉上他到咖啡馆去坐一坐。他要了一瓶白兰地，边喝边说：“您想听听真正的诗吗？”然后就开始背诵帕斯捷尔纳克的诗，边背边说：“是不是好诗？是不是好诗？”

1955—1956 年冬，帕斯捷尔纳克最终完成了《日瓦戈医生》，前后耗时八年。1957 年 11 月，《日瓦戈医生》的意大利文译本在米兰率先问世。此后不到一年时间里，陆续被翻译成十五种文字在世界各地出版，唯独不能在苏联出版。1958 年 10 月，帕斯捷尔纳克被授予诺贝尔文学奖，以表彰他在“当代抒情诗创作和继承发扬俄罗斯伟大叙事文学传统方面所取得的主要成就”。帕斯捷尔纳克起初表示接受，并欣然致谢：“我非常感谢，我感到激动、光荣、惶恐和羞愧。”但压力接踵而至，苏联作家协会（布尔加科夫称之为“职业杀手协会”）宣布开除他的会籍，甚至威胁开除他的国籍。压力下，帕斯捷尔纳克再次致电瑞典皇家学院：“鉴于我所从属的社会对这种荣誉的用意所作的解释，我必须拒绝这份已经决定授予我的、不应得的奖金。请勿因我自愿拒绝而不快。”这符合帕斯捷尔纳克一贯的做事风格。他不只是惧怕压力，而是不想被利用——被任何一方利用。另外，如伯林所说，他是一个真正的爱国者，他不能接受被驱逐的命运。

1960 年 5 月 30 日，帕斯捷尔纳克去世，死于肺癌。临终前，他跟家人道别：“好了，结束了，我们该告别了。”他的葬礼在作家村举行，特务密布，灵柩被放在一张桌子上抬到墓地。没有人致悼词，没有官方人物出席。悄悄出现在基辅火车站的手写讣告告诉人们，伟大的俄罗斯诗人鲍里斯·帕斯捷尔纳克去世了，葬礼将在 6 月 2 日下午举行。讣告贴上被撕掉，撕掉后再贴。大学生们朗诵他的诗作，一直朗诵到天黑。人群中有人轻声说：“俄罗斯最后一个伟大的诗人去世了。”“不，还剩下一个，”另一个声音说，“安娜·阿赫玛托娃。”

1945 年秋天，战争刚刚过去，阳光温暖而又明媚，作为外交官的以赛亚·伯林秘密拜访了两位尚在世的俄罗斯大诗人——帕斯捷尔纳克和阿赫玛托娃。帕斯捷尔纳克在他别墅里屋一张粗陋的木桌旁接待了伯林。“他说起话来慢条斯理，声音低沉而又单调，始终保持同一声调，介于蜂鸣和风笛低音管发出的声音……每个元音都被他拉得老长，就像在柴可夫斯基歌剧中凄婉哀怨的咏叹调里听到的一样。”至于长相，伯林说，他的脸庞黝黑、忧郁，表情丰富，带有鲜明的民族特征，“看起来像一个长着马脸的阿拉伯人”。最后这句形象的比喻，来自玛丽娜·茨维塔耶娃——帕斯捷尔纳克曾经最喜欢也最为推崇的女诗人。

2014.8

参考书目

帕斯捷尔纳克诗全集．顾蕴璞，等，译．上海：上海文艺出版社，2014.

［俄］娜杰日达·曼德尔施塔姆．曼德施塔姆夫人回忆录．刘文飞，译．桂林：广西师范大学出版社，2013.

［英］伊莱因·范斯坦，等．俄罗斯的安娜．马海甸，译．上海：上海译文出版社，2013.

［俄］利季娅·丘可夫斯卡娅，等．捍卫记忆：利季娅作品选．蓝英年，徐振亚，译．桂林：广西师范大学出版社，2011.

［英］以赛亚·伯林，等．苏联的心灵．潘永强，刘北成，译．南京：译林出版社，2010.

我代替野兽步入牢笼

——布罗茨基《一九八零年五月二十四日》细读

20 世纪 60 年代初，苏联赫鲁晓夫当政时期的“自由化”思潮达到顶点，连索尔仁尼琴的《伊凡·杰尼索维奇的一天》这样劲爆的作品也得以发表。不过两年，当政者们渐渐感受到，国家在精神自由层面上已处于某种危险境地，于是意识形态又开始条件反射般抽搐、收紧。1963 年初，一位列宁格勒的共青团领导人公开发表讲话，指责作家协会对青年作家关注不够：“正因为如此，像布罗茨基这样一些‘未获承认的’诗人便在城里来回游荡，并常常向青年们朗诵各种颓废的、形式主义的作品……作家协会要断绝与这些自视为‘被抛弃天才’的年轻人的来往，以便教育他们，对这些多少有些名气的人之创作中凭空虚构的东西予以回击。”

布罗茨基很快便感受到了体制回击的压力。1964 年初的一天，他正在家中写作一首诗，突然闯进来几个警察，威胁他说，如果他在三天之内找不到一份工作，他就会有麻烦。“我答了他们几句，可是脑袋还一直在想，该如何给那首诗结尾。”布罗茨基正在写作的诗叫《身着棉袄的园丁，当乌鸦……》，写的是一个园丁在树冠上张开剪刀，像乌鸦张开鸟喙……

没有固定工作的布罗茨基不仅是体制的溢出者，更是国家的麻烦。十五岁时，正读八年级的布罗茨基对学校教育心生厌倦，便自动退学，浪迹社会。他曾先后在工厂、锅炉房、实验室及医院的太平间等处做过杂工，还曾随一支地质勘探队在广袤的俄罗斯大地探矿。1962 年 9 月结束在勘探队的工作后，布罗茨基差不多有一年时间没有工作，仅靠发表点文学作品和译作赚取生活费。在当时的苏联，没有一份正式的工作是不可想象的。虽然苏联宪法对劳动权利界定得含混不清，但事实上，在 1961 年 5 月，国家就专门颁布了与所谓社会“寄生虫”作斗争的法令。1963 年 6 月，苏联主管意识形态的中央书记伊利切夫在报告中严肃告诫全国：“我想劳动就劳动，不想劳动就不劳动——在我们的条件下，这样的选择是无从谈起的。我们的生活及法律不允许这样的选择存在。”尝试自由的青年诗人布罗茨基，正好撞在这个枪口上。

1964 年 2 月 13 日，正准备去一个朋友家做客的布罗茨基，在自家门前的马路上被突然逮捕。随后，他经历了一场“卡夫卡式的”审判。审判大厅的入口处悬挂着一条横幅，上书“寄生虫布罗茨基审判会”，未经审判便已定罪；庭审现场除了他的几位朋友，剩下的大多是被专门拉来的、已被洗脑的工人。下面是两段精彩的审判记录：

法官：您的职业是什么？

布罗茨基：诗人。诗歌译者。

法官：是谁承认您是诗人的？是谁把您列入诗人行列的？

布罗茨基：没有人。（并非挑衅地）那么是谁把我列入人类的呢？

法官：那您学过这个吗？

布罗茨基：什么？

法官：学过怎样成为诗人吗？您没有上过大学，那里培养……那里教出……

布罗茨基：我不认为诗人是教育出来的。

法官：那是怎么出来的？

布罗茨基：我想，这……（慌乱地）来自上帝。

…………

法官：……请向法庭解释清楚，您在（工作）间歇期间为何采取一种寄生的生活方式。

布罗茨基：我在间歇期间工作过。我当时做过的工作，就是我现在在做的工作：我在写诗。

法官：这就是说，您在写您所谓的诗咯？您经常变换工作，这能带来什么好处呢？

布罗茨基：我十五岁就开始工作了。我对什么都感兴趣。我经常变换工作，是为了尽可能多地了解生活，了解人。

法官：那您做过什么对祖国有益的事情吗？

布罗茨基：我写诗。这就是我的工作。我相信……我确信，我写下的东西将服务于人民，不仅是此时，还将服务于后代。

法官：这就是说，您认为您所谓的诗能为人们带来益处咯？

布罗茨基：您为什么在谈到诗的时候要说“所谓的”呢？

法官：我们说您的诗是“所谓的”，因为我们对它没有别的理解。

…………

审判持续了近五个小时，到黑夜才结束。当时的亲历者托波罗娃后来回忆说：“布罗茨基最后的申言说得很棒。他是这么说的：‘我不仅不是寄生虫，而且是一位能给祖国带来荣誉的诗人。’在他说出这句话的时候，法官、书记员，几乎所有的人，都哈哈大笑起来。”

审判结束后，法官惊讶地看到，在过道和楼梯上挤满了人，尤其是年轻人，这些未曾经历过斯大林时期大清洗、大恐怖的年轻人，已经不再习惯于恭顺和沉默了。布罗茨基的三位年轻朋友还勇敢地站出来为他做了辩护。然而判决的结果依然出乎所有人的意料：布罗茨基被判处强制劳动五年，这是那部 1961 年法令的上限。连那三位在法庭上为他辩护的朋友，也被公开谴责，说他们“缺乏思想上的洞察力和党性原则”。

下面的叙述，我打算以布罗茨基的一首诗作为线索——

由于缺乏野兽，我闯入铁笼里充数，
把刑期和番号刻在铺位和椽木上，
生活在海边，在绿洲中玩纸牌，
跟那些穿燕尾服、鬼才知道是谁的人一起吃块菌。
从冰川的高处我观看半个世界，地球的
阔度。两次溺水，三次让利刀刮我的本性。
离开生我养我的国家。
那些忘记我的人足以建一个城市。
我曾在骑马的匈奴人叫嚷的干草原上跋涉，
去哪里都穿着现在又流行起来的衣服，
种植黑麦，给猪栏和马厩顶涂焦油，
除了泔水什么没喝过。
我让狱卒的第三只眼探入我潮湿又难闻的
梦中。猛嚼流亡的面包：它走味又多瘤。
确实，我的肺充满除了嗥叫以外的声音；
调校至低语。现在我四十岁。
关于生活我该说些什么？它漫长又憎恶透明。
破碎的鸡蛋使我悲伤；然而蛋卷又使我作呕。

但是除非我的喉咙塞满棕色黏土，

否则它涌出的只会是感激。

（《一九八零年五月二十四日》，黄灿然译）

这是一首“记忆之诗”，让我们从这首诗的第一行开始往下读：“由于缺乏野兽，我闯入铁笼里充数，/把刑期和番号刻在铺位和椽木上，/生活在海边，在绿洲中玩纸牌，/跟那些穿燕尾服、鬼才知道是谁的人一起吃块菌。/从冰川的高处我观看半个世界，地球的/阔度。”这里说的就是那次审判和接下来在流放地的生活。1964 年 4 月，布罗茨基被流放到高寒地区——濒临北冰洋的阿尔汉格尔斯克州。流放地绝非田园诗般的生活，但也并非地狱。他冷静地接受了这一切，没有愤怒，没有绝望，他要在这濒临绝境的境遇里做点什么。他在科诺沙的诺连斯卡亚村找到了一个住处，开始了简单的日常生活：劈上几块木柴，从井里打点水，在烛光下阅读和写作。正是在这一时期，布罗茨基接触到了大量的英美诗歌，弗罗斯特、史蒂文斯、约翰·邓恩、奥登……尤其是对奥登的阅读，使他境界大开。“（这是）我一生中最好的时期之一。”布罗茨基后来回忆说，“没有比它更糟的时候，但比它更好的时期似乎也没有。”他坚信，制度只能从肉体上毁灭一个人，如果整个人都被毁掉了，那只能说明你脆弱。

布罗茨基遭流放后，无论是在苏联国内还是在西方社会，都激起了强烈的反响。著名诗人阿赫玛托娃、女作家利季娅和女记者维格多洛娃立即行动起来，积极拯救未名诗人布罗茨基。加入进来的名人至少还包括肖斯塔科维奇、马尔克·夏加尔、帕乌斯托夫斯基，甚至还有谨小慎微的作家协会书记康·亚·费定。布罗茨基的受审，使他的知名度在西方社会瞬间大增。法国诗人夏尔·多勃任斯基发表了愤怒的谴责长诗《致苏联法官的公开信》，诗中写道：“在卫星飞向太空的时候/列宁格勒却在审判一位诗人!”美国诗人约翰·贝里曼也谴责道：“……许多诗人都工作艰辛，收入极少/但他们却不会因此而受审……/像这个年轻人一样，/他不过想沿着运河走走/谈谈诗歌，再写上几行。”西方最著名的知识分子之一萨特甚至直接写信给苏联最高苏维埃主席团主席米高扬，信中说：“主席先生，我想向您通报一下我们感觉到的不安。……请求您出面保护一位非常年轻的人，他已经成为或正在成为一位优秀的诗人。”

面对持续高涨的反对声浪，苏联最高苏维埃作出决定，缩短布罗茨基的刑期，立即释放这位二十三岁的青年。据说，赫鲁晓夫在听说了布罗茨基的案件之后曾声言：“审判搞得不成样子，但是，不是因为政治，而是以不劳而获罪来审判布罗茨基，应该是他的幸运。因为，凭他的诗可以判他十年……”赫似乎心有不甘。此时，需要这个老大的专制帝国操心的事情还有很多，比如对自由派作家西尼亚夫斯基和丹尼埃尔的审判，以及对索尔仁尼琴的调查。

“两次溺水，三次让利刀刮我的本性。/离开生我养我的国家/那些忘记我的人足以建一个城市。”剧情在继续发展。“两次

布罗茨基

溺水”，也许是让布罗茨基念念不忘的两次精神病院经历。他的朋友们为了让他避免被捕，曾将他送去精神病院，以求得一份“心理不正常”的证明，但未能如愿。“三次让利刀刮我的本性”可能是指他生命中的三次牢狱之灾。布罗茨基虽然获准从流放地归来，但他却一直处在克格勃的监视之下，他的诗人身份也一直未得到官方的承认。布罗茨基在这种状态下生活了七年，1972 年 5 月 12 日，他再次被叫进警察局。一位上校接待了他，并递给他一张表格。“我来告诉你，布罗茨基，你现在就把这张表给填了，再写一份声明，我们会作出决定的。”上校说。“如果我拒绝这样做呢?”布罗茨基问道。“那就会够你喝几壶的。”上校回答。

这是一张离境申请表，目的地是犹太人的故乡以色列。在当时近乎封闭的状态下，也只有像阿克肖诺夫、沃兹涅先斯基、叶夫图申科这样的官方作家才有可能获得出国的机会。“问题青年”布罗茨基突然获此机会，一方面是因为美国总统理查德·尼克松即将来访，美国及其强大的犹太人议会游说团一直要求苏联放宽移民条件；另外，布罗茨基一直是克格勃的老客户，能够一劳永逸地摆脱这位难以把握的诗人，有关方面自然不放过这次机会。

布罗茨基填写了表格，审批工作进行得异常迅速。1972 年 6 月 4 日，三十二岁的布罗茨基不得不告别自己的父母和孩子，独自从列宁格勒的普尔科沃机场起飞。不过目的地不是以色列，而是维也纳。从此，他开始流亡欧美各地，再也没有回到祖国。在离开俄国的那一天，他给勃列日涅夫写了一封信，信中说："任何人都无法因为恶、愤怒和仇恨而获益，即便是那些有理由这样做的人。我们大家都得到了一个同样的判决：死亡。写下这些文字的我会死去，阅读这些文字的您也会死去。我们的事业会留下来，但是它们也会被毁灭。因此，谁也没有权利去妨碍其他人做自己的事情。存在的条件如此艰难，就不用再去让它们复杂化了。"

"猛嚼流亡的面包：它走味又多瘤。/确实，我的肺充满除了嗥叫以外的声音；/调校至低语。"从专制封闭的祖国一下子来到令人眼花缭乱的西方，布罗茨基经受了短暂的眩晕，他站在自己简单的行李旁，形单影只，一脸茫然。事实上，布罗茨基的流亡之路说不上多么坎坷，刚到欧洲，他便见到了自己的偶像、英国大诗人温斯坦·奥登那张"惊人的脸"。奥登"像一只抱窝的母鸡"一样迎候了他，带他参加重要的诗会，为他的诗集作序，将他介绍给希默斯·希尼、以赛亚·伯林等人。他的好朋友、传记作者列夫·洛谢夫也觉得，作为一个诗人，布罗茨基实在是够幸运的："在俄国，布罗茨基在其文学道路的起点处就得到了白银时代最后一位伟大诗人阿赫玛托娃的相送；而在其生活的转折关头，在西方的大门前，他又得到了最伟大的英美诗人温斯坦·奥登的迎候。"布罗茨基认为，暮年的老酒鬼奥登之所以对他充满好感和好奇，是因为他来自陀思妥耶夫斯基、托尔斯泰和契诃夫的故乡；更重要的是，奥登对那个将他驱逐出境的体制充满了厌恶。有了大诗人的护驾，加之他那“车间里的中学生、疯人院里的健康人、农庄里的知识分子和陌生国度里的流亡者”的多重身份，他在西方的生活几乎是一路坦途。几个月后，当他踏上美国的土地时，他甚至有一种回家的感觉，“我们比本地人更像是美国人”。

“一九八零年五月二十四日”正是布罗茨基的四十岁生日，此时他已是一位“俄语诗人，美国公民”，并与沃尔科特、苏珊·桑塔格、米沃什、马克·斯特兰德等诗人名流相谈甚欢。这一年，他首获诺贝尔文学奖提名，而当年的获奖者是他的朋友切斯瓦夫·米沃什。这一荣誉没有让他等待太久，七年之后，他便以其“如交响乐一般丰富”的诗篇和“为艺术英勇献身的精神”荣获诺贝尔文学奖，成为继加缪之后最年轻的获奖者。在这样的境遇下回忆自己在母国的遭遇，虽然滋味复杂，但依然要感激生活所赐予的一切：“关于生活我该说些什么？它漫长又憎恶透明。/破碎的鸡蛋使我悲伤；然而蛋卷又使我作呕。/但是除非我的喉咙塞满棕色黏土，/否则它涌出的只会是感激。”关于生活的诸般苦难，布罗茨基选择“斜斜地”说出，“除了抱怨，我允许自己做一切事情”。话语间少了批判的力量，多的是接纳一切、溶解一切的淡定和从容。米沃什说布罗茨基是一个思想高傲的人，“他从高处俯瞰生活”。布罗茨基一直声称诗歌的美学原则大于伦理学，自己追求的是“完美文本的创造”。他并非一位政治诗人，

1996 年 1 月 28 日，布罗茨基因心脏病突发在梦中辞世，享年五十五岁

因为“他不屑于和那些不足挂齿的对手争论”。他认为诗人改变社会的方式是间接的，“他改变它的语言、发音吐字”，俄国人不用社论的语言讲话，而用普希金和涅克拉索夫的语言，这就是诗人的荣耀，“他是语言的仆人”。文学为社会提供某些标准，应该是社会来模仿、追随诗人，而非相反。然而吊诡的是，终其一生，“政治伦理”都像梦魇一样与他纠缠不休，因为，他曾来自那样一个国度。

1996 年 1 月 28 日，布罗茨基因心脏病突发在梦中辞世，享年五十五岁。来自俄罗斯通讯社的消息称：“俄罗斯诗歌的太阳陨落了。”时任总统叶利钦说：“连接俄罗斯当代诗歌和过去伟大诗人作品的纽带断裂了。”曾经是这个国家的囚徒，然而在他去世后，这个国家的首脑却对着他的棺木下跪。生活直如一则道德寓言，一个神话。“然而它确实就这样发生了，”米沃什说，“在我们这个几乎像神话故事一样的世纪里。”

2009

色情、极限与诗歌的吞噬性

——杰克·吉尔伯特和他的诗生活

1

从前有一次我坐在咖啡馆外面
看着翁布里亚的黄昏，一个女孩
走出面包房，拿着她妈妈要的面包。
她不知道该怎么办。已经有些茫然无措
十三岁了，那个夏天就要成为女人，
而此刻她还得经过那个美国人身旁。
不管怎么说她很得体。走过去然后绕过街角
风致楚楚，没有在意我。几乎那么完美。
最后一瞬她却忍不住向刚发育的胸部
投下一眼。我常常回想起
她那低头一掠，当人们谈论
这个或那个令人惊艳的美人。

（《在翁布里亚》，周琰译）

Once upon a time I was sitting outside the cafe
watching twilight in Umbria when a girl came
out of the bakery with the bread her mother wanted.
She did not know what to do. Already bewildered
by being thirteen and just that summer a woman,
she now had to walk past the American.
But she did fine. Went by and around the corner
with style, not noticing me. Almost perfect.
At the last instant could not resist darting a look
down at her new breasts. Often I go back
to that dip of her head when people talk
about this one or that one of the great beauties.

(IN UMBRIA)

这首小诗出自杰克·吉尔伯特 1994 年出版的诗集《大火：诗（1982—1992）》，这是他的第三本个人诗集，此时他已七十岁。他的处女诗集《危险观察》出版于 1962 年，曾获耶鲁青年诗人奖，并一举成名。成名之后，他就把这事忘了，直到二十年后，他才出版了第二本诗集《独石》。他出版诗集基本上以“十年”为单位，十年或者二十年。八十岁的时候，他出版了自己最好的诗集《拒绝天堂》，诗艺炉火纯青，臻于完美。这是一个美妙的节奏，每一个长长的休止符中间，都可以轰轰烈烈地邂逅一场恋爱，可以认认真真地浪费掉人生好时光。诗这个东西，不用急着去写它，它会自己找上门来。如吉尔伯特所言，“我不曾期待诗作。它们就在那儿”。“在那儿”并不意味着唾手可得，因为“如果容易，它将贬值”。诗人只有在“让它变得完美”时，才会付出一种努力。“但它一直在那儿。”

比如《在翁布里亚》，年轻时的经历在一个老诗人的笔下自然生成，“从前有一次”，大概是 20 世纪 50 年代初期，他刚大学毕业，开始浪游巴黎、意大利，并遇到了他的第一位女神——意大利少女吉安娜·乔尔美蒂。这场爱情只持续了很短时间，便因女孩父母的阻止而作罢。也可能是 60 年代，他摆脱了刚刚得来的名声和那帮“垮掉”的朋友们，带着女诗人琳达·格雷格一起去了希腊，在伊甸园般的帕罗斯岛和圣托里尼岛生活了六年。无论如何，这生活闲适而惬意，“我坐在咖啡馆外面/看着翁布里亚的黄昏”，第一句已勾人心魄。必须是在咖啡馆的外面，必须是黄昏，一个暧昧、闲适的时刻，而且在异乡——翁布里亚。试着再读一遍：Umbria，一个遍布中世纪美丽建筑的意大利山村小镇。这些元素叠加在一起，一场遭遇的布景已布置完毕。接下来主角登场，“一个女孩”，没做过多交代，但她的出场方式很有意思，“走出面包房，拿着她妈妈要的面包”。一个帮妈妈买面包的女孩，她必须还是个孩子，才会接受母亲的支使，“买面包”这件事本身即让她恢复了一个孩子的身份，并且又促使她尽快长大——她可以做一些无足轻重的小事了。回忆一下小时候帮母亲打酱油的情形，以一种游戏的心态去完成一件成人世界的琐屑小事，而这小事又的确是你最接近成人世界的正事。当然，乐于去做这种琐屑的正事（溢出孩子的兴趣范围），证明你是个乖巧的孩子。如此，这个女孩的面貌已渐渐清晰。而诗人只是通过人物出场的方式顺便就交代清楚了。这里，咖啡馆和面包房构成了一个对比，闲适的、异乡的，与日常的、琐屑的。必须将女孩置于日常之中，良家。异乡客对另一个异乡客构不成真正的吸引。接下来就看女孩的了，“她不知道该怎么办。已经有些茫然无措”，从面包房出来的女孩有些茫然失措，这种表情的跌宕，与在咖啡馆外面望着翁布里亚的黄昏那种闲适感拉开了一个合适的距离，仿佛设置了舞台与观众席——必要的距离感。为什么茫然失措？必须让主角说话，但主角恰恰是沉默的，此时就需要有必要的旁白。“十三岁了，那个夏天就要成为女人”，这种旁白是主观的、粗暴的，或者说是一种“意淫”。“十三岁”是观剧者赋予主角的一个暧昧年龄，十三，在此之前她还是个孩子，在此之后她将成为一个女人，无论是此前还是此后，年龄的可定义性都太强了，构不成明显的戏剧冲突。当一个女孩站在“十三”这个点上，也就是一个蜕变的点上，她必然是“茫然无措”的，无所措手足的，无论对自身还是对外界，怎么都不合适，年龄的眩晕。“而此刻她还得经过那个美国人身旁”，冲突加剧，因为写作者后撤了，他以“回忆”的方式拉开了与观众席的距离，这种变焦将整个剧场变作舞台，使观剧者也置身于舞台之上。现在舞台上有两个主角，一个茫然无措的当地少女，一个异乡客。在一个处于蜕变中的少女眼中，一个成年男性、异乡客，意味着什么？必然是一个突兀的寻猎者，而自身的处境则是被观赏者。接下来看她怎么做，“不管怎么说她很得体。走过去然后绕过街角/风致楚楚，没有在意我”。我觉得作为女性译者的周琰把握得非常好，with style，风致楚楚，小女孩的做派了然于心，而且“没有在意我”，必须是这样，哪怕投来一眼偷觑都是庸见，败笔。“几乎那么完美”，这是一个老手的评价，玩赏，他知道不会到此为止，接下来还会有什么发生。让我们在此重排一下这幕剧：如果那女孩偷看了“我”一眼，并且脸红了一下，也算正常，但这幕人生庸剧大可不必上演（当然也不必写），因为屡见不鲜；如果那女孩大大方方地看“我”一眼，毫无表情，唉，这也是我们最常见的情景，没有微妙和意外，相互间充满冷漠与陌生，无交流亦无冲突，剧不成剧。

吉尔伯特无论如何是个寻猎的大师，他不会让人生戏剧那么无趣。且看他接下来排演的版本，“最后一瞬她却忍不住向刚发育的胸部/投下一眼”。老手啊，分寸拿捏得恰到好处。最后一瞬，才是高潮来临的时刻，所有坚持不到“最后一瞬”的行为，无论过程如何剧烈、跌宕、加速度，都只是铺垫；能让她最终“忍不住”的，才是高手，而忍的过程也才充满了乐趣。new breasts，刚发育的胸部，原文和译文都很棒。于是，我们再一次踩在“十三岁”这个眩晕的点上，看着她向自己刚发育的胸部“投下一眼”。她知道它的存在，也隐约知道那里发生了什么，她还拿不准自己的 new breasts 在这场人生邂逅剧中所扮演的角色，但它很重要，她是这样想的，它必须重要起来。这一眼让小女孩与“我”之间产生了交流和互动，产生了戏剧冲突，舞台上的两个人不再是相互无关的了。这一眼也让她由一个女孩变成了一个女人，而在“我”眼中，她依然是个孩子，一个被观赏者、被呵护者，一个小动物。她不能长大，Lolita，这是她扮演的角色，这其中包含着色情的秘密。他和她终于有了交流，但不是直接的交流，而是彼此知道对方的心思，却又不去捅破它：两人之间的这种秘密的张力，也是色情的张力。真正的诱惑就存在于这种永远不被言说、彼此亦不被需要之中。一旦所有的真相都被揭开，色情便不复存在，剩下的只是性欲。色情的诱惑使人衰竭，欲罢不能，因此她所有的美都在那低头之一瞥，以至于“我常常回想起/她那低头一掠，当人们谈论/这个或那个令人惊艳的美人”。最后这两句，观剧者虽已然撤出，站在一个风轻云淡的位置上，深藏功与名，回忆沧桑过往，但女孩那献祭般的诱惑主体，再也无法被磨灭了。一部独幕剧，也便被拉长成了人生戏剧。

2

吉尔伯特的诗大多源自经验/回忆，而回忆在何种情况下成为诗？在回忆不再是回忆的情况下才是诗。它溢出了回忆，在另一个向度上独自生成。《在翁布里亚》溢出的部分是色情，色情让一段平常的回忆成为诗。

色情缘于禁忌。禁忌是人对自身动物性的否定（比如暴力与乱伦），禁忌也保证了人类正常社会秩序的维持，使人类能够沿着生产、积累、再生产的社会进化道路前进。但禁忌同时也使人付出了代价，禁忌在使人脱离动物状态、变成自然的主人的同时，也异化了人；人类最自然的那一部分特征不是消除了，而是被禁锢、压抑与规训了。禁忌使人类失去了放纵与闲暇的机会，失去了返回自然、渴望堕落的机会，那被压抑的一部分也经过改头换面，纵欲变成狂欢节，暴力变成战争与政治，性变成了婚姻。而色情就产生于禁忌与诱惑的夹缝中，产生于人对禁忌内部的违反与留恋。没有禁忌就没有色情，在禁忌与诱惑所构成的张力下，在禁忌与僭越的二元结构中，色情成为一种内在的紧绷与焦灼。

面对被理性禁锢与异化的同质世界，马克斯·韦伯提出了“私人性爱的救赎功能”，齐美尔提出“精神的冒险”，乔治·巴塔耶则从社会学和政治经济学的角度研究了色情行为。“色情”作为一种不事生产的、完全无用而纯粹的“耗费”，必然会作为“被诅咒的一部分”而遭唾弃。但色情又呼应了个体生命对被压抑的生命能量的消耗，对诱惑的渴求。“任何人都无法怀疑色情带给我们的极端的、过度的心荡神驰的特征。”巴塔耶说，禁忌使这个世界充满人情味，而色情作为对禁忌的僭越，必然是一种冒险。“色情行为可以是肮脏的，也可以是高贵的、纯洁的，拒绝一切性接触，但它无比清楚地表明了人类行为的一个原则：我们想要的是让我们精疲力竭并让我们的生活处于危险之中的东西。”（巴塔耶《色情史》）人渴望极限，而性欲是通往极限的一个途径，但人又恐惧极限，因为极限无可避免地会通往死亡的虚无欲望。“他们对恐惧和放纵心醉神迷，恐惧的对象是他们可怕的放纵，恐惧赋予放纵令人陶醉的意义。”在恐惧与放纵之间，极限成为一种“不确定的悬而未决的状态”。这种状态始终诱惑着人去冒险，去探索，去违反，因为“没有困难，没有焦虑，他的生活就没有什么让我们依恋的，没什么让我们激动并让我们与他共命运的”。但冒险的最终结果可能就是死亡，也就是说，那促使我们去冒险的勇气与渴望，也是最有可能威胁我们或毁灭我们的东西。色情是人类通往狂喜与不安的通道，其极限是为获得一种完全的自由，而这是在人类走向死亡时才有可能获致的东西，于是，我们总能在过分的性欲中闻到一股死亡的芬芳。

巴塔耶说得好，没有困难和焦虑，没有过分和冒险，他的生活就没什么让我们留恋的。《在翁布里亚》算是一种溢出正常生活之外的“在别处”，里面有一种色情所需要的“闲适”，一种非生产性的纯粹耗费。这种“在异乡”的感觉溢出正常的生活轨道，类似于节日。节日是人类为自己安排的纾解内在焦虑与能量的一个缺口，只有在节日里，人们才可以放任自流，做一些平时不会去做的事情。《在翁布里亚》里的禁忌在于：她似乎还是个孩子，而我差不多已是个父亲。这种乱伦禁忌使色情的张力达到了极限。乱伦禁忌是人对动物状态感到厌恶的结果，是一种最原初的禁忌。但人的诸般不和谐也恰恰与原初禁忌形成对照。巴塔耶举过一个例子：与家人在一起时，这个人可能是个善良的天使，但当夜晚来临，他便沉溺于荒淫……一个父亲在与他的小女儿玩耍时，就会忘记自己曾是一个放荡成性、经常出入不良场所的人；此时，他若想起他曾是个卑污的人，他会感到吃惊，这个人违背了他陪伴女儿时看到的一切温情的法则。《在翁布里亚》中，色情产生于对这种禁忌的违反，但这种违反并没有让我们感到厌恶，反而会激发出一种隐秘的快意，原因在于它是一种适度的违反，最终没有堕入“下流”。下流即过度、不适，但下流并没有一个统一的客观标准。巴塔耶认为，下流存在于一种关系中，只有当一个人看到一种情形并认为它是下流的，下流才存在。也许有人觉得《在翁布里亚》是下流的，但在当代艺术的整体处境中，这里的色情依然是充满了幻觉与暧昧的，与那种超性感、强刺激、过于透明的色情艺术完全有别。完全透明的色情不是色情，过于淫秽的东西也难以撩人。“一个年老色衰的裸体女人让大部分男人望而却步，如果说她淫荡而不撩人，那么一个漂亮女人的裸体半遮半掩的淫秽在一定条件下可以激起欲念，这个条件是她淫荡，她让人焦虑但不让人窒息，她的兽性不超过一种厌恶的界限，美使得这种厌恶既可以忍受又令人着迷。”（巴塔耶《色情史》）吉尔伯特在《好意地把她安排在荒僻处》一诗里写到一位希腊岛上的疯女人，常年被关在一扇铁门内。她经常在铁门内尖叫，有时还会低声啜泣，有人说如果放出来她会伤害孩子们。诗的最后几行写道：

一天傍晚，我去取油的路上，
看到门被打破了。她在对面地上
靠墙的草丛里，上衣搂起，正在小便。
像头母牛。能够自理，在最后的光亮里安安静静。

（柳向阳译）

这首诗里的描写，不会激发色情和欲念，因为没有禁忌（她疯了），既没有美也没有撩拨，只有一种接近于兽性（“像头母牛”）的赤裸。因此，它所激发的，只能是怜悯。在《接近》这首小诗中，吉尔伯特写了在公共汽车上的一次偶遇，诗中写道：

安静地，我张望，与旁边公汽里
一个漂亮的希腊女孩
目光相遇。
她沉静地收回。
我垂下双眼，公汽
驶远。

（柳向阳译）

这里面也不包含色情的成分，因为她虽然美，却没有半遮半掩的撩拨与淫荡，而且没有交流与回应（“她沉静地收回”）。《在翁布里亚》则不同，“最后一瞬她却忍不住向刚发育的胸部/投下一眼”，这里面既有美，也有撩拨，以及适度的对禁忌的违反。

3

依然要继续追问：为什么说色情就是诗的？色情是对世俗世界的溢出和越界，它超越庸常生活的局限，将人们带到一个眩晕的高度或深度。这一眩晕体验虽然危险却并不招致毁灭，在一个向上的维度上，它甚至能够为我们带来一个神圣世界——它是神圣的、狂欢的、酒神般的世界。当色情变得稀薄的时候，一个同质的、粗鄙的、下流的劳动的世界会取而代之，人们会失去生的乐趣，失去细腻的情感体验和极端体验。在极端体验这一点上，色情与诗天然地联结在一起。诗即对日常世界的溢出，用莫里斯·布朗肖的话说，真正的写作始于一个点：在这个临界点上，真正区分着暗夜与黎明、语言与沉默、生存与死亡。“写作，就是找到这个点，没有语言用来保持或促使同这个点的接触，就勿谈写作！”在某种意义上，这个点即是禁忌的边界，也是通往“文学空间”的临界点。色情因对禁忌的适度违抗而将自己迫近一个眩晕的高度，而诗的目的也是获取这种眩晕的至高体验，并将自己逼近一个崭新的“文学空间”。

巴塔耶说：“爱情不需要文学，但是文学无法避免将个体的爱所承担却无法实现的丰富可能性与文学本身固有的丰富可能性联系起来。对我们而言，没有什么比为我们所经历的爱情添加传说的爱情更有意义了。”在巴塔耶的爱情观念中，在一种自我牺牲的情况下，色情才能达至其总体性。所谓自我牺牲，即是毁灭自己的欲望。“肉欲倘若不是毁灭自己的欲望，至少也是寻求刺激和无保留地放纵自己的欲望。”只有在这种条件下，色情才不会被取消，并达至其总体性。爱情在何种条件下才能满足“无保留地放纵自己的欲望”？只有“我在对方身上唤起了与我的欲望相同的一种欲望”，因此，爱情就其实质而言乃是两种欲望的完美契合，一种琴瑟和鸣的胶合状态，在其中没有遮掩，没有退避，甚至没有羞耻，是一种甘愿的“自我牺牲”。“在爱情中没有什么比这更有意义的事情了，”巴塔耶说，“即使在最纯洁的爱情中也是如此。”

罗兰·巴特将写作视作“一种最新型的爱欲主义（erotisme)”，其中混杂着唯美的趣味和色情主义的快感。写作并非人与语言的交战，而是将我们从日常语言使用的贫乏中超越到爱欲之中。语言是规范性的、带有法西斯意味的冰冷的工具，而写作者则要打破这种压制，为语言带来新的、快乐的知识。“文学帮我们转身去理解这一爱欲。文学以理解我们的欲望始，以向欲望投降终。文学史只是我们对自己的欲望的理解史，作为史，它并不复杂，可能就横贯你我身上。”罗兰·巴特虽然推崇爱欲主义，但他本人的写作却在快感与狂欢之间谨慎驾驶，保持了一种智慧的平衡。他最终没有像巴塔耶、布朗肖、福柯那样抵达快感的极限体验，同时也避免了为此而付出的代价。巴塔耶反对这种折中，在他看来，婚姻就是色情与欲望的弱化形式，或者说是色情与尊敬的折中。如果说爱情在一种理想的状态下可以使色情达至其总体性，婚姻则会埋葬这一切。色情之于婚姻，犹如诱惑之于性，真正的诱惑来自对性快感的微妙放弃。色情建基于对禁忌的违反，而婚姻，即便是在一种含混状态下，也只是一种“简化的违背形式”，是最低程度的违背。而狂欢需要的是一种普遍化的违背，是违反的一种剧烈状态。“婚姻的原则是在黑暗中的交配，”巴塔耶说，“显然，夫妻的结合没有保留将妻子变成欲望的常用对象的可能性。因此，应该让妻子退出一般的生活活动，如同妓女一样。妻子的特征无法具有色情的意义：它具有总体上的夫妇共同生活的特征。”婚姻变成了生活习惯，这种惯常不仅削弱了欲望，同时也将色情化为乌有。

吉尔伯特一生写有很多爱情诗，翻开他的诗全集，爱情诗所占比例大概要超过一半。在这些爱情诗篇中，爱与欲始终浑融相间。

> 爱并非足够。我们死去，永恒地融入泥土。
> 在仍有时间的时候我们应该坚持。我们
> 必须吃尽已经在我们床上的
> 她甜美身体的野性，抵达身体里的身体。
>
> （《拆卸》，柳向阳译）

他也渴求将爱引向一个超越欲念的神圣通道，毕竟，爱欲无论如何奔突冲撞，最终所能抵达的只能是欲死的眩晕，堕入空虚与昏厥。即便我们将“床上的/她甜美身体的野性”全部吞下，依然抵挡不住饥饿的欲念；即便“抵达身体里的身体”，进入阴道的内部苍穹，虽能生出无限的快乐，但如果不死，任何的欲死状态都是不够的。

爱与他物无关。
欲望和兴奋在它跟前什么都不是。
不是身体找到爱。
却是身体把我们引向那里。
不是爱的挑起爱。
不是爱的熄灭爱。
爱掌握我们所知的一切。
被称作爱的激情
也让万物面目一新
从头开始。激情无疑是那条小路
但并不能引领我们到达爱。
它打开我们心灵的堡垒
好让我们能找到
藏在其中的神秘的爱。
爱是许多种大火的一种。
激情之火由许多木头点燃
每种木头发出它特殊的气味
所以我们会明白不是爱的

形形样样。激情是点燃
火苗的纸和树枝
但不能让它持久。欲望会死灭
因为它妄想成为爱。
爱被贪欲吞噬。
爱不持久，但它与
不持久的激情不同。
爱在不持续中持久。
以赛亚说每个人为自己的罪
在他自己的火中行走。爱让我们行走
在我们真心内的甜蜜的音乐里。

（《大火》，周琰译）

Love is apart from all things.
Desire and excitement are nothing beside it.
It is not the body that finds love.
What leads us there is the body.
What is not love provokes it.
What is not love quenches it.
Love lays hold of everything we know.
The passions which are called love
also change everything to a newness
at first. Passion is clearly the path

but does not bring us to love.
It opens the castle of our spirit
so that we might find the love which is
a mystery hidden there.
Love is one of many great fires.
Passion is a fire made of many woods,
each of which gives off its special odor
so we can know the many kinds
that are not love. Passion is the paper
and twigs that kindle the flames
but cannot sustain them. Desire perishes
because it tries to be love.
Love is eaten away by appetite.
Love does not last, but it is different
from the passions that do not last.
Love lasts by not lasting.
Isaiah said each man walks in his own fire
for his sins. Love allows us to walk
in the sweet music of our particular heart.

(THE GREAT FIRES)

在这首诗里，吉尔伯特试图重建一种超然的、纯粹的神圣之爱，一种爱的总体与形而上学。“爱与他物无关。/欲望和兴奋在它跟前什么都不是”，但他也不得不承认，“不是身体找到爱。/却是身体把我们引向那里”。肉体的欲念不是爱，但正是这不是爱的挑起了爱，同时也熄灭了爱。它虽然是一条小路，虽然可以让万物面目一新，但不能引领我们到达爱——吉尔伯特所言的总体意义上的“神秘的爱”。这种爱如激情之火，虽形形色色，但不会持久，很快会熄灭。被激情之火点燃与吞噬的爱不是永恒之爱。永不熄灭的爱是什么？“以赛亚说每个人为自己的罪/在他自己的火中行走。爱让我们行走/在我们真心内的甜蜜的音乐里。”每个人因自身的罪而行走在自己的火中，担起自己的罪并祈求获得救赎。但爱呢？爱让我们行走在内心的甜蜜音乐中。这可能吗？是可能的，但要通过放弃违抗而堕入寂静主义的虚无中。任何一个被大火炙烤过的灵魂，多多少少都渴念着这种寂静。这是尼采反对的“末人”，也是巴塔耶最终扎漏的一只气球。“如果想到我们要毁灭，我们就会快乐地行事，不诅咒，不预卜未来。我们不是寻求一种休憩，如果世界执意要爆炸，或许唯有我们是赋予这种权力的人。”吉尔伯特通过内心的天人交战，试图超越禁忌与僭越的二元结构，但最终带来的，也许只是“噗”的一声。

“我喜欢把诗歌想成一场恋爱。”吉尔伯特说。关于婚姻，他写的不多，婚姻里本来就没有诗。

> “你说过你爱我。”
> 男人说。“我们说谎。”她说，
> 抚理着一头秀发，一丝不挂，除了

首饰。

（《一丝不挂，除了首饰》，柳向阳译）

婚姻里的政治，斗争与谎言。即便一丝不挂，婚姻里的色情也少之又少，更何况，一丝不挂的肉体上仅余现实的首饰。在另一首《失败与飞行》的诗里，吉尔伯特将婚姻隐喻为“伊卡洛斯的飞行”。伊卡洛斯无疑能飞，他有蜡和羽毛制成的翅膀。但悖论的是，当他飞得越高，危险就越大，并最终被太阳融化。这是个注定失败的结果吗？“我相信伊卡洛斯在坠落时并没有失败，/而只是到达了他胜利的终点。”无论如何，这悲剧里有点含泪自嘲的况味。在婚姻之初，“每天早晨她在我的床上熟睡/像圣母降临，她的优雅/像羚羊站立在黎明的薄雾里”。或者“每天下午我凝望着她游泳归来/走过遍布石头的灼热旷野，/海的光在她身后，寥廓的天空/在海的另一侧”，怎么能说婚姻失败了呢？如果最终的分离和坠落都算不上失败，那是因为，在婚姻里，吉尔伯特抽离了一些关键的元素，比如家庭、居所、孩子、责任等等，还赋予了它一些新的东西，比如异乡、奇遇、情人间的色情等。吉尔伯特一生虽和几个女人生活在一起，但真正的婚姻只有一次，就是与日本女孩、雕刻家野上美智子的婚姻，两人结婚不久就开始一起周游列国，前后十一年，无固定居所，亦无子嗣。他与女诗人琳达·格雷格一起在希腊生活了六年，后来虽劳燕分飞，但两人却是终生的朋友。吉尔伯特晚年因阿尔茨海默症在疗养院去世前，是几个诗人朋友在照顾他，其中就有琳达·格雷格的妹妹路易斯。琳达住在纽约，未能在吉尔伯特过世前赶到。能将婚姻经营成情人关系，是因为吉尔伯特想向爱情要得更多。“我的生活都致力于认真地去爱，不是廉价的，不是心血来潮，而是对我重要的那种，对我的生命真正重要的，是真正的恋爱。不是说爱上两年，然后生儿育女、看着他们长大。”吉尔伯特在一次访谈中说：“我想要某种为我自己的东西。这样做并不是对这世界上的每个人都成，但我想以一种我能够真正体验的方式活着。”因此，最终胜利的可能不是伊卡洛斯，而是吉尔伯特。

4

吉尔伯特 1925 年出生于匹兹堡，幼年丧父，高中辍学。幼年生活对他影响至深，尤其是家乡的自然环境。“嗯，首先，匹兹堡在某种程度上是原始的。我记得走在山坡上……匹兹堡是在一个山谷里，我沿山而上，那儿有个女人……只是一个普通的女人……在劈木头。它是那么原始，那么不同于现代社会的寻常的地方。匹兹堡不是一个文明化的地方，它比那样的要好。”后来他阴差阳错读了大学，大学毕业后就去了欧洲。在那里，他遇到了意大利女孩吉安娜·乔尔美蒂。这场爱情以失败告终，因为他穷，不靠谱。20 世纪 50 年代他在旧金山待了十年，经历了“垮掉的一代”和嬉皮士运动。虽然和金斯堡等人做了朋友，但他的生活态度明显不同于这些“垮掉”的朋友。

艾伦戴一顶红色无檐便帽。赤身披着

一件宽松的浴袍。及肩的长发
和及胸的，油乎乎的长须。
每一个都至少比他小十五岁。毁掉了
像那个集团中的其他人。他杰出的
天赋毁掉了。他良好的心智
变得越来越简单。佛教的唱颂，枯竭的
诗歌。

（《万圣节》，柳向阳译）

这首诗回忆了在艾伦·金斯堡寓所举办的一次群魔乱舞的万圣节聚会。“毁掉了……他杰出的/天赋毁掉了”，这样的呼声，金斯堡也曾在他的《嚎叫》中嚎叫过：“我看见这一代最杰出的头脑毁于疯狂，挨着饿歇斯底里浑身赤裸，拖着自己走过黎明时分的黑人街巷寻找狠命的一剂。”但他们无力改变，只能堕入“佛教的唱颂，枯竭的/诗歌”。即便是诗歌，金斯堡也曾产生过深刻的怀疑。吉尔伯特在《被遗忘的巴黎旅馆》一诗中讲述了他与金斯堡关于诗歌真实性的一次对话：

金斯堡有一天下午来到我屋子里
说他准备放弃诗歌
因为诗歌说谎，语言失真。
我赞同，但问他我们还有什么
即使只能表达到这个程度。

（柳向阳译）

奥登曾以一个诗人的身份解读过这种“说谎”：“一个诗人难免不说假话，原因是：在诗里，一切事实、一切信仰都不再真伪判然而变成种种有趣的诗意的可能性。读者欣赏一首诗并不一定必须也服膺诗里所表达的信仰。诗人懂得这一点，因此常常难免被诱惑着去表现某种思想、某种信仰。这倒并不因为他真正相信它们，而是因为他看到了这里面包含着有趣的诗意的可能性。他本人也许并非绝对而且必须相信这种思想，但是他在情感上必须深深地卷入这一点是毋庸置疑的。而且，如果他作为一个人不是相当严肃地对待这件事，而仅仅是为了写诗而虚与委蛇，那么要做到这一点也是绝对不可能的。”（奥登《写作》）奥登认为诗歌说谎缘于诗人“说谎”，诗人说谎则是因为一部分的虚荣加之对诗歌的过分纵容与委身。诗歌以其自身的强大逻辑牵着诗人的鼻子走，而诗人也难免与之“虚与委蛇”。诗人所给予诗歌的，有时连他自己也无法控制。吉尔伯特说，写一首诗，就是“唤醒那些已经在我身上并为我所知，但我并不知道它就在那儿的东西”。有时真的很难说是诗人写下了一首诗，还是一首诗借道诗人之手，生下了它自己。诗歌说谎，这让我想起维特根斯坦的慨叹：想不说谎真难！语言失真，于是，对那些不能言说的，只能沉默。

就诗歌自身而言，诗，只有在“言说真理”的情况下才值得去写；而要达到这一时刻，又必须首先动手去写。在这样一个极端的悖论中，诗歌的本质逐渐呈现。写作，就是让自己处于一种

老杰克·吉尔伯特

永不停歇的状态，义无反顾地投入到这场冒险中去。除了一如既往地去写，没有其他可能性。他所遇到的，是非实在性的词/语言，他被引诱进这一敞开的空间，在其中，一切虚幻的、否定的东西他必须尝试去肯定它，并与它同在。当他能在其中自由呼吸，作品短暂地变成他温暖的坟墓。当他探出头来透口气时，作品便不再属于他，作品从来不愿意诗人在它身边久留。诗人只能告别那冷漠地注视着他的作品，继续做一个流亡者，一个周游者，去寻找下一片领地/墓地。布朗肖说："诗歌并不是作为一种诗人有可能接近的真实和信念而被给予诗人的；诗人并不知道自己是诗人，而且诗人也不知道诗歌是什么，甚至不知道诗歌是否存在；诗歌依赖于诗人，依赖于诗人的寻求，这种依赖却并不使诗人成为他的寻求之物的主人，反而使他对自身也无把握，好像不存在一样。"诗人并没有被额外赐予什么，他和常人无异；诗人甚至不敢确认自己就是诗人，诗人是那个在上一部作品里死去的人，因此他永远是个新人；如若他知道诗歌是什么，一切就好办了，他可以照单抓药。如此说来，诗歌是个婊子，尤物，情人，一颗色情的种子，她诱惑你全力以赴，至于能得到什么，你无从把握。你有信心的只是"这种不确信和她所要求的绝对狂热"。诗歌这个婊子不但要你的心，可能还要你的命。"我觉得这本书写得很糟，也许我彻底完了。"卡夫卡在谈到《变形记》时说。但他必须依然投入写作，"要是我不躲进工作里，我就完了"。"我的画是无价值的，"凡·高绝望地哀号，"作为画家，我永不会有什么重要价值。”凡·高死后，人们在他口袋里找到了一张小纸条，上面写着：“啊，说到我的工作，我把自己的性命都赌进去了，我的理智已经有一半融化在里面。”而正是这失败感本身，为凡·高赢取了火焰般的光芒。里尔克深明这种诱惑和冒险，他在给妻子克拉拉的信中说：“艺术作品始终是冒险的产物，是一种把自己逼到无路可走的极端体验的结果。”诗歌的色情性质决定了你可以爱上她，但不要奢望去做她的丈夫、她的主人。勒内·夏尔深明此意：“诗歌是由渴望实现的并依旧是渴望的那种爱。”安德烈·布勒东附和说：“渴望，对，永远如此。”

以金斯堡的脾气，他是非要娶了诗歌这个婊子不可的，但他越是接近她，就越是没有把握。吉尔伯特知道色情的秘密，必须保持一个适当的、暧昧的距离，“即使只能表达到这个程度”，也就够了。他在《诗歌是一种谎言》一诗中写道：“诗歌是一种谎言，/出于必要。有益于诗人/或美。但也是因为/真实只有这样才能说出。”在理性的监督与禁忌的约束下，也只有诗歌最接近真实，也只有诗歌能够避开这些强大的力量，进入到那个敞开的空间中去。但代价巨大，如布朗肖所言：“要写出一句诗，必须穷尽生命。另一方面，要写作一句话，必须穷尽艺术，必须在艺术追求中穷尽其生命。”

为了不败给诗歌，首先不能败给生活。于是，吉尔伯特逃离了那个颓唐的圈子，带上“诗歌魔术车间”里的女诗人琳达·格雷格，一路去了希腊。“是你的生活喂养你的诗歌呢，还是你的诗歌喂养你的生活呢？哪个占先？”“生活。”他自信地说，“我不会为诗歌而改变自己。”然而事实上，他早已被诗歌深刻地改变了。

我们学习不带激情地活着。
活得理性。我们在世界
这个巨大的粮仓里
挨饿。我们储藏丰富
为我们年老无力之时。
是我们的力量使我们被剥夺。
就像济慈听从医生的话
说对于结核病人
最好的食物是每天
只吃一片面包
和一块鱼肉。济慈
最终把自己饿死，因为他
如此绝望地渴盼着
饱餐范妮·布劳恩的美。
爱默生和妻子决定
减少做爱的次数，为了他
积累激情。我们被教导
要适度。要活得明智。

（《智慧的危险》，柳向阳译）

We learn to live without passion.
To be reasonable. We go hungry
amid the giant granaries
this world is. We store up plenty
for when we are old and mild.
It is our strength that deprives us.
Like Keats listening to the doctor
who said the best thing for
tuberculosis was to eat only one
slice of bread and a fragment
of fish each day. Keats starved
himself to death because he yearned
so desperately to feast on Fanny Brawne.
Emerson and his wife decided to make
love sparingly in order to accumulate
his passion. We are taught to be
moderate. To live intelligently.

(THE DANGER OF WISDOM)

“我们学习不带激情地活着”，要活得理性，活得适度，活得明智。而这一切是为了什么？难道仅仅是为年老体衰之时储备足够的粮食？事实上这是一种剥夺——“是我们的力量使我们被剥夺”。济慈为了自己的病减少饮食，但他最终没有死在病上，而是死在减少饮食本身；爱默生为了积攒写作的激情，和妻子达成共识，要减少做爱的次数，仿佛做爱本身不再是激情。在很多时候，人们口口声声是为了生活去做的事情，最终却取消了真实的生活。吉尔伯特说相对于写作，生活才是第一位的。“对我的生活而言，主要的事情，从我十四岁开始，就是过我的生活，而且，我能做任何事情，但我对自己发誓说我要过我的生活。我知道我敬佩许多有家有室的人，但他们必须为此付出。这是值得的，但不值得我去做。我总是告诉自己，我要首先知道妥协和做出更多努力的危险。我对自己许下的诺言，在我有生之年不会放弃，甚至不会为家庭而放弃的，就是在以后我的生活中在场。”他在接受访谈时说。他所说的生活中的在场无非是按自己的意愿活着，哪怕需要冒风险，也不会放弃。这里的意思似乎很明白了，但当访谈者问他“为了在你的生活中完全在场，你放弃了什么”时，他的回答很有意思：“嗯，明显地，我放弃了几乎所有舒适的东西，还有其他一些我有机会拥有的东西。……如果要求我不过我的生活，我就停止。我停止很早，当我第一次开始获得某种成功的时候，我几乎马上就停止了；我一直写诗，但有六年或八年，我没给任何人……我在八十年代有好几次被发掘出来，但我只是退出。我本来应该远走海外了。实际上我不是一个职业诗人。我不为谋生或出名而写诗。我为自己写诗。”似乎是，他对写作这件吞噬性的工作早有警觉，但他真正警惕的，却是写作所带来的附加物，诸如名声、荣誉、利益等。而他也的确避开了这些东西，比如，在过去半个多世纪里，吉尔伯特在美国诗歌主流声音中的位置总是被有意无意地忽略。但这些东西与写作者其实关系不大，真正的危险也不在这里。真正的危险其实是“我为自己写作”本身，远走海外也好，不拿给别人看也好，只要“我一直写诗”这个事实没有改变，你的生活就难逃被写作吞噬的厄运。的确有很多诗人艺术家会有意避开现实的世俗世界，躲到自以为能主宰的封闭领域里。这种选择既有可能缘于他对现实世界的无能与自身的怯懦，试图在自己的领地里得到些许补偿，但更大的可能却是：不是他摆脱了世俗生活，而是世俗生活剥夺了他；他以为在他的（写作的）领地里可获得自身的在场，事实上他的作品就是他生活里的一头怪兽，正在一口口吞噬他的生活。他被生活抛到了自身之外，他似乎在主宰自己的命运，事实上，他的作品却成了他自身不在场的污点证人。

下面这首小诗，是吉尔伯特早期的作品，被置于他最新出版的《诗全集》的开篇，似有统领他整个写作生涯的意思：

> 当暹罗国王厌恶了某一个廷臣，
> 就赏赐他一头美丽的白象。
> 这神圣的动物需要精心伺候，
> 照顾好它就意味着破产。
> 但如果照顾不周，那就更糟。

而这份礼物又显然无法拒绝。

（《非难诗歌》，柳向阳译）

When the King of Siam disliked a courtier,
He gave him a beautiful white elephant.
The miracle beast deserved such ritual
that to care for him properly meant ruin.
Yet to care for him improperly was worse.
It appears the gift could not be refused.

(IN DISPRAISE OF POETRY)

在这里，吉尔伯特用一则寓言，隐喻了诗人的命运。诗歌被上苍作为礼物赐予诗人，像一头美丽的白象。这神圣之物需精心伺候，而要伺候好它又绝非易事，那甚至需要你搭上一生。问题是，这份礼物又显然无法拒绝——这里面又有些宿命的味道，仿佛诗人就像巫师一样，是被神灵选择的通道，或者是世俗世界献祭给神灵的祭品。无论是巫师还是献祭，诗人都被置于一种极端处境，他活着，不再为自己活，他的一生都被征用了。即便是像吉尔伯特这样号称“为了生活”的诗人，他的生活也被献祭掉了。加之吉尔伯特对诗歌又陈义甚高，他着意要写“伟大的诗”，他的口头语是：“为什么不努力去追赶希腊人？”因此，他要为自己饲养的这头怪兽付出更大的代价。在晚年的诗作里，他曾多次触及这个主题，如《做诗》：“诗，你这狗娘养的，够糟糕了/我为难自己，干得这么来劲/为了搞对哪怕一丁点儿，/而这一丁点儿也勉强又尴尬。/但后来我就怨恨，当/甜蜜的肯定应该拥抱我，像/鳟鱼在明亮的夏日溪流里。/至少应该有条捷径/去接近你的魅力和微妙。/但事实上总是/了无新意的不满意。”（柳向阳译）诗人是多么希望能够得到那种如“鳟鱼在明亮的夏日溪流里”一般透明、确然而又让人幸福的拥抱啊，但这种幸福感总是太少、太短暂。更多的时候，是“了无新意的不满意”，是幻觉、虚无。马拉美曾沮丧地说，越是写作诗歌，越使他觉得面临两个绝望的深渊：一是虚无（上帝的不在场），另一个是他自己的死亡。诗人的死亡，是由作品堆积起来的死亡。布朗肖也曾以高亢的语调为诗人写下了一则墓志铭：

> 凡是钻研诗歌者，就避开了作为确实性的那种存在，遭遇了诸神的不在场。生活在这种不在场的深处，并为这不在场负责，担当其风险，承受其厚意。钻研诗歌者应该抛开一切偶像，应同一切决裂，应当不把真实作视野，把前途视为逗留之地，因为他没有丝毫期望的权利，相反，他应当绝望。钻研诗歌者亡，遭遇死亡如深渊。
>
> （莫里斯·布朗肖《文学空间》）

2015.2

参考书目

［美］吉尔伯特．拒绝天堂．柳向阳，译．重庆：重庆大学

出版社，2012.

［法］莫里斯·布朗肖．文学空间．顾嘉琛，译．北京：商务印书馆，2003.

［法］乔治·巴塔耶．色情史．刘晖，译．北京：商务印书馆，2003.

Jack Gilbert. *Collected Poems*. Knopf Publishing Group，2014.

奥登：必须爱这个世界

1

1972年6月4日，三十二岁的布罗茨基怀揣着祖国强塞给他的护照，独自从列宁格勒的普尔科沃机场起飞，开始“猛嚼流亡的面包”。从专制封闭的祖国一下子来到眼花缭乱的西方，布罗茨基经受了短暂的眩晕。他坐在自己的行李箱上，形单影只，一脸茫然。事实上，布罗茨基的流亡之路说不上多么坎坷，刚到欧洲，他便见到了自己的偶像、英国大诗人温斯坦·奥登那张“惊人的脸”。奥登当时正在奥地利的吉尔赫施特腾小镇度夏。自1958年以来，他差不多每个夏天都来此。奥登“像一只抱窝的母鸡”一样迎候了他，带他参加重要的诗会，为他的诗集作序，将他介绍给希默斯·希尼、以赛亚·伯林等人。布罗茨基认为，暮年的奥登之所以对他充满好感和好奇，是因为他来自陀思妥耶夫斯基、托尔斯泰和契诃夫的故乡；更重要的是，奥登对那个将他驱逐出境的体制充满了厌恶。布罗茨基得遇暮年的奥登，是他的天命和运气；对奥登而言，布罗茨基不过是他晚年经常资助和提携的诸多后辈之一。自20世纪50年代开始主持“耶鲁青年诗人丛书”，他曾极力提携过艾德里安娜·里奇、W.S.默温、丹尼尔·霍夫曼、约翰·阿什贝里、詹姆斯·赖特、约翰·霍兰德等后辈诗人，一如当年艾略特提携他。

布罗茨基最后一次见奥登是1973年7月，在伦敦的斯蒂芬·斯彭德的家里。“威斯坦正坐在桌子旁边，右手夹着一支香烟，左手端着高脚酒杯。对于鲑鱼的冷酷这个主题高谈阔论。由于椅子太低，由家庭主妇拿两册《牛津英语词典》凌乱地垫在他屁股下面。那时我认为我看到的是唯一一个有资格用那些书当座位的人。”布罗茨基巧妙地恭维了奥登。布罗茨基对奥登充满了钦佩，1964年，当他还在俄罗斯高寒地区的流放地时，他初次读到了奥登，境界大开。“（这是）我一生中最好的时期之一。”布罗茨基后来回忆说，“没有比它更糟的时候，但比它更好的时期似乎也没有。”“我认为这个人是二十世纪最伟大的心灵：威斯坦·休·奥登。”这是他对奥登的评价。为了取悦这个“影子”，他甚至开始改用英语写作：“这是一个人向另一个更好的人所能做到的极限：在他静脉中延续。我认为，这是文明涉及的一切。”（布罗茨基《取悦一个影子》）

此时，距奥登遽然离世只有一年多一点的时间。晚年的奥登虽然在个人生活上依然马马虎虎，室内陈设永远乱糟糟的，身上的衣服可能一个月不洗，但工作安排却极有规律。布罗茨基见证过奥登一天的生活，早晨做什么，上午喝什么，晚上几点睡，几

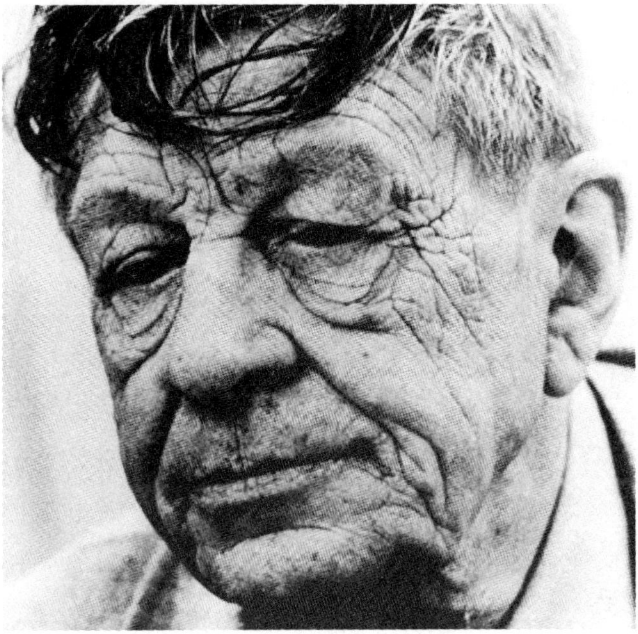

奥登

乎雷打不动。斯彭德也曾回忆说，奥登生活极有规律，如果有人在他工作时间来访，他会毫不客气地拒绝。到了晚上睡眠时间，即便高朋满座，他也会赫然起身，走回卧室。唯一对他健康不利的是，他晚年酗酒越来越厉害。他还患有心脏病，而且感到越来越孤独。去世前两年，他曾到访汉娜·阿伦特的公寓，试探着向她求婚。他的理由是，两个人都是单身了，应该在晚年互相做个伴。当时阿伦特的丈夫刚刚去世不到一个月，面对突然出现在面前的这个“像流浪汉一样”的求婚者，汉娜感到很吃惊。他们曾见过几面，但算不上亲密朋友。阿伦特曾到访过奥登在纽约东村的公寓，那天夜里一群朋友乱哄哄的，奥登仅有一把搅拌咖啡的小勺子，让一桌子的客人轮流使用。阿伦特实在受不了奥登的单身汉生活，有一次她硬逼着奥登去买了自己的第二套西服。但她并没有打算就这样一直照顾他下去。她曾对自己的女友玛丽·麦卡锡说：“对于他来说，我是很重要的，他非常爱我。……我必须拒绝他，全面地想想，我已经把自己忘了。……我讨厌怜悯，也感到害怕，一直是这样。我还不知道有这样怜悯我的人。”

阿伦特用了“怜悯”一词，而不是“爱”。她知道奥登即使爱她，也非男女之爱。她对奥登的感情大概也是如此——一种复杂的怜爱。她一生所信仰的箴言就是“不要怜悯”。但她没想到奥登这么突然就离开了这个世界。三年后的 1973 年 9 月 8 日，奥登在他的夏季寓所因心脏病突发而辞世，终年六十六岁。阿伦特特地赶去参加了葬礼，并在留言簿上写下了记忆中的两行诗：

在哀叹的恍惚中
吟唱人间的败笔。

1975年，感恩节的第二天，阿伦特在下出租车时，被下水道的井盖绊了一下，跌了一跤。她预约了医生，打算第二天去看看，但因暴风雪而耽误了行程。12月4日，她在家里招待朋友时，在短暂的几声咳嗽之后，突然从椅子上倒了下去。心脏病突发，再没有醒来。

1996年1月27日，是个周日。布罗茨基把手稿和图书塞进手提包，准备好第二天上课的资料后，他跟妻子道了晚安，说还要再工作一会儿，转身进了书房。第二天早晨，妻子发现他躺在书房的地板上，衣服也没脱，眼镜放在一部翻开的古希腊诗集旁。医生说，他是因心脏突然停止跳动而辞世的。

唉，脆弱的心脏，诗人这“人间的败笔”。

2

奥登被认为是继艾略特之后最优秀的英语诗人，他和同在牛津大学读书的刘易斯、麦克尼斯、斯彭德等人独领20世纪30年代的诗坛风骚，被称为“奥登一代”。“这些人英才勃发，一起降临诗坛，宛如一个新的英雄时代来到，就连老诗人叶芝在编《牛津现代诗选》的时候也收进了他们的作品，并自叹不如。”王佐良在《英国诗史》中如是说。当时只有二十多岁的奥登已写出了诸如《美术馆》、《谣曲十二首》、《吉小姐》、《致拜伦勋爵的信》

等名作。《新诗》的主编杰弗里·格里格森称奥登为“庞然大物”，狄兰·托马斯恭维这位比他年长的老兄具有“广度和深度”，可以想见奥登当时的风头多么强劲。

在奥登刚开始写诗的年代，哈代、叶芝等老诗人尚在，艾略特正如日中天，而拉金、休斯、狄兰·托马斯等人则要比他晚上一代。他视哈代为自己“诗歌上的父亲”，并从他那里习得“鹰的视域”——一种站在高处俯瞰生活的本领；他对叶芝感情复杂，“他是，当然喽，一个非常伟大的诗人”。另一方面又认为叶芝（和里尔克）给他带来一种坏影响——曾诱惑他进入一种夸饰的修辞语言领域。艾略特作为费伯出版社的编辑和《标准》诗刊的主编，扮演着青年导师的角色。他对奥登可谓提携有加，虽然他在替出版社审稿时拒绝了奥登的诗集，但还是在自己编辑的诗刊《标准》上发表了奥登的处女作。“他对我很好。他鼓励我。他也不嫉妒其他的作家。我在离开牛津前与他碰过一面。我寄给他我的一些诗，他就让我去见他。他出版了我最早的作品——那是《两边下注》——1928 年或是 1929 年发表在《标准》上的。”当时的奥登才二十郎当岁，还是个大学生。但在写作风格上，奥登却避开了艾略特的风头，另辟蹊径，直接回到了拜伦甚至蒲柏的路子上去了。他视艾略特为拓荒者、开创诗学新范式的先锋派，而他自己则要重新做回一个艺术上的守成者。“艾略特对其他诗人的直接影响很小，真的。我是说很少有人不经意读到一首诗后，会说：‘哦，他读过艾略特吧。’人们会受叶芝和里尔克影响，但不会受艾略特影响。他是个非常特殊的诗人，不可模仿。”所谓不可模仿，无非是风格上的独创性过于明显，模仿就是找死。因此奥登宁可往回走，着迷于恢复传统的诗歌形式，在一个守成的位置上开拓自己的天地，而不是顺理成章地去做一个“现代主义的继承人”。艾略特对此自然不爽，尤其是奥登微微左倾的政治立场，更让保守的艾略特不舒服。无论艾略特和其他批评家如何指责拜伦，奥登曾在诗中为其辩护：

我想严肃的批评家应会提到
某种诗歌风格真是由你所造
它的意蕴不需用扳手便可了解
你能把握它那轻快的风格

意思是，艾略特的诗歌意蕴需要一个扳手咯？当然没这么简单。奥登认为，诗人写诗，无非有三个原动力：创造某个东西，感知某种东西，以及与人交流这种感知。没有与人交流的愿望，不会成为艺术家，只会成为神秘主义者或疯子。若想达到一种普遍的交流状态，他的作品在风格上必须是“轻”的，也就是说，“他不会觉得自己与众不同，他的语言会很直接并接近普遍的表达”。比如一些口语化的谣曲、民歌、打油诗等。当一个诗人能够用自己日常生活里的形象来轻松自如地表达自己时，说明诗人已经与那个时代和解，拥有稳定而如鱼得水的地位。但更多的时候，诗人与时代的关系充满敌意，他们被从普遍的人群中踢了出来。这时候，诗人们就会结成一种同病相怜般的同行之谊，“他们变得内省、晦涩并自视甚高”。一个显著的例子是，随着旧的社群的解体，浪漫派诗人们发现自己被孤立起来。他们“被社会的复杂搞得不知所措，它的丑陋和力量让他们感到惊恐，而且他们不能确认自己的听众，所以他们从自己时代的生活转向对自己情感的沉思和对想象世界的创造。华兹华斯转向自然，济慈和马拉美转向纯诗的世界，雪莱转向未来的黄金时代，波德莱尔和荷尔德林转向过去……”（奥登《〈牛津轻体诗选〉导言》）。这种背身观众的转向使诗人对时代的观察更清楚，但也增加了传达所见的难度。没人能听得懂，或者根本就没人愿意听了，诗人的孤立感就更强烈，也就愈发转向私人的世界。“私人的世界是迷人的，但也是会被耗尽的。”奥登说，“令人深思的是，有太多这样的诗人有这样的下场：或者像济慈那样夭折，或者像荷尔德林那样发疯，或者像华兹华斯那样江郎才尽，或者像兰波那样完全放弃写作……”最理想的状况是，诗人能够与人群共建一个真正的共同体，在其中，每个人都能找到自己受尊重的位置，而诗人也能够如鱼得水。“在这样一个社会里，而且只有在这样一个社会里，诗人才可能写出朴素、明朗而欢快的诗，而且不必牺牲他微妙的感性和完整的品质。因为只有在一个既统一又自由的社会里才会写出这样的诗：它既是轻松的，又是成人的。”

奥登一直为此而做着各种尝试，比如诗体上的变化多端，既有各种基于传统风格的韵体诗，也有风格明快的谣曲、田园诗、打油诗等。尤其是在他政治上微微左倾的早期，他试图“用人民的语言书写智者的沉思”，甚至不惜伤害诗歌“微妙的感性和完整的品质”。但他发现，他试图讨好的最为广大的“人民”并不买他的账，无论他写得如何清晰和直接，都无法真正传到那些无产者的耳朵里。另外，他诗体的丰赡和探索的热情也使他难脱“晦涩”之名。如有批评者就认为，虽然奥登技艺娴熟，但其结果却是“看起来是靠语言的自动驾驶进行下去罢了”（罗杰·金博尔语）。也有批评者认为他过于复杂，处理的事物过多，就像一位百科全书编纂者，最终的结果却是使诗陷入一种“胶合状态”。美国批评家詹姆斯·芬顿说，奥登在写作的时候，有两个人坐在他身边：“布莱克坐在他的左边，督促他使用平实的语言，下笔要简洁，观点要明确。……亨利·詹姆斯坐在他的右边，给他提示迷人的句法和把句子拉长的方法，并让他在细节上继续精雕细琢。”（《布莱克/奥登和詹姆斯/奥登》）奥登似乎一直在这种左右互搏中不停地调适着自己。

虽然也不乏像玛丽安·莫尔这样的辩护者（她认为奥登“是节奏和韵律的大师，他的作品决不会沉闷”），但就奥登被译成中文的作品而言，即便不说“晦涩”，也难言明晰和轻快。他在一首诗中处理的信息过于庞杂，加之各种互文、典故、注释、隐喻，如拉金所指责的，“他变成了一名读者而不是作家，‘注释’——八十一页，关于詹姆斯、克尔凯郭尔、契诃夫、里尔克、尼采、歌德、斯宾诺莎等等，而正文只有五十八页——预示着他在诗歌里以材料替代经验的做法已经走得很远”（拉金《威斯坦变成什么样了》)。而他的各种韵体诗在经过中文的勉强迁就后，变得不伦不类，相当平庸。面对翻译这把剃刀，技巧卓越的匠人远不如那些风格质朴的大师占便宜。而奥登对各种诗歌形式的探索始终兴趣不减，他认为，即便从一个快乐主义者的角度来说，“一个人若根本没什么形式感的话，怎能享受到写作的乐趣”?他在评价叶芝时说的一番话，更像是在为自己辩解：“大诗人们有一个显著的特点，那就是他们会坚持不懈地自我发展。一旦他们掌握了某一类诗作的写法，他们就会进行别的尝试，引入新的主题、新的写法，或者两者皆有，尽管尝试的结果可能不尽如人意。他们的心态，就像叶芝所说的，‘痴迷于挑战难度’……”也正因此，“大诗人在一生中写的坏诗，大有机会多过小诗人”。何为“大诗人”?奥登为“大诗人”列出了以下几个条件：

> 1. 他必须写得多。
>
> 2. 他的诗必须展示题材和处理的广泛性。
>
> 3. 他必须展示视野和风格的明白无误的独创性。
>
> 4. 他必须是诗歌技巧大师。
>
> 5. 就所有诗人的作品而言，我们区分他们的少作和成熟作品，但是大诗人的成熟过程必须持续至他逝世。

这几条标准看上去就像奥登为自己量身定做的，他差不多全部符合。首先，他写得够多，奥登生前一共出版 35 部诗集，其他还有散文集、歌剧集、评论集等；其次，他处理的题材足够广泛、展示的风格足够鲜明，他能够用从古到今的各种诗体写作；

最为关键的是，他是一个不断成熟的大师，每一个人生阶段都呈现出不同的成熟度，他是在不停的蜕变过程中最终完成自己的。如他自己所说：写一首好诗不难，难的是，在不同的阶段包括创作的最后阶段，总能写出不同于以往的好诗。奥登这种不断更新自己、不断超越自己的精神让我尤为感动。一个诗人写到最后，最难的就是不断推翻自己，完成一次次蜕变。想想我们身边的写作者，很多人写到最后已是气息奄奄，不仅手艺和创造力江河日下，人生的大关节、大信仰都还没有打通，没有建立。不通不透，难有进境。年轻时是小流氓，老了也就是一老流氓而已。

3

1938 年，奥登和衣修午德应费伯出版社的邀约，有过一次中国之行，并留下了一组战地十四行。在此之前，他是以一个左派的、关注时事、强调介入的诗人形象被关注的。他早期的诗作中夹杂着马克思主义的青年思潮和弗洛伊德主义的情欲混合物，他希望以马克思主义来疗救时代弊病，而以弗洛伊德主义来救赎自身的罪。在 20 世纪 30 年代的西方青年思潮中，这既不新鲜，也算不上多么荣耀，奥登在接受这个标签时或许并没有多少自觉。他后来曾反思说："回溯过往，我发现我和朋友们对马克思的兴趣……更多的是出于心理上的原因，而非政治上的考量；马克思吸引我们，就像弗洛伊德吸引我们一样，它们都是撕破中产阶级意识形态的技术性工具。"我读奥登早期的诗作，关于"介人”的篇章实在有限，更多的是一些充满知识与典故的对历史的书写、一种热烈而隐晦的情欲表达，以及一些讽喻性的小品。1936 年底，他曾寻求加入国际纵队参与西班牙内战，但最终也只是在萨拉格萨前线短暂逗留了几天便返回伦敦。西班牙之行让奥登颇为沮丧，“回来以后，我不愿谈论西班牙，因为我被耳闻目睹的很多事情给弄得心烦意乱”。在他看来，西班牙内战无非是斯大林势力和希特勒势力在较量，除了死了很多人，哪一方获胜都难言真正的人性的胜利。他写下了《西班牙》一诗，一百零四行，有着奥登式的美妙修辞和超然的政治立场，整首诗在“昨天”、“今天”、“明天”的循环往复中呈现出一种整饬而变化不已的惊人效果：

> 昨天仍信仰着希腊的绝对价值，
> 英雄死去时会垂下帘幕；
> 昨天会在日落时祈祷
> 会对疯子顶礼膜拜。但今天只有斗争。
>
> 明天属于年轻人，诗人们会像炸弹般冲动，
> 湖畔的漫步，数星期的融洽交流；
> 明天会有自行车比赛
> 在夏日黄昏穿行于郊外。但今天只有斗争。
>
> 今天，死亡的几率有预谋地倍增，
> 在必要的谋杀中清醒接受了罪恶；

今天，力量都消耗在了

无趣短命的小册子和令人生厌的会议里。

什么叫“今天，死亡的几率有预谋地倍增，/在必要的谋杀中清醒接受了罪恶”？这两行暧昧的诗激起了乔治·奥威尔的愤怒，战场上的杀人怎能称为谋杀？他认为奥登是在为极权主义找借口。“奥登先生能写‘在必要的谋杀中清醒接受了罪恶’也许是因为他从来没谋杀过人，也许他从没有哪位朋友被谋杀，很可能他从没见过被害者的尸体。”这种“娘娘腔”的软弱的知识分子只不过是在一个相对安全的地方意淫着远方的流血事件。而在奥登的观念里，战场上的谋杀和政治清洗中肮脏的谋杀同样是杀人，没什么区别。“杀死一个人永远是谋杀而且永远不能被称作其他的东西。”和从殖民地警察机关退下来的老手奥威尔相比，奥登无疑充满了软弱和脂粉气。

1939 年，从中国战场回来后，奥登便和衣修伍德一道移居美国。此时欧洲上空战云弥漫，而奥登对政治的反感却与日俱增。1 月 26 日抵达纽约那天，正好是巴塞罗那落入法西斯之手的日子。三天后，又传来了叶芝的死讯。“大地，请接纳一位尊贵的客人：/威廉·叶芝已长眠安枕。”“他身体的各省已叛乱，/他意识的广场空空如也。”奥登的《诗悼叶芝》写得真是优美、开阔又动情，这首诗里几乎隐含了奥登全部的诗歌密码。“疯狂的爱尔兰刺激你沉浸于诗艺。/而今爱尔兰的癫狂和天气依然如故，/因为诗歌不会让任何事情发生。”诗歌不会让任何事情发生。奥登后来在一次访谈中重述过这个观点："我没有丧失对政治的兴趣，但我开始认识到，对于社会或政治的不公义，只有两样事情有效：政治行动和直接报道事实。艺术在此无能为力。欧洲的社会史和政治史会一成不变如同往昔，若但丁、莎士比亚、米开朗基罗、莫扎特以及其他人从未来到这个世界的话。一个诗人，身为诗人，只有一个政治责任，即通过他自身的写作，来建立一个正确使用其母语的范例（而这种语言总是因误用而堕落）。当词语丧失了其意义，肉体的蛮力就会取而代之。"艺术真的无能为力吗？"假如没有一首诗被写出来，没有一幅画被画出来，没有一段音乐被谱出来，人类历史在本质上依然是这副样子。"（奥登《公众与后期叶芝》）奥登似乎是在用诗歌的一极来反对另一极。"无论我们如何定义诗人，他首先是一个热爱语言的人。"这话当然没错，无论如何强调，它都是正确的，也是最保险的。但对现实的关注以及去写"介入"的诗歌错了吗？错在哪里？就因为它无力？奥登也没有把话完全说死，"无论如何，应让一个诗人，如他所想的那样，去写所谓的'介入'诗歌，只要他明了主要是他自己会从中受益"。奥登补充说："这会提升他在那些有共鸣的人中间的文学声誉，当他如此做的话。"

奥登初到美国的时候，他父亲曾给他写过一封信，信中希望他通过他的诗"担当时代的代言人"。他回信说："要说到成为时代的代言人，像每个作家所做的那样，这肯定是他最后才考虑的

奥登

事情。比如丁尼生，当他想着哈勒姆和他的悲痛时，他在《悼念集》里成为维多利亚时代的代言人。而当他决心成为维多利亚时代的吟游诗人并写下《君主牧歌》时，他已不再是个诗人。”而在很多英国同行眼里，离英赴美的奥登也不再是“那一个”奥登了，他不仅有逃避战争责任之嫌，在创作上也滑向了一个危险的趋向：态度暧昧，立场超然，由“左倾”转为“内倾”。拉金就批评说，在二战爆发前夕赴美的奥登“顷刻间，他失去了自身的核心主题与情感——欧洲及对战争的恐惧——同时遗弃了读者，连同他们的日常土语及所关心的事情。换作另外一个诗人，这不太重要。对于奥登，似乎是无法弥补的”（拉金《威斯坦变成什么样了》）。拉金认为，赴美之后的奥登变得浮夸而玩世不恭了，当他卸下诗歌的社会责任时，他只是在“玩弄言辞的运气”。

奥登当然不能接受这种批评，他认为如果需要他上战场，他义不容辞，而写诗，要知道，每个人都会改变的。他认为这是年龄和生活阅历带来的自然而然的变化，“对一个作家来说，顺应他自己的年龄，真的是非常重要，既不比他实际年龄显得更年轻幼稚，也不显得过于衰老颓唐”。他的这一观念始终如一。年轻时，他写青春的诗，热血的诗，充满情欲的诗；赴美之后，奥登开始更多地关注现代人的精神生活和道德困境，而对诗里的政治因素开始有意识地清除，这种清除甚至有些偏执的味道。1939年9月1日，纳粹德国入侵波兰，奥登写下他的名作《1939年9月1日》，布罗茨基对这首诗推崇备至，曾有长文评析。奥登在给友人的信中提到此诗的创作灵感时说："战争爆发的那一天，我很偶然地翻开了尼金斯基的日记，读到这句——'我想哭泣，但上帝命令我继续写作。他并不希望我无所事事。'"就是这样一首名作，奥登在后来的诗选里都不再收录。当访问者问他"你最不喜欢自己的哪首诗"时，奥登说，《1939 年 9 月 1 日》，"而我担心它已经被选进很多诗选里了"。他要做的是"大西洋两岸的贺拉斯"，而不是一个"政治诗人"。相对于"圣人"（济慈语）、"教育者"（华兹华斯语）、"世间未经公认的立法者"（雪莱语）这些被人为拔高了的诗人角色，奥登更愿意拥有一张"公共领域的私人面孔"，而非"私人领域的公共面孔"。在奥登看来，越是私人的，就越是公共的，诗人活得像一个正常的人，才是最大的"政治"。而诗人与他人的区别，也仅在于"农民可能会在夜晚打扑克，而诗人则在夜晚写诗"。有意思的是，1965 年，奥登曾有机会抵达他人生荣誉的顶峰，那一年，他和萨特、肖洛霍夫（两位强调"介入"的作家）一同进入了诺贝尔文学奖的最后一轮。很不幸，他最终输给了萨特——一位"私人领域的公共面孔"，而萨特却拒绝领奖。

4

赴美之后，奥登重新皈依了基督教，他诗中的宗教色彩和禁欲味道也越来越浓厚，谦卑、仁慈和爱成为最常见的主题。事实上，早在 20 世纪 30 年代初期，奥登就萌发了"爱邻如己"般的宗教情感。如写于1933年的《夏夜》：

与同事们相处亲密无间
我在每个平静的夜晚
如花般欣喜异常；
那道初始之光离开了藏身处
伴随着鸽子般的声声催诉
伴随着它的逻辑和力量。

当时奥登正在苏格兰的一所中学做教师，某个晚上他和三位同事闲坐，他有生以来第一次体验到“爱邻如己”的真实含义，那“如花般欣喜异常”的“初始之光”。“事实上，在那次体验发生的时刻，我就已经想过要永久地重返基督教信仰了。”奥登后来回忆说。重返基督教信仰，让奥登毫不犹疑地将“爱”作为拯救的力量。奥登的这一信仰转变，也让他的诗歌转向一个新的向度——从对公共事务的热情转向对心灵个体的殷殷期盼，将吁求的对象由人类社会转向神，在对神性的呼告中召唤人性的高贵，从而将改善人类处境的重担压在每一个个体的人性觉悟之上。在神性的诗歌殿堂里，聚集着这样一些人：荷尔德林、里尔克、叶芝等等。他们“吟唱远逝诸神的踪迹”（荷尔德林），聆听天使的声音，“只有大地之上的歌/称颂和赞美”（里尔克），才是唯一的希望。由批判转向称颂和赞美，由诅咒改为吁求和呼告，将神性之光的降临作为一种普度众生的力量，诗歌也在此意义上成为一种救赎之道。

基于这种“爱的信念”，奥登确信，我们的现实世界虽然充满了堕落和罪恶，但依然可堪拯救。每一首成功的诗作，都必然体现了这种拯救的力量，都展现了天堂般的景象。“每一首好诗呈现的景观，都无限地接近乌托邦”（蔡海燕《论奥登的乌托邦精神》）。正是基于这种爱的信念，才会在《诗悼叶芝》的悲伤底色中出现如此暖色调的诗句：

跟着，诗人，跟着走
直到暗夜的尽头，
用你无拘无束的声音
让我们相信犹有欢欣；

在心灵的荒漠中
让治愈的甘泉开始流涌，
在他岁月的囚笼中
教会自由的人如何称颂。

奥登皈依基督，多少跟他的爱情生活有关。1939 年 4 月，奥登初到美国，认识了一位比他小 14 岁的美国少年卡尔曼，两人随即坠入情网，奥登甚至还迫不及待地为自己戴上了婚戒。此时，衣修伍德已在加利福尼亚与年轻的美国画家大卫·霍克内生活在一起。然而，过了没多久，卡尔曼就移情别恋。此事对奥登打击很大。奥登此前虽频繁更换伴侣，但直到卡尔曼出现，他才感觉找到了灵与肉相和谐的真爱。失恋后的奥登痛苦不堪，并一直禁欲。是宗教信仰帮他从那段并不对等的关系中解脱出来，让他从一种狭隘的私欲之爱跃至更为阔大无私的神性之爱，不再爱得那么狭隘和痛苦。“如果爱不能相等，/让我成为爱得更多的那一个。”卡尔曼情变几个月后，奥登与他达成共识，两人仍然保持亲密联系，但不再发生肉体关系。此后多年，奥登一直在一种宗教情怀中禁欲。在皈依基督教的同时，奥登也成为克尔凯郭尔式的存在主义信徒，尤其是克尔凯郭尔对“婚姻之爱”的阐释，更是打动了奥登：“浪漫之爱可以在瞬间得到完美的诠释，婚姻之爱却不行，因为一位理想的丈夫体现于生活中的每一天，而不是某个瞬间。”中年之后的奥登也渴望这种“婚姻之爱”，因为这有利于重建一种生活新秩序，同时也符合宗教精神，一个理想的丈夫类似于一个虔诚的教徒把信仰灌注进生活的每一天。《圣经·传道书》上说：“两个人总比一个人好，因为二人劳碌同得美好的果效。若是跌倒，这人可以扶起他的同伴；若是孤身跌倒，没有别人扶起他来，这人就有祸了！再者，二人同睡，就都暖和；一人独睡，怎能暖和呢?”

两个人总比一个人好。然而作为一名同性恋者，奥登的感情生活注定坎坷，内心的焦虑和压抑可想而知。“在某种程度上，同性恋是一种恶习，就像咬手指。”他说。他曾有过一次法律意义上的婚姻，1935 年 6 月，为了帮助托马斯·曼的女儿艾瑞卡·曼获得英国护照以逃离纳粹德国，奥登与她办理了婚姻登记，不久即解除了婚姻关系。1946 年，试图在两性婚姻上再做尝试的奥登，与一位叫罗达·贾菲的离婚女人发展了一段为期一年左右的异性恋。奥登事后跟朋友坦承："我试着跟一个女人交往，但这是一个天大的错误。"而罗达·贾菲却说："威斯坦在床上是个真正的男人。"此后，奥登再也没有尝试过异性恋，直到晚年遇到新寡的阿伦特。"若是跌倒，这人可以扶起他的同伴；若是孤身跌倒，没有别人扶起他来，这人就有祸了！"那又是一段多么凄惨的感情经历啊，两个如此优秀的人物，注定无法在一起，只能"在哀叹的恍惚中/吟唱人间的败笔"。

2014.7

参考书目

奥登诗选：1927—1947. 马鸣谦，蔡海燕，译．上海：上海译文出版社，2014.

蔡海燕．论奥登的乌托邦精神．浙江大学博士论文，2010.

［美］哈罗德·布鲁姆，等．读诗的艺术．王敖，译．南京：南京大学出版社，2010.

［美］伊丽莎白·扬-布鲁尔，等．爱这个世界：阿伦特传．孙传钊，译．南京：江苏人民出版社，2012.

［美］列夫·洛谢夫，等．布罗茨基传．刘文飞，译．东方出版社，2009.

尼采：醉与梦的形而上学

> 尼采一生的主要特色是他的脱出常轨的生存。他没有现实生计，没有职业，没有生活圈子。他不结婚，不招门徒和弟子，在人世间不经营自己的俗务。他背井离乡，到处流浪，似乎在寻找他一直未曾找到的什么。然而，这种脱出常轨的生存本身就是本质的东西，是尼采全部哲学活动的方式。
>
> （雅斯贝尔斯《尼采其人其说》）

1. 相遇

1865年10月，在莱比锡的一家旧书店里，青年古典语文学家尼采遇到了叔本华的两卷本著作《作为意志和表象的世界》。一读之下，仿如醍醐灌顶。“我不知道什么神魔在对我耳语：‘把这本书带走。’”尼采回忆说，“我带着我得到的宝贝坐在家里角落的沙发上，让这位有力的、阴郁的天才的影响开始作用于我。书中的每一行字都叫嚣着：放弃，否定，隐退，犹如一面镜子，通过这面镜子我看到了世界。”

在遇到这面“镜子”之前，毕业于著名的古典语文学重镇普夫达中学的尼采，正面临着个人的诗学—哲学转向。他自认是一名诗人，早在十岁那年，他就已写出了五十多首诗。他立志要做一个“词语的匠人”，这一古老的行当需要的是激情、超常和具有神秘性的东西，而不是古典语文学的理性与科学世界的清晰与冷静。1865 年 2 月，他在笔记中写道：“我对哲学的转向已经决定。”在青年伙伴那里，尼采被视为“疯子”，他酗酒，与母亲争吵，造访妓院，与人决斗……但在气质和修养上，他更像一名贵族。他对平民政治不感兴趣，也从没想过要过一种安宁舒适的生活；他有自己的喜好，他热爱希腊诗人，喜欢巴赫、贝多芬、荷尔德林和拜伦。1865 年，尼采“像一个亡命之徒离开波恩”，随自己的恩师李切尔（F. W. Ritschls）转到莱比锡大学。当时，尼采年仅二十一岁，但已经开始了哲学沉思。这年 10 月，他遭遇了悲剧哲学家叔本华。

叔本华的这部代表作完成于 1814—1819 年间，作品明显受到了印度哲学的影响，被认为是将东方和西方思想融合的首部作品，但发表后长期无人问津。叔本华不无凄凉地说：如果不是我配不上这个时代，那就是这个时代配不上我。直到 1859 年，《作为意志和表象的世界》出版第三版时，才引起轰动，叔本华称“全欧洲都知道这本书”。他在第三版序言中写道：“当这本书第一版问世时，我才三十岁，看到第三版时却已过七十岁。总算我在彼德拉克的名句中找到了安慰：谁要是走了一整天，傍晚走到了，那也该满足了。”这位声誉不佳的哲学家在最后的十年终于得到了令他满意的声望，但仍然过着孤独的日子，陪伴他的是一条叫“世界灵魂”的卷毛狗。1860 年，这位开启了非理性主义哲学的哲人因肺炎恶化去世，他在遗言中说，希望爱好他哲学的人，能不偏不倚地、独立自主地理解他的哲学。

尼采与叔本华的相遇，几乎带有点宿命的味道。尼采出身于宗教家庭，他的父亲老卡尔·路德维希·尼采（Carl Ludwig Nietzsche）是一位新教牧师，曾任普鲁士王国四位公主的教师。老牧师非常喜欢他，常带着他一起散步。在尼采记忆里，父亲“拥有一个基督徒所有的德行，过着一种平静简朴但幸福的生活”。1849 年，尼采五岁时，父亲不幸患脑软化症去世。尽管年龄尚小，尼采却清晰地获得了对死亡的第一印象，“这个想法攫住了我，我悲声痛哭”。翌年，尼采的弟弟也在他两岁生日前夭亡。在尼采的生命里，死亡的意象挥之不去。幼年丧父，加之多愁善感的悲剧性格，使他对叔本华的悲剧哲学产生了一种强烈的共鸣。在接下来的几年里，尼采彻底被叔本华的著作击倒了，一种激动、迷醉的心情豁然显现，“几乎可以称之为一种皈依”。通过叔本华的著作，尼采看到的世界不再是表面的、历史意义或道德意义上的世界，而是一个本真的世界——在表象的世界下面，还轰鸣着：意志。他突然醒悟，世界的本质不是什么理性、逻辑之类的东西，而是一种更加冲动的、幽暗的、生机勃勃的人类的本能。而只有诗，才能真正接近这些东西。他认识到，人或是一个生命的奴隶，或是自己的主人，人能否摆脱枷锁和桎梏，端赖人能否取得对其意志的束缚秉性的胜利，从而接近一种奇迹般的、被叔本华描述为令人心醉神迷的境界。为此，他开始身体力行，强制自己连续数天半夜两点才上床睡觉，凌晨六点即起。他还给自己规定了严格的食谱，厉行一个素食主义的苦行僧般的生活，以便领悟人生的真谛。

叔本华真正吸引尼采的地方，是对生命幽暗意识的无限临近，是对哲学和艺术作为救赎之道的狂热。叔本华作为逆时代精神而动的、全然自信和威严的“生命的改革者”而出场，他是“生命的法官”。在叔本华看来，意志永远表现为某种无法满足又无所不在的欲求。于是世界的本质就是某种无法满足的欲求，从逻辑上说，它永远不可能被满足。如果不能满足的欲求是某种痛苦，那么世界就无法摆脱其痛苦的本质。虽如此，叔本华却又不是一个全然的虚无主义者，他认为生命具有其意义——虽然它是一种消极的意义。他把艺术看作是解除人类存在痛苦的一个可能途径。艺术具有一种超时间的本质，而音乐同时具备超时间和超空间的本质，所以音乐不只是对理念的复制，它更接近意志本身，所以它也就具有一种更高的价值。这对尼采是一种莫大的鼓舞，使他感到自己对音乐的素常酷爱得到了证实。尼采认为，这个世界充塞着躁动不安和盲目的人群，“我们生活在原子和原子论的混乱的时代”，在这种“兽性”的时代，谁来重新树立人的形象？尼采比较了三种人：卢梭式的人、歌德式的人和叔本华式的人。在这三类人的形象中，卢梭是充满怨恨的、底层人的形象，他相信平等，相信人性本善，向往自然和解放，对荒唐的不合理制度充满了仇恨。尼采对此不以为然并充满了戒心。在尼采看来，历史不是由底层人来书写的，而是由英雄和超人来书写的。歌德式的人则是悠闲好思，有着高雅的风格和广博的学识，这类人活到老学到老，对知识充满了渴求和吸纳的无限欲望。但这类人也有问题，由于对知识的过度吸纳，淹没在知识的海洋里，往往会丧失本性，丧失判断力和与日常生活世界的联系，成为一群好学深思的"有教养的市侩"、风格上的大杂烩和"伪世界主义者"。叔本华的出现，才真正揭开了人类的悲剧性的、摩耶（印度哲学中的幻想宇宙，其形象为面纱遮身的美女）的面纱。叔本华承认人生的痛苦，而正是这种痛苦帮助人"扼杀他的自我意志，为全然地推翻和颠倒他的本质做准备，而生命的真正意义就是促成此事"。叔本华从如何来理解生活的痛苦来思考人生的意义，生命的最高原则是创造、欢乐和自我确证，是一个如何生而不是如何死的问题。尼采认为这是一个了不起的起点，称此为一种"英雄般的履历"，这样的哲学家方可称为哲学家，他重新确证此在的价值，"他是事物之尺度、价值和分量的立法者"。

一开始，叔本华是作为大师、权威和教育者的形象进入青年尼采的心灵的，而作为对手的叔本华不久就会到来。尼采同时代的知音勃兰兑斯曾指出："作为一个思想家，尼采是以叔本华的理论为出发点的。就其最初的著作而言，他实际上不过是叔本华的门徒。”（勃兰兑斯《尼采》）尼采称叔本华是一位“天才”，符合他对哲学家的想象和定位。对于尼采来说，哲学不仅仅是对生命的一种思考，更是一种改变的力量，是哲学家最富精神性的个人本能的创造，哲学家就应该是“精神上的暴君”。而古典语文学家的帽子，已经不适合尼采发热的头颅。他认为很多语文学家、历史学家只是一些从属者，干着评论、编纂、解释、分类、反刍的二手工作，他们的任务只是把伟大的东西变小，因为他们“缺少创造性的火花”。他渴望从纯粹语文学家的队伍里走出来，去做一个有创造性的作家，以便“告诉语文学家们大量严酷的真理”。当他越来越清醒地意识到这一点时，他知道自己尚缺乏一种个人风格，“我长时间地生活在一种对风格的无知之中”，内心命令他“你应该和必须写作”，但“手中的笔却突然瘫痪”。他决心进行自我修炼，把自己作为一个哲学作家进行设计。此时，他又遇到了音乐家理查德·瓦格纳。

1868 年 1 月 8 日，在东方学家海因里希·布洛克豪斯的家里，有人提到了音乐爱好者尼采的名字。来此做客的瓦格纳表示，愿意认识一下这位有天分的古典语文学者。瓦格纳是德国歌剧史上举足轻重的人物，前承莫扎特、贝多芬的传统，后启后浪漫主义歌剧作曲潮流，也是欧洲音乐史上最具争议的人物。此时的瓦格纳，早已摆脱了漂泊流放的动荡生涯，由于与巴伐利亚国王路易二世的友谊，他成了畅通无阻的成功者。尼采对瓦格纳充满激情，将其视为精神导师，当他第一次听到瓦格纳演奏时，“激动得身上的每一根神经都在颤抖”。能得到大师邀请，他自然欣喜若狂。临行前，尼采特意到裁缝那里定制了一套制服，但由于手头拮据，当制服送到后，他却不能马上掏出那么多钱来。裁缝带上衣服准备离开，被尼采紧紧抓住，苦苦哀求，最后甚至动起了手。尼采最终也没能穿上那套新衣服，而是穿了件黑色礼服，这使他内心一直忐忑，不知穿上它去见大师是否得体。

一见面，瓦格纳便同他谈起了叔本华，称他为“唯一认识音乐本质的哲学家”。尼采兴奋异常，分别后，他给大师写信，道出自己的激动之情。“非常尊敬的先生，”他说，“我一生中最美好最崇敬的时刻真的与您的名字连在一起。此外，我只认识一个人，这就是您精神上的伟大的兄弟阿图尔·叔本华。我以同样的尊敬，甚至怀着虔诚之情想着他。”大师给他回信：“您可以替我行使我的很多使命，甚至完整的一半！”他鼓励年轻的古典语文学教授尼采，“请您展示一下，哲学何为。请帮助我，实现伟大的‘文艺复兴’。在这复兴中，柏拉图拥抱荷马，而荷马心中充满柏拉图的观念，这样才成为至高无上的荷马。”

瓦格纳的鼓励使尼采感觉到，他心中积聚已久的一个主题正在成型：古希腊悲剧。而要做成这件事情，在古典语文学领域无疑是一次离经叛道，一次学术历险。

2. 酒神与日神

1870 年夏，正当尼采沉浸在悲剧和英雄主义的氛围中，准备写作《悲剧的诞生》时，普法战争爆发了。拿破仑三世由于俾斯麦的挑衅，于 1870 年 7 月 19 日对普鲁士宣战。尼采给他的朋友罗德写信说："我们这低劣的文化，统统掉到了一个很可怕的恶魔身上。"他要上战场，瓦格纳的妻子柯西玛劝告他不要那样，建议他宁可把雪茄也不要把自己寄给士兵。然而在炮声隆隆中，崇敬生命激情的尼采已无法继续坐在书桌旁，他报名作为一名卫生兵上了前线，在战场上负责收集尸体和救护伤员。这已是他的第二次士兵生涯。1867 年 10 月，二十三岁的尼采也曾应征入伍，但不到半年，尼采在行军途中从马上重重摔下，肋骨受伤，因此退役。他的第二次战场生涯也仅维持了两个月，因不幸染上痢疾和白喉，不得不重新回到后方。此时，战场上尸横遍野、伤残遍地的惨烈景象已挥之不去。他写信给瓦格纳："是的，我回忆起在一个孤寂的夜晚，同伤员们一同躺在货车车厢里，护理他们，我的脑海里想着悲剧的三个深渊，它们的名字是：妄想、意志、疼痛。"悲剧情结在他的精神深处加重。

普法战争的结果是，德国实现普鲁士统治下的统一，建立了德意志帝国。德国统一既非法国式的革命，亦非美国式的民主化，而是通过俾斯麦的"铁血政策"。尼采认为这是一种野蛮的胜利，平庸的利己主义和经济上的功利主义占据要津，德国人的精神生活遭到重创。他的最高目标是文化的繁荣，而非军事上的胜利。法国虽然战败了，但“法国文化仍作为法国文化存在着”，而“德国文化仍旧一样地依赖法兰西文化”。他意识到，德国人“直到今天也还没有一个原创性的德国文化”，法国文化的巨大优势则在于其“民族与文化融为一体”。尼采从文化政治的意义上预言了德国社会发展的“落后优势论”，为近代德国的社会思想奠定了紧迫感和危机感的基调。德国文化的出路在哪里？如何重建德国文化与民族的融合？作为一位古典语文学家，尼采认为人类文化的最高体现就是古希腊、罗马文化，这是一切西方文化之源。“我们没有《荷马史诗》来作为民族诗歌了！没有伟大自然力的神性化了！没有从语言亲缘关系去对种族亲缘关系的推论了！没有对超感觉事物的智性直觉了！没有裹在宗教里的哲学了！”这是尼采思维混乱之前（1885 年秋—1886 年春）的笔记，与他最初的想法一脉相承：试图潜回古希腊的神祇世界，通过重新激活神话来拯救危机四伏的现代世界，而拒绝接受一个马克斯·韦伯意义上的技术化、科层化的“祛魅”的世界。在这种背景下，尼采开始思考作为文化源头的希腊悲剧起源问题，并着手写作他的第一部著作《悲剧的诞生》。

尼采重新唤醒的两位神祇是酒神狄俄尼索斯和日神阿波罗。阿波罗（Apollo）是太阳神，也是预言、音乐和医药之神，是希腊神话中最著名的神之一。古希腊的雕刻艺术常以阿波罗为题材，借他的形象表现男性之美。在尼采的笔下，日神阿波罗是一切造型力量之神，“按照其语源，他是‘发光者’，也可译为‘制造外观者’”。日神的形象是“适度的克制，免受强烈的刺激，造型之神的大智大慧的静穆”，即使当他愤激和发怒时，“仍然保持着美丽光辉的尊严”。日神冲动使人沉浸在事物的外观之美中，犹如沉浸在梦之中，享受一种深沉内在的快乐。作为德性之神，日神的神谕是：“认识你自己”，“勿过度”。具有日神冲动的人保守而讲究理性，最看重节制、和谐与适度。因此，日神艺术代表着一种素朴与适度的“静观的艺术”，是“梦”的艺术，人们陶醉于日神的艺术世界里，犹如在梦境中一样，一切都显得那么宁静、和谐、节制、有序。

狄俄尼索斯是酿酒和葡萄种植者的庇护神，为宙斯和忒拜王卡德摩斯的女儿塞墨勒所生。据说他曾遍游希腊、叙利亚，直抵印度，然后经色雷斯返回。他到处建立对自己的崇拜，用的方法是教人们造酒，制造各种各样的奇迹。一般认为，古希腊的悲剧和喜剧即起源于纪念他的仪式。罗素曾说，与希腊正统的奥林匹斯诸神不同，狄俄尼索斯是一个原始农耕者的野蛮人形象，常在酩酊大醉中给人以神秘主义的启示，这就使得“希腊人，至少是一部分希腊人，发展了一种对于原始事物的爱慕，以及一种对于比当时道德裁可的生活方式更为本能的、更加热烈的生活方式的爱慕。对于那些由于强迫而在行为上比在感情上来得更文明的男人或女人，理性是可厌的，道德是一种负担与奴役。这就在思想方面、感情方面与行为方面引向一种反动”（罗素《西方哲学史》

上卷）。在尼采看来，酒神狄俄尼索斯使人们通过音乐和悲剧的陶醉，“沉醉”在神秘的“自弃”状态中，尽情放纵自己的原始本能，将自己的能量和欲念毫无顾忌地宣泄出来，从这种不停的充满活力的野性放纵中找寻幸福，化痛苦为欢乐。在春日熠熠、万物欣欣向荣的季节，人们在酒神的作用下飘然欲仙，陶然忘机，在忘我中从人的天性里升起充满幸福的狂喜，这就是酒神的本质，“把它比拟为醉乃是最贴切的”。

酒神和艺术是一种什么关系？尼采认为，酒神冲动是艺术的根源，酒神狄俄尼索斯对应于一种“醉”的境界，在酒神的作用下，“人轻歌曼舞，俨然是一更高共同体的成员，他陶然忘步忘言，飘飘然乘风飞扬。他的神态表明他着了魔。就像此刻野兽开口说话、大地流出牛奶和蜂蜜一样，超自然的奇迹也在人身上出现：此刻他觉得自己就是神，他如此欣喜若狂、居高临下地变幻，正如他梦见的众神的变幻一样。人不再是艺术家，而成了艺术品：整个大自然的艺术能力，以太一的极乐满足为鹄的，在这里透过醉的战栗显示出来了”。也就是说，在最初的酒神精神作用下，艺术是“非个人”的，作为个体艺术家的“个人原则”被粉碎了，人与人之间不再存在任何禁忌和“藩篱”，因为面对整体的生命力，个体所依赖的理性之光已不复存在，而是与万物重归于陶然忘我、如痴如醉的一体境地。在酒神面前，人们先是感到惊骇，接下来则是喜悦。何故惊骇？因为面对整体的生命力，以往足以依赖的理性失灵。喜从何来？个体与自然万物融为一体，跳起酒神颂舞蹈，浑然忘我，毫不踌躇地委身于一种欢欣鼓舞的自由感和幸福感之中。因此，面对存在的痛苦与衰亡，面对个体生存中的恐怖，我们终究用不着吓瘫，因为，“一种形而上的慰藉使我们暂时逃脱世态变迁的纷扰”。这就是伟大的希腊悲剧的形而上拯救功能。

据说，希腊人每年在固定时节举行酒神节，在半山腰开出的圆形剧场里演唱悲剧。古希腊的剧场是露天的，观众席位于斜坡之上，如扇形般展开。在其中，“每个人都真正能够忽视自己周围的整个文明世界，在饱和的凝视中觉得自己就是歌队一员”。希腊悲剧在公元前 5 世纪进入辉煌，整个希腊民族参与其中，形成雅典的悲剧文化。酒神节是民众的节日，在此期间，一切事务停办，法庭闭庭，大多数公民以及一些妇女、儿童、奴隶都能看戏，甚至囚犯也可以出狱来看戏。悲剧的感染力量之强，以至于一场演出竟可吸引上万观众。从希腊剧场的遗址废墟中，仍可想见当年的盛况。

3. 颠倒的柏拉图主义

悲剧是如何最终消亡的？尼采断言：希腊悲剧精神是被欧里庇得斯摧毁的。尼采指控欧里庇得斯的理由是：“欧里庇得斯将观众带上舞台”，其根本的后果是使观众坐到了评判者的位置上，建立起了艺术品与公众之间的新型关系，事实上也就把悲剧变成了一种哲学思考或理性启蒙的舞台，揭开了酒神和日神那种“醉和梦”所营造的假象世界，明确告诉希腊人，他们过去所追求的不过是一种虚幻的谎言，“真相”是生命的彻底悲剧性和毫无意义。由于欧里庇得斯把一切都置于可探讨和争论之列，这样，他就彻底歪曲了悲剧，使悲剧脱离了酒神精神，变成了一种道德说教，知识就是美德，世界上不再存在理智不能揭示的神秘。“渎神的欧里庇得斯”由于遗弃了酒神，剩下的只是一种模仿和冒充，只有戏剧化的史诗罢了。在当时人看来，这无疑是一个巨大的进步，它代表了对等级制度的不满和民主精神的来临。但尼采醉心于贵族主义等级制，对平民政治充满不屑。在尼采看来，“公众”不过是一句空话，绝无同等的和自足的价值。“艺术家凭什么承担义务，要去迎合一种仅仅靠数量显示其强大的力量呢?”正是由于理智的出现，以及庸众的参与和民主政治的作用，希腊悲剧中所宣扬的对死亡的超越也被放弃了，希腊人再也没有了伟大的理想和目标。

有论者认为，尼采对欧里庇得斯的批评是完全搞错了。欧里庇得斯完全不是一个乐观主义者，亚里士多德甚至称他为“诗人中最具悲剧性者”。其实尼采所指控的罪魁祸首还不是欧里庇得斯，而是另一位观众，名叫苏格拉底。悲剧灭亡于苏格拉底的三个乐观主义基本公式——知识即美德、罪恶源于无知、有德者即有福者。正是苏格拉底理性乐观主义精神与酒神精神的根本对立，导致了希腊悲剧的毁灭。而欧里庇得斯不过是忠实地实践了苏格拉底的理性主义和辩证法精神。传说苏格拉底因为反对悲剧艺术，因此放弃了观看悲剧，只有当欧里庇得斯的新剧上演时，他才置身于观众中。由于苏格拉底的影响，欧里庇得斯不再是作为一个纯粹的艺术家，而是作为苏格拉底式的思想家在制作戏剧。由于理性的过多参与，戏剧的刺激手段不再属于两种仅有的艺术冲动即日神冲动和酒神冲动的范围，而是以冷漠悖理的思考取代日神的直观，以炽烈的抒情取代酒神的兴奋。这样一种非艺术倾向，就是"审美的苏格拉底主义"，其最高原则是"理解然后美"，恰与苏格拉底的"知识即美德"彼此呼应。

在尼采眼里，悲剧正是在理性所不可触及的地方发现美和善，而苏格拉底主义刚好相反，他拒绝追随非理性传统的道路，认为除非可理解，即无美或善可言。后世所谓"苏格拉底主义"，是指哲学或科学变成了人生的最高目的和唯一使命，从而导致了知识的泛滥和极端化。尼采批评苏格拉底主义持有一种"科学的妄念"，即认为一切都可以通过理性的认识得以掌握，人生的幸福也是通过理性可以操作的，理性可以解决一切问题，包括消除人生的痛苦、灾祸。这实际上是以理性替代了对于自然真理、人之可怕命数的领悟，使人遗忘了生存的真正本质，失去了对命运的切身感受，逃进由理性架构的避难所中，用辩证推理回避生存的悲观主义而获取乐观。可以看出，苏格拉底的"快乐"不是由酒神生命涌出的"本能的快乐"，而是一种理性的"快乐"。在尼采看来，作为悲剧的毁灭者，苏格拉底代表了一种根本否定的、批判的和破坏的力量，他追求知识的最终结果无非是证明了我们不可能穷尽所有知识。因此，苏格拉底宣称自己没有知识，他只限于发问。他也是“唯一承认自己是什么都不知道的人”。另外，苏格拉底还将道德引入世界，道德作为一种普遍主义的标准，也与尼采的观念相左。尼采坚持认为，没有普遍的生活道德，不同的人应该按照不同的方式生活。苏格拉底的厉害之处在于，他不仅是第一个能遵循理性本能而生活的人，更是第一个能循之而死的人。苏格拉底不仅谋杀了悲剧，而且谋杀了自己。当希腊城邦法庭用投票的方式，以取简单多数这种幼稚的民主判他死刑时，苏格拉底选择服从不公正的判决，从容赴死。

“赴死的苏格拉底”以死捍卫了理性的价值，并捕获了高贵的希腊青年、悲剧诗人柏拉图的心，通过柏拉图把自己的辩证法思想和理性主义哲学强加给后世，由此统治了此后两千多年的西方文明。柏拉图认为有三重世界：理念的、现实的、艺术的。艺术世界依存于现实世界，现实世界又依存理念世界，只有理念世界是永恒不变、超越时空的“真实的世界”。谁是“真理”的拥有者？圣人、哲学家，以及后世的神学家、科学家、理论家。而如荷马之类的艺术家、诗人、悲剧家等等只是“模仿者”。“模仿者”并不真正拥有“知识”和“真理”，他只配“解释”什么是“真理”，而“解释”和“模仿”都是低于“知识”的行为。所以，“艺术是影子的影子，模仿的模仿，和真理隔着三层”。柏拉图的“理想国”最为推崇的是法律，而法律基于理性，理性才能带来公正和道德。理性和道德这些东西都存在于人的内心，而诗歌是最能打动人心的东西，因此，为避免诗歌搅乱人心，诗人们要么主动承担起道德职责与使命，要么就被驱逐出去。

在漫长的后世，人们将柏拉图的这个理念逐步转化为一个超越尘世的、彼岸的上帝形象，直接促进了基督教的诞生。当柏拉图主义变成一套神学之后，就成为了一种普遍的、宗教化的“民众的柏拉图主义”。尼采对常态下的芸芸众生是充满蔑视的，他认为自苏格拉底、柏拉图以来的整个社会文化都是病态的、颓废的、虚弱的。当苏格拉底说“未经思索的生活就不值得去过”，当基督教给高贵的自然本能套上道德枷锁时，人为何而活着的问题也就失去了任何肯定性的答案。因为上帝原本就是人的虚假创造或错误设定，一旦人们发觉“上帝死了”，则意味着人们将失去生活的目标和依靠，一种虚无主义就会弥漫开来，因为“人宁可追求虚无，也不能无所追求”。

尼采对柏拉图的指责，主要是因为他使诗成为了哲学的纯粹附庸。柏拉图认为诗是神赐予的，诗人不过是神的传话筒。如果没有神的点拨和启示，没有神的助佑，诗人就很难有所作为。既然诗是神赐予的，诗人不过是个承接者和传声筒的角色，这就突出了诗人的无知和无能。在柏拉图眼中，诗只是处在辩证哲学的婢女的地位，“正与后来许多世纪里辩证哲学对于神学所处的地位相似”。在《理想国》第十章里，柏拉图通过苏格拉底之口，指责以荷马为代表的悲剧诗人，彻底否定了诗和悲剧，对诗人进行了放逐。尼采认为，并不存在一个所谓的“理念世界”，只有一个世界，那就是我们生活于其中的现实世界，它是永恒的生成、变化、消逝的世界。这个世界对于人类来说是残酷而无意义的，所以悲观主义是真理。但是真理并非是最高的价值，艺术比真理更有价值，艺术才是人的真正的形而上学的活动，是人的终极救赎。只有当意识到我们乃是一艺术品，人生不过是一场正在上演的悲剧时，我们才能信心百倍地生活。“没有什么是美的，只有人是美的：全部美学都建立在这一朴素的真理之上，它是美学的第一条真理。”“人相信世界本身充溢着美——他忘了自己是美的原因。唯有他把美赋予世界。”尼采说。

尼采经常谈到的“艺术形而上学”究竟意涵如何？“生命只有通过艺术才能得救”，这是尼采不断强调的观点。尼采把艺术作为人所固有的形而上活动，即通过艺术赋予本无意义的世界和人生以一种形而上的意义，从而为世界和人生作审美的辩护，使人生变成了“艺术的、审美的、悲剧性的人生”，这样的人生便显得有充足的理由。尼采的艺术形而上学实质上是一种价值形而上学，一种生命形而上学。艺术不是独立于人生而存在的，不是为艺术而艺术的，而是为了人生的缘故。在尼采看来，无法成为一个诗人，就等于无法成为一个人，就是在按别人的套路在活。“倘若人不也是诗人，猜谜者，偶然的拯救者，我如何能忍受做人！”尼采将生命理解成唯一的存在，又将生命的存在方式理解成艺术，进而将存在论变成艺术学。尼采的艺术学不是美学而是生命学，在面对其他世界信仰的破产时，我们还能够设法将我们的人生骄傲地看作是我们自己的创造，就像看待一件自创的艺术品一样看待人生，只有这样，生存对我们来说才是可承受的。换一种说法，面对永恒循环的生命，人通过艺术创造而具有了双重身份：人既是大自然的艺术品，又是艺术家；既是被造之物，又是创造者；既渺小，又伟大。

“艺术形而上学”的提出，是基于人生和世界缺乏形而上意义的事实。根据叔本华的哲学思想，人生即意志之表象，意志又是无法满足的渊薮，而人生却又总是去追求这种无法满足的渊薮。所以，人生即是一大痛苦。尼采承认世界和人生本无意义，自然现实本身无所谓价值，生生死死只是生命的永恒涌流，在此涌流中无物永存。对于个体的生者来说，至深本质全然恐怖。但尼采不甘心悲观厌世，为了肯定世界和人生，他便诉诸艺术，“只有作为一种审美现象，人生和世界才显得是有充足理由的”。也就是说，人生之所以还值得过，成为欢乐的和有人性的，就只有通过艺术，靠人自身在混茫无序中、在自然本身不能提供意义的地方创造出一个意义来。希腊悲剧使人们直面这样一个事实：只有一个世界存在，那就是我们生活于其中的这个充满偶然、任意同时也意涵丰富的世界，没有“彼岸”可以救赎，没有宗教可以逃离。但是随后，尼采通过希腊悲剧的狄俄尼索斯精神表明，人类可以通过酒神的沉醉而超越痛苦，使自我重拾生命意志，变成自身的一件艺术品、一个艺术家。面对一个没有上帝的西方被抛入虚无主义深渊的问题，面对文化涣散、生命疲弱的现代，要恢复文化的完整性和生命力的强健，就是要张扬此种艺术精神。艺术让我们看到，我们可以从自身内部获得新的激情和力量。尼采呼唤悲剧的再生，使之成为宗教的替代物，行使宗教曾经对民族的文化和人类的生存所发生过的作用。如此，通过对悲剧艺术与悲剧精神的独特理解，尼采就为“上帝死了”之后的西方现代性问题构建了一个以艺术为核心的救赎方案，一个新的形而上神话。艺术充满幻想，甚至就是一种欺骗，但尼采认为，“出于求生存的目的就需要谎言”。事实上，柏拉图主义的道德、科学、宗教都是“说谎的不同形式”而已。希腊悲剧又何尝不是一种高贵而伟大的谎言？它使希腊人遗忘了人生无意义的“事实”，完全沉浸在酒神精神的狂欢里，基于这种遗忘而快乐地生活下来，并创造出伟大的文明。由此看来，尼采虽然不遗余力地反对苏格拉底的理性主义或柏拉图主义，但他最终却接受了一个柏拉图主义式的结论，变成了一个反启蒙的启蒙主义者：生活需要谎言而不是真理，因为真理是对生命的危害。

4. 既无上帝也无朋友

写作《悲剧的诞生》时，尼采与瓦格纳的友谊正处于最热烈的时期。尼采在瓦格纳的音乐中看到了希腊悲剧复兴的希望，将瓦格纳的音乐作为伟大的酒神精神的复归，并将悲剧的诞生不合比例地分配给了音乐精神。尼采与瓦格纳的友谊维持了十年，他们的决裂源于瓦格纳音乐风格的变化。1876 年，瓦格纳的《尼伯龙根的指环》在拜罗伊特新建的剧场里进行首演，这次演出让尼采大失所望。整个演出活动像是一个浮华、腐朽的社交场面，瓦格纳的表现也越来越像一个“出色的演员”。尼采感到震惊，伤心得生了病，不久便离开了瓦格纳和拜罗伊特。在尼采看来，瓦格纳就是一个浪漫主义者，是“最大的戏子”、“无与伦比的演员”，从事的不是肯定生命的创造，而是颓废者、失败者对生命的憎恨，是一种“非艺术”。1888 年，尼采写作《瓦格纳事件》和《尼采反对瓦格纳》，对自己的昔日偶像做了清算：“我的最伟大经历是一种痊愈，瓦格纳就是我的病。”

尼采与叔本华的关系充满了纠缠。可以说，叔本华是尼采最初的启发者，无论他是顺从了叔本华，还是后来公然违抗了叔本华的教导。叔本华认为，世界、生命并不能给人以真正的满足，因而不值得我们留恋，悲剧的精神即在其中，所以它引导我们听天由命。尼采则说：“哦，酒神告诉我的是多么不同！哦，正是这种听天由命主义当时与我是多么格格不入！”叔本华停留于悲观主义，他认为只要我们还是欲求的主体，那么我们就永远得不到持久的幸福。尼采正是在这一点上义无反顾地与叔本华决裂，由悲观主义出发而走向对悲观主义的反抗和超越，并由此形成了他的“艺术形而上学”。也就是说，尼采是一方面利用叔本华的分析术语，另一方面又从根本上颠覆了叔本华的核心观点；尼采的阿波罗和狄俄尼索斯，就像穿着希腊外衣的表象与意志。在尼采的晚期思想中，与叔本华之间则更多的是一种对峙，他简直就是在用叔本华的手段反对叔本华。叔本华反对非道德主义和敌基督者，而尼采就是最大的敌基督者和不倦的非道德论者。叔本华认为："艺术的价值在于将我们从意志、欲望、获取和痛苦之境解脱出来。"尼采反驳之："不，艺术的价值在于成为生命意志的一种伟大的自我确证，成为生命的一种刺激，意志的一个唤起者。"叔本华说："在经验特殊性的面纱背后，存在着一个无时间性的实在王国。"尼采则反驳说："不存在彼岸，存在的只有这个世界，是自我诋毁的本能冲动投射出一个彼岸。"叔本华哀叹："假如我不曾存在，假如世界不曾存在，该有多好啊！"尼采反驳："我爱且愿意一切已经发生者，并愿意其永恒复返。"……虽然他的一生都在反驳叔本华，但他依然承认，叔本华是他的一位"教育者"，一位"启示者"，一位站在对面的"大师"。

对于最初的"艺术形而上学"，尼采后来也多有反思。所谓艺术形而上学，也就是把艺术当作形而上学，把形而上学当作艺术，对于必有一死的个体生命而言，这种形而上的慰藉不过是一个幻觉，一种致幻剂。尼采对叔本华的超越，也只是在同一个形而上学的地平线上强者对弱者的超越，并非本质意义上的超越；尼采对苏格拉底理性主义的批判，也只是用一种新的非理性的致幻剂来代替理性主义的致幻剂。尼采在后期修正了自己的立场，他不再坚持"艺术形而上学"的"形而上学慰藉"，不再用"艺术家之神"的身份讲话，而是重新恢复了人的身份。至为重要的，是恢复了一个枝繁叶茂的、葱郁的、富有个性和意志力的生活世界。他告诫青年们，人生并非一定需要一种浪漫主义的、基督教式的形而上学的慰藉，“你们首先应当学会尘世慰藉的艺术——你们应当学会欢笑，你们有朝一日也许把一切形而上学慰藉——首先是形而上学——扔给魔鬼。”按柏拉图主义的观念，这个陷于感性中的世界是毫无价值的，是“假象世界”和“谬误世界”。尼采标榜自己的哲学是“颠倒的柏拉图主义”，他认为，我们之所以拥有艺术，就是为了不因这种超感性领域的“真理”而招致毁灭，而使生命趋于弱化和沉沦。他更加强调对感性世界、生活世界，甚至“身体”本身的重视，“对身体的信仰比对心灵的信仰更为基本”，“艺术乃是反抗一切否定生命的意志的最高力量，是反基督徒、反佛教徒、反虚无主义最卓越的功臣”。尼采否定了一切彼岸世界和先知，完全肯定了现世的快乐和幸福。“我们的宗教、道德和哲学，都是人性的颓废形式。对这些颓废形式的反抗，便是艺术。”尼采认为，艺术在本质上是一种生命意志，艺术乃是“生命的最大刺激”，艺术作品之所以对存在者有价值，乃是因其激发了存在者的意志，促使其以“艺术的自我”沉入醉境与梦境。与真理之价值相比，艺术无疑是更高的价值。

《悲剧的诞生》一书的出版，使青年尼采在一夜之间丧失了他语文学的名声。巴塞尔大学的学生们离开了这位青年导师，他的身旁只剩下两个学生，并且都来自外系，坐在巴塞尔教席上的尼采感到浑身不自在。1877 年，尼采开始写作《人性的，太人性的》，而在此期间，他的身体也开始出现状况。尼采担心自己的头痛症来自家族的遗传。“我的父亲36岁时死于脑炎，我的情况发展更快。”他给朋友写信说。1877年10月，他到医生那里做了彻底的检查，结论是“眼疾”。医生嘱咐他数年内不能读书和写字。瓦格纳写信给医生，他认为尼采疾病的原因是“手淫”，并建议尼采结婚。尼采得知后非常愤怒，将瓦格纳的言论称为“致命的侮辱”。

1879年6月，由于健康的不断恶化，尼采辞去了巴塞尔大学的教职，开始了十年的漫游生涯，同时也进入了创作的黄金时期。这年9月，尼采回到瑙姆堡，一边种菜、休养，一边在身体的不断崩溃中写作《漫游者及其影子》。冬季来临，尼采便迁居阳光充足的意大利南方。1880年，他在热那亚写作《朝霞》。1882年，在明朗清澈的天气里，尼采写作《快乐的科学》。这年4月，他遇到了一个迷人的俄罗斯女子——洛·莎乐美。见面几天之后，尼采就迫不及待地向莎乐美求婚，结果遭到拒绝。在莎乐美看来，尼采既吸引人，又令人反感：吸引人的是思想的才华，令人反感的是那个思想着的人。尼采唯一一次真正想结婚的意图受挫，从此，他像笛卡尔、霍布斯、莱布尼茨、洛克、休谟、康德、叔本华等哲学天空上的巨星一样，终生未婚。

1883年1月，由于“连续几天完全纯净的日子的恩赐”，尼采一口气写下《查拉图斯特拉如是说》的第一部分；6月和9月，第二部和第三部也相继完成。正是在这部伟大的著作中，夹杂着他那些最为成熟的诗篇。尼采这样评价自己这部著作："在我的著作中，《查拉图斯特拉如是说》占有特殊的地位。它是我给予人类的前所未有的最伟大的馈赠。这部著作发出的声音将响彻千年……"尼采同自己的出版商商谈，"仅仅靠我的《查拉图斯特拉如是说》，就可以成为百万富翁：这是当今决定性的著作。"出版商却认为，"这家伙肯定疯了"，他曾打算将尼采的版权以两万马克卖掉，但找不到买主，尼采只得自费印了40本。在尼采的全部著作中，卖得最好的要算是《悲剧的诞生》了，那本书初印了800册，他得到稿酬300马克。1878年8月第二次印刷时，初版本尚有175册库存，也就是说，在长达六年半的时间里，共售出600余册。《悲剧的诞生》出版时，尼采年仅二十七岁，到《查拉图斯特拉如是说》出版时，他已四十多岁，并且已经出版过几本著作，但好评寥寥，受到的关注也有限，仅在法国和北欧获得了一些友好的反应。尼采感叹："德国人太愚蠢，他们无法理解我精神的崇高之处！"而这时他的精神也出现了崩溃的征兆。他跟友人抱怨："我还不断地一直对此感到愤怒，一旦我想到，我缺少一个能同他谈论人类将来的人——真的，由于长久的缺少属于我的社交，我内心全然的病了，而且受了伤。"他在给妹妹伊丽莎白的一封信中写道："一个思想深邃的人需要朋友，除非他拥有一个上帝。我既无上帝也无朋友。"

1887年，夏季的西尔斯-玛利亚自八月起就飘起了雪花，四周白茫茫一片，寂静无声。住在旅社中的客人们已陆续离去，尼采独自羁留，像一个苦行僧一样，一口气写完了《论道德的谱系》。而他的病情也愈发严重，内心越来越孤独。“我已经度过了四十三岁，但同儿时完全一样，依然如此形影相吊。”他写信给朋友说，“当我到达高处，便发觉自己总是孤独。无人同我说话，孤寂的严冬令我发抖。我在高处究竟意欲何为?”此后的两年，尼采更是以一种灾难性的速度相继写出了《瓦格纳事件》、《偶像的黄昏》、《敌基督》、《尼采反对瓦格纳》，并进入雄心勃勃的“重估一切价值”阶段。1888 年，尼采在他四十四岁生日时决定替自己写一本自传——《瞧，这个人》。在这本自传中，他希望读者认识到自己独特的一面：“听我说啊！我是这样独特而又这样杰出的一个人。不要把我与任何其他人混淆。”1888 年夏，尼采在西尔斯-玛利亚的最后一个夏天，他开始勤奋地写作《权力意志》，似乎是在跟逐渐熄灭的生命烈焰抗衡。“自从我日复一日地‘重估价值’以来，我非常严肃地有理由认为，存在着某种导致兴高采烈的厄运和不可避免性。”尼采在日记中写道，“我不由自主地对人人都沉默无语，因为我越来越没有兴趣让别人看到我生活的困境。我身边确实变得非常空旷。”

越来越感觉“空旷”的尼采，开始歇斯底里地与朋友们绝交，将母亲和妹妹视作“完整的地狱机器”，将自己的哲学思考视作“锤子”，不是为了治疗，而是为了打破偶像，为了摧毁传统。“我知道我的命运，”他说，“我不是人，我是炸药！”1888 年的秋天，阳光灿烂，一段微风拂煦的日子，尼采宣称，他从自己的发现中得出了所有的也是走得最远的结论：上帝死了！

我在这里不遗余力地介绍了尼采的几乎所有著作，唯独没有谈论他的诗，在我看来，他的所有著作几乎都可以被视作“诗”。他一生写过不少诗作，但从没有单独发表过一首诗。他的很多诗篇都夹杂在他的那些格言集、思辨录中。他的早期诗作充满了孤独与感伤的浪漫气息，有诺瓦利斯式的感伤风格和荷尔德林式的家园主题，难言高明。他的晚期诗作则充满了讽喻和张力，调子时而低沉时而激越，有一种高寒的风格和临渊的快感，将诗与思结合得也越来越完美。从纯诗的角度来理解尼采，难免偏狭。尼采的伟大在于他将柏拉图的“诗与哲学之争”这个古老的命题反转过来，并最终将思导向诗。“一首没有思想的诗，怎么堆砌意象和辞藻，都如同一只被虫蛀空了的红苹果。”而在他之后，无论是维特根斯坦还是海德格尔，都沿着他拟就的“光荣而体面的条件”（罗蒂语），让哲学向诗投降。《狄俄尼索斯酒神颂歌》是尼采最后编定的一本著作，虽然才四十四岁，但他隐隐感觉到快来不及了。以写诗始，以写诗终，尼采实践着自己做一个“词语匠人”的宏愿。而最后献给酒神的颂歌，也让他在最后一刻完成了向古希腊的深情回眸。

1888 年冬，火焰般的尼采已化作“超人”，“同伟大的使命打交道，除了游戏，我不知道任何别的方式”。他时常像他笔下的查拉图斯特拉一样，跳起印度尘世之神湿婆之舞。有一次，女房东听到教授在屋子里唱歌，她透过锁孔往里看，发现尼采正光着身子在跳舞。

1889 年 1 月 3 日，尼采离开了他的住所。在意大利的卡尔洛·阿尔贝托广场，他看到一个马夫在抽打他的马匹。尼采哭叫着扑了上去，抱住马脖子大叫："我受苦受难的兄弟啊!"他彻底崩溃了……

几天后，他的朋友欧文贝克接走了他，将他送进了巴塞尔的精神病院。"我看到尼采蹲在沙发的一个角落读书，"欧文贝克说，"这个在语言表达上无可比拟的大师，如今只能以最滑稽的舞蹈与蹦跳，来表达他的兴高采烈了。"1890 年 5 月，母亲把他接到瑙姆堡的家中照料。1897 年 4 月，母亲去世，尼采迁居到妹妹家中居住。在尼采的一生中，他的家庭始终是他温暖的避风港。作为这个家庭中唯一的男性，他得到了无微不至的关怀与呵护，但尼采却毅然舍弃了这一切，像个苦行僧一样在这个风雨飘摇的世界中漂泊游荡。

1900 年 8 月 25 日，在黑暗和混乱中生活了十年的尼采离开了人世，长眠于故乡洛肯镇。"他走向何方？有谁知道？只知道他消失了。"

米沃什：穿越 20 世纪

1. 拉普拉斯旅馆

这是 1935 年巴黎的春天。在位于圣让菲也夫高地附近的一条中世纪的街道旁，一家叫拉普拉斯的旅馆里，住满了欧洲各国的流亡者和留学生。在旅馆外面的大街上，你可以看到旅馆的窗台上晾晒着花花绿绿的衣服，黑呢子短大衣，深绿色西服上衣，碎花裙子，时髦的丝袜，以及解剖系学生常穿的白大褂。旅馆里的嘈音并不比街上更低，你经常可以听到住客们用独特的俚语彼此粗声叫喊。

这条阴暗的小街被长满真菌的石头、砖瓦和常年生的藤蔓包围。街道两旁是一些小吃店、门框窄小的下等旅馆，在街角处有两家小妓院。街灯是那种带着瓦楞形玻璃罩的昏暗的柱形灯，灯下经常会遇到一些穿着时髦，左手挂着小皮包，右手抱胸的女子，她们有的是妓女，有的仅是一些正等待情人出现的大学女生。

20 世纪 30 年代，世界之都巴黎的阴天总是多于晴天。战争的阴影已经开始让这条小街窃窃私语了，偶尔在旅馆的窗台上，会挂出一面绘有纳粹标志的小旗帜。但大多数人仍在工作或沉睡，他们中大多是些老人、公务员或者教师。传说这条街就要拆除，用以建造更宏伟的建筑，但一直没见建筑队行动。大家似乎都在等待什么。

旅馆的二楼向阳的一间住着三个人，其中两位是同性恋者。他们是因共同的爱好而住到一起来的。三个当中，有一个波兰青年，叫切斯瓦夫·米沃什，刚刚通过一位朋友的介绍，得到了国家文化基金会的赞助，得以来到世界的首都巴黎。他并不愿分享同性恋的乐趣，当然也没有人来打扰他。能从巴蒂诺尔区爬满虱子的波兰留学生宿舍搬到这里来，他感到很满意，虽然有同性恋者、黑人小偷相伴，他都尽量把这些变作日常生活中不可缺少的乐趣来看待。拉普拉斯旅馆的一大好处是：人们在此可以悉听尊便，甚至可以在任何种类的燃烧器上烧饭做菜。

经常是在黄昏来临之前，这个波兰青年就要陷入一种难以自拔的内心的动乱之中。他非常敏感于一场普遍的灾难，那不仅仅是一种战争的恐怖。“因此，坦白地说，我以悲观的态度评价生活，因为它主要是由痛苦和对死亡的恐惧所构成，而且我觉得，一个人能够没有病痛地活过一天，就应当认为自己十分幸福了。”（米沃什《青年人和神秘事物》）在别人眼里，他总是心事重重，或者心不在焉。他是那么容易感受外界的刺激，季节、气温或者窗外的嘈杂声，“每点细节都带着全部色彩和硬度”印入他的心底。那时，他已出版了自己的第一部诗集《关于凝冻时代的诗》，他二十二岁。那一段时间他想得太多，因此反倒写得很少。“同时，我像个疯子一样，成了另一种力量的被动的工具，那种力量从体内什么地方运转起来，它既是我又不是我。”“我写得很少，但我整个星期都在一种韵句的力量中度过，它却没有为有意识的目的真正留出多少空间。”（米沃什《青年从和神秘事物》）他内心的风景对他是一种磨难，以致夜晚他经常会梦见一道致命的光线追逐着他，等他到达安全的岸边时，他已经快被击溃了。

在写于 1980 年的一首叫作《路过笛卡尔大街》的诗中，米沃什回忆起了自己在巴黎的那段时光。“路过笛卡尔大街/我走向塞纳河，腼腆，一个旅客，/一个刚到世界之都来的年轻的野蛮人。”这就是他，一个“小地方人”对世界之都巴黎的最初印象。米沃什还在家乡维尔诺读预科学校时，就曾经伙同两个同学，又是搭车，又是划船，来到莱茵河北岸。当他们久久眺望着对岸起伏的山峦时，真是充满了欣羡之情。“我们这帮人，来自雅西和科罗日发，维尔诺和/布加勒斯特，西贡和马拉喀什，/羞于记起自己家乡的风俗，/……把叆叇的省份抛到了身后，/我走进了万众的、眩晕的、渴望的地域。”这些抛却故乡风俗、渴望融入世界之都的外省人，却被冰冷的城市抛弃在一个阴暗的角落。“城市按照它的本性行动，/在黑暗中响起沙哑的笑声，/烘烤长面包，把酒倒进泥罐里，/在街头买鱼、柠檬和蒜，/对荣誉、羞耻、伟大和光荣无动于衷。”

为了克制内心的混乱，他为自己规定了一个固定的程序。每天早晨，步出阴暗的拉普拉斯旅馆，穿过卢森堡公园，走到“法语协会”去听课（春天他将在那里参加高年级毕业文试）；每周两次，到旅馆附近的游泳池游泳。他喜欢跳水蹦板的砰砰声，喜欢从玻璃屋顶倾泻进来的温暖阳光。然后，他会再走几分钟的路程，到穆塔利森会堂去旁听“保卫文化大会”。他的这个计划因他的朋友京特的介入而使他略感不快。这个矮胖白皙的青年富于希腊精神和荷尔德林式的怀旧情绪。这也是一个内心充满风景的人物，他的愤怒更直接也更诚实，他嫌弃以文字装饰起来的软弱，更信奉赤裸的暴力。因为共同的愤怒情结，两个青年心心相印。“一股厌恶情绪竟掠过我的心头。京特用手遮住了一道难看的斜视目光。他的姿势使我想起我在波兰和我的马克思主义同行们一起参加过的另一些集会，想起我们对于讲演人的老处女式用语的嘲笑。”（米沃什《青年人和神秘事物》）

常常，米沃什作为一名青年诗人，会去位于夏多布里昂大街的一套公寓里拜访一个叫奥斯卡·米沃什的诗人兼《圣经》注释家，一位在现代城市的沙漠里冥想创造的神秘主义者，也是他的本家。那时奥斯卡已五十七岁，有一个细声细气的“男爵夫人”时常出现在他身边。他们三个人有机会就在蒙梭公园的砂砾小道上漫步。每次去，米沃什都可以看到奥斯卡房间的桌上摆着一排各种文本的书籍和字典，地板上是成堆的新诗集，那都是忠实的诗人们呈献给他的。他被允许在那堆书里翻找，爱拿什么拿什么。和所有青年诗人一样，他崇拜名人的倾向十分严重，严重到从不敢拿出自己的作品呈给奥斯卡求教。他诚恐于他们之间所存在的距离，他的谦卑告诫他，他的那些涂鸦之作不过是奥斯卡可以用脚扫到房间角落去的、地板上那堆东西的一部分。每次去，米沃什都觉得，那个四壁萧然的隐居处赋予了夏多布里昂大街一种永久的嘲讽意味；就在街对面，在精致的阿塔拉公寓里，在俗气的舒适环境中，却住着一位假诗人——波兰大使馆的文化参赞。

奥斯卡·米沃什常带他到波卡尔迪——一家意大利餐馆去吃早点。在那里，他向自己的小本家讲述法国文坛的一些掌故、文化名流们的逸事。比如被冷落的埃德加·爱伦·坡，表现主义舞蹈家伊莎杜拉·邓肯和她的丈夫、诗人谢尔盖·叶赛宁。“奥斯卡以明显的厌恶心情，回忆起这个俄国流氓（他是这样称呼他的）在巴黎发酒疯的洋相。”奥斯卡以一种炼丹术士的口吻说，现代诗歌带有一个颓废时代的烙印，是不应当太当真的。同时他还警告切斯瓦夫·米沃什：过分注重形式问题，将会一事无成。

住在拉普拉斯的日子里，还有一件事需要提及，他参观了凡·高的一个画展：“当我第一次站在它们面前（那时我还不熟悉他的身世），一股反感情绪贯穿我全身。像看到什么猥亵事物似的。”这似乎不太符合一个艺术青年的正常反应。但到了后来，米沃什又对自己的反应作了修正：“但是，要大声表达我的爱憎，那时也太难了；我也不能够把它们说清楚。于是我接受了惯例，凡是现代的都是极好的，而我对于凡·高的一刹那的愤激，始终是一件个人的可耻的秘密。”（米沃什《青年人和神秘事物》）为什么要这样说呢？谁又没在自己年轻时犯过同样的错误呢？可怕的艺术敏感力、判断力并不时时相随。

不到一年的时间，奖学金用完了，也没有在巴黎找到合适的工作，他必须重回波兰。“在巴黎的一年是期待的一年，而不是出成果的一年。我并不想回到悲哀的风景，充满浓云和噪鸦的忧郁的天空。”但他需要工作，需要一个稳定的处境来为自己的写作带来必要的时间。在他启程的那一天，他最后一次见到奥斯卡，像一只文雅的老鹰，站在“歌剧院”地铁站的台阶上，向切斯瓦夫道别。

“你说，这场战争将在 1939 年开始，要打 5 年之久，那么谁会幸存下来呢？”切斯瓦夫问。

“你会幸存下来。”奥斯卡说。

1939 年的春天一到，奥斯卡的讣闻便传到了切斯瓦夫·米沃什的耳中。这位对街头的麻雀、对儿童、对树木、对“云彩兄弟”充满着兄弟之爱，能为诗、美而流下激动眼泪的现代隐士，在战争来临之前离去，似乎不忍再看这悲惨世界一眼。切斯瓦夫·米沃什陷入无限的哀思中，为这位拉普拉斯旅馆时期的引路者，一个二十三岁的满怀强烈希望的青年的神秘导师。“有一个教我不要绝望的人，我从他那里学到很多东西。”他一直庆幸自己能在少年时期遇到这样一位具有强有力的人格的隐士，从奥斯卡那里，米沃什理解了缓慢、谦卑、见证。“他使我对新旧约的信仰有更深刻的认识，谆谆教导我在一切心灵事物中，包括属于艺术的一切事物，要有一个严格的、苦行主义的等级制度，”米沃什说，“我按照自己谦卑的天平，由此得出结论，一个人不应当向前跳得太远，一切都成熟得缓慢；或者是我们总在读者前面多跑一步，或者是我们向前走两步远就超过了他。换句话说，有公共知识和私人知识这样一种东西，写作不过是它的一个百分率”。他同时也理解了奥斯卡的神秘的隐修方式，“如果他继续创作‘文学’作品，他想必会赢得声誉，但是，他服从他的内心冲动，拒绝参加竞技”。“从俗也好，罪过也好，我只能随着自己的时代前进，充其量为将来还会发生什么插进一两个论据。”（米沃什《青年人和神秘事物》）

四十多年后，当米沃什站在诺贝尔文学奖的演讲台上，列举对他的思想产生过重要影响的人物时，他提到了两个名字：一个是西蒙娜·薇依，一位热爱上帝的苦行主义者；另一位就是奥斯卡·米沃什，“一位巴黎的隐士和幻想家”。“我的幸运是，我的亲戚奥斯卡·米沃什，一位巴黎的隐士和幻想家，待我几乎像亲儿子一样。我把他当一个先知来倾听”，这是一个“以为怜悯、孤独和愤怒所耗尽的古老的爱来爱自己的人民的先知”（米沃什《受奖演说》）。他曾在奥斯卡主编的《南方杂志》上发过一首诗，他称这是一本“杰出的杂志”。

我又一次倚靠在河堤粗糙的花岗岩上，
仿佛是从地府旅行归来
突然在光亮中看见季节的转轮，
其中多少帝国崩溃了，曾经活着的人也已死去。

没有什么世界之都，这里没有，别处也没有，
被废除的风俗恢复了它们小小的荣誉
至今我才知道人类世代的时间不像地球的时间。
至于我的深重罪孽，有一桩我记得最清楚：
有一天沿着小溪，走在林间的小路上，
我向盘在草丛里的一条水蛇推下了一块大石头。

而我生平所遭遇的，正是迟早会落到
禁忌触犯者头上的公正的惩罚。

（《路过笛卡尔大街》，绿原译）

时隔差不多半个世纪，当米沃什回忆起他的第一次巴黎之旅，内心充满了沧桑后的释然。在他 1984 年为自己所选的诗集《被拆散的笔记本》中，他将这首诗置于篇首。没有什么世界之都，多少王朝崩溃，多少英雄死去，世界的中心只在那小小的风俗之中——在那里，一个小小的禁忌，都可能成为命运。

拉普拉斯时期之后，和他的国家一样，米沃什进入真正内心的狂暴时期。拉普拉斯，作为人生的一个节点，一段真实的细

节，还原了诗人的一段青葱岁月。这也许只是个平凡的起点，这些细节里却预示着诗人后来所成就、所承受的一切。

2. 华沙，华沙

在获得奖学金赴法国留学之前，米沃什曾在维尔诺的泰凡·巴托雷大学学习。这位法律系学生和他的朋友们创办了一份名为《火炬》的文学刊物和一个同名的文学团体“火炬社”，号称波兰文坛的“灾难主义诗派”。“我们一群人当时是左倾分子，自成一派的马克思主义者；我们预言全世界即将面临一场空前的浩劫。”（台湾版《禁锢的心灵》）1936 年从巴黎回国后，他开始在波兰电台文学部任职，并出版第二部诗集《三个冬天》。他已被公认为他那一代人中最有天赋的作家，似乎一个不错的前程正在这位年轻人面前审慎地展开。然而，战争的烟尘即将在欧洲上空腾起，“对于敏感的人来说，空气中浮动着恐怖的味道”。米沃什在一首写于 1936 年的诗作《庄严的河流》中，透出了惊人的预见性：“像白色悬崖的焚尸炉”，烟从“死去的胡蜂的蜂巢”中散出。

1939 年初，当几个波兰青年从收音机里听到希特勒的演讲后，他们已经清楚地知道了自己将要面临的命运。8 月 23 日，德苏两国签订了《苏德互不侵犯条约》，就瓜分波兰达成了协议。9 月 1 日，纳粹军队闪电入侵波兰，苏联也从东部进入波兰，德军攻陷华沙，维尔诺处在红军统治之下。不久，希特勒对苏联开战，而波兰军队已完全没有还手的余地。“对波兰两面夹击的战争像在蚂蚁山上放了一把大火，成千上万饥饿与恐惧交加的人挤满道路：军队溃败，士兵争相逃命，警察脱掉制服也跑开了，妇女们在人群里拼命找她们的丈夫，想参战的男人们却找不到军队。成群的人从东部逃向德国占领的西部地区，同样，也有另一批人从德占区逃向苏联控制的东部地区。也许只有在 20 世纪才可能出现这种标志着国家末日的大混乱。”米沃什在《被禁锢的头脑》一书中写道。

1939 年的决定性失败，使整个华沙城笼罩在一片垂头丧气和恐怖的气氛中。战争初期，米沃什曾短期回了一趟维尔诺，他发现红军统治下的维尔诺已经面目全非，他的那些先锋派的诗歌小圈子，已像“纸房子一样倒塌了”。他只好匆匆逃离，穿越四道封锁线，回到华沙，并加入左派抵抗组织。他参加秘密的文学社团，编辑了一本抵抗诗文集《不可征服的歌》，并着手翻译雅克·马利坦的《穿越灾难》。他还记得，有一次，他刚在一家咖啡馆参加完地下小组活动不久，盖世太保便跟踪而至，逮捕了咖啡馆里所有的人，包括一位右翼的文学编辑。“他被枪杀在华沙附近的一座森林里：沙地、松树、行刑的口令。”（《米沃什词典》）逮捕、监禁、暗杀、集中营……人们对这些概念渐渐习以为常。有一次米沃什和他的几个朋友刚从一位乡下朋友那儿回来，他们漫步华沙街头，感受着生活的短暂的惬意。“这是一个美丽的夏日的早晨。我们并不知道这天将成为我们城市的历史上最黑暗的一天而被记住。当我刚进屋关上身后的门，我听到来自大街上的尖叫声，从窗户看过去，我看见一场全面搜捕正在进行。这是送往奥斯维辛的第一批搜捕。后来数百万欧洲人在那里被杀害。此时，集中营的工作才刚刚开始。这天在大街上被抓住的第一批遭放逐的人们似乎没有一个活下来。”（《被禁锢的头脑》）

随着战事的发展，波兰的大多数城市和国土变成希特勒帝国的一部分。差不多五年半的时间里，波兰人民生活在一种任何文学或历史经验都无法准确描述的高压和恐怖之中。“我们所看到的东西超出了最大胆的、最令人毛骨悚然的想象，为我们所熟知的古老的有关恐怖的描写只能使我们对其天真发出微笑。德国人在欧洲的统治是残酷无情的，但什么地方也比不上在东欧的那种残忍残暴，”米沃什说，“我们仍然活着，因为我们是作家，所以我们试图去写。事实是，过不久我们当中就有一个人退出来，被遣送到集中营或被杀害。对此我们无能为力。我们像被流放到漂浮的冰块上面，不敢去想这冰块什么时候便会融化。”（《被禁锢的头脑》）

…………

我们注定要活着，当场景
变得暗淡，一个希腊废墟的轮廓
把天空弄黑了。这是正午，漫步
穿过一座黑色的建筑物，你看见工人们
坐在一束狭窄的阳光燃起火的

地板上。他们拖出一些
厚厚的书，把它们当桌子
开始切着面包。这时一辆坦克
隆隆驶过，一辆电车回应着。

这首诗写于1941年的华沙，题目是《一本废墟里的书》。一座座黑色的建筑，或毁于炮火，或毁于“最近的一次强风”。发霉的骷髅、手榴弹的残片、机械和混凝土的森林……在这一切之上，一本从废墟中散落的书，仿佛聚集了全部的灾难和救赎的希望。然而游荡在欧洲上空的战争的阴云几乎让一切希望都化为绝望。1943年，那巨大的人性灾难穿越了作为华沙犹太区惨案的目击者的米沃什漫长的一生，每当他沉醉于生活的幸福时光时，总是情不自禁地回忆起那令人惊愕的时刻。“常常，当我坐在巴黎一家咖啡馆的露台上，或是步行穿过这座大都市时，会陷入某种摆脱不了的思绪。我看着身旁过往的淑女们，看着她们华美的秀发，她们骄傲地扬起的下巴，她们线条柔和，召唤着愉悦和欲望的细长脖颈——每当这时，我的眼前就会浮现出一个同样年轻的犹太姑娘。她大概二十岁，身材丰满，光彩照人，成天兴高采烈。当时她正举着双手，胸膛前挺，沿着街道奔跑。她尖锐地叫喊着：‘不！不！不！’死亡的必然性超出了她的理解力——一种来自外部的必然性和她毫无准备的身体没有任何关系。在她的叫喊声中，党卫军的冲锋枪子弹把她击倒在地。”（米沃什《诗的见证》）

1943年，青年米沃什写下了他作为见证者的著名诗篇——

《菲奥里广场》，诗中写道：

…………

我想到了菲奥里广场
在华沙的旋转木马旁
一个晴朗的春天的夜晚
变成了狂欢节的曲调。
欢乐的旋律淹没了
从犹太区围墙齐发的炮弹声，
一对对高飞在
无云的天空。

火堆吹来的风时不时
会把黑色的风筝刮起，
骑着旋转木马的人们
抓住半空中的花瓣。
那相同的热风
吹开姑娘们的裙子
人们大声笑着
在美丽华沙的星期天……

（张曙光译）

康波·代·菲奥里，这个曾经对布鲁诺执行过火刑的著名广场，被米沃什从罗马移植到了华沙。诗作描写的是 1943 年华沙犹太人起义的情景。德军占领华沙后，用铁蒺藜和 10 英尺高的围墙建起了犹太区，把犹太人看管起来并准备处决。自 1942 年 7 月 22 日开始，德军每天向特雷布林卡死亡集中营输送 5 000 名犹太人。1943 年 4 月 19 日，党卫军头目希姆莱为庆贺希特勒的生日，对犹太区发起一次特别行动，遭到了犹太人的顽强反击。经过近一个月的战斗，约 1.3 万华沙犹太人牺牲。一边是纳粹德军用重武器和火焰喷射器对犹太区进行清洗，在一墙之隔的广场上，一些市民就在滚滚浓烟中欢笑着骑木马或荡秋千。曾有人断言，是米沃什臆造了这一情景，而另一位华沙人、哲学家柯拉柯夫斯基则证实了这一切是真："那时我每天都去市中心，我记得这个马术表演场，就在火光冲天的犹太区的围墙边。从那里可以听到爆炸声，风夹带着碎纸片，甚至还有正在燃烧着的衣服吹过来，表演场上的人们就在无忧无虑地玩这个——有时他们甚至能随手在风中抓住一小片什么……"（亚历山德拉·莱涅尔-拉瓦斯汀《欧洲精神》）一墙之隔的死与生、悲与欢、去与留、善与恶……这是一幅怎样令人恐惧的画面，所有这一切又包含着怎样的人性的冷漠和愚蠢。米沃什说："这绝对不是反犹太主义的表现，这是对身边生命冷漠以对的表现。这种冷漠甚至让他们无法低下头看一眼这不幸，甚至让他们无法回家去对着那些死去的或他们无法帮到的人静默一个时辰。"每思及此，米沃什都觉得，每一个曾在大屠杀期间亲历过这片土地的人，都是有罪的，都应该受到自我良心的审判。

在波兰东部地区，处在苏联控制下的波兰人正在经受另一种折磨。由于怀疑波兰共产党人有民族主义倾向，逮捕的浪潮便一直未断。许多活跃的波兰共产党人，由于担心受迫害而逃到苏联，最后却在苏联被莫名其妙地判刑和清洗。大部分不被信任的居民遭到遣送或流放，内务人民委员部的人员会在黎明时就挨家挨户地敲门，给那些被遣送的人家一点时间收拾最基本的日用品，劝他们穿得暖和一些。“牛车带走了囚犯、男人、妇女和儿童。先是几万人，最后是几十万人潮水般地被赶到东方。经过几周或几个月的长途跋涉，最后到达了目的地：极地的强迫劳改营或西伯利亚的集体农场。”（《被禁锢的头脑》）一边是纳粹恐怖镇压，一边是极权统治，两种恐怖统治以不同的方式制造着人性的双重毁灭。米沃什下面这首诗，在不动声色之中，记录下了这绝望而溃散的时刻：

> 还有这样令人绝望而愤怒的时刻：
> 他们命令我们收拾东西，因为房子要烧毁。
> 还有时间写信，可是那信在我身上。
> 我们放下包袱，靠墙坐下。
> 他们盯着，当我们将一把小提琴放在包袱上。
>
> 我那些小儿没有哭。严肃与好奇。
> 一个士兵拿来一桶汽油。其他的在撕下窗帘。
>
> （《梦痕录》，沈睿译）

1939年，苏联人从另一方攻入波兰后，俘虏了23万名波兰军人。苏联内务部奉斯大林指示，对被俘波军进行了“政治鉴别”工作，士兵们大多被释放了，但剩下的由各类知识精英组成的1.5万名军官，则被送往科杰尔斯克、奥斯塔切科夫、斯泰罗别尔斯克集中营。1940年春天，他们与家庭的一切联系突然中断，无影无踪了。根据后来披露的一份编号为“1”的苏共政治局秘档，内务部头目贝利亚当年曾向斯大林报告说，被俘波军是苏维埃“不共戴天的敌人”，建议按“特别程序”审理，处以极刑。据此，联共（布）政治局当日通过决定，伏罗希洛夫、莫洛托夫、米高扬、加里宁、卡冈诺维奇等共同签名，授权内务人民委员部对报告中所列25 700名波兰军人执行枪决，制造了震惊世界的卡廷森林惨案。

当我们离开那燃烧中的城市时，
在第一条野径上，掉头回顾，
我说：“让野草覆盖我们的脚印吧。
让无情的先知在火中沉默，
且让死者告诉生者所发生的事。
我们注定要生出一个新的、勇猛的种族，
免于在那儿昏睡的罪恶与快乐。
我们走吧——”于是一把火剑为我们劈开了大地。

（《逃亡》，杜国清译）

1944年的夏天到了，忍辱负重、寄人篱下的波兰人似乎看到了曙光乍现。苏联红军和在苏联境内组建的新的波兰军队已踏上了波兰土地。伦敦的波兰流亡政府决定组织起义军，以期在苏联红军到来之前解放华沙。1944 年 8 月 1 日，由五万名华沙抵抗运动组织成员、军人和居民组成的“国家军”，向占领华沙的德军发起进攻。整个战斗持续了六十三天，最终起义军因弹尽粮绝被迫投降。“整整两个月内，足足有一千米高的混合着火光的烟柱挺立在华沙上空。二十万人死在街头巷战中。而没有被炸弹或重武器喷射的火焰击倒的人则被纳粹冲锋队烧死。”虽然苏联红军早在 1944 年 7 月 29 日就已到达维斯瓦河畔，但他们没有向波兰起义军提供任何帮助。华沙是反抗德国人的中心，但同样也是反抗苏联人的中心，它必须被摧毁。红军军官用望远镜仔细观察着对岸的巷战，硝烟越来越浓，模糊了他们的视线。直到 1945 年 1 月 17 日，苏军才进入华沙，此时的华沙城几乎已被希特勒的军队夷为平地。“这是一只苍蝇反抗两个巨人的搏斗。一个巨人在河对岸等另一个巨人去杀死苍蝇。”米沃什说，“最终，他扑灭了苍蝇，这仅仅在另外一个巨人扑灭它之后，这是一个有耐心的巨人。”

只有我劫后余生，
活过咖啡馆里的那张桌子，
那儿，冬日正午，一院子的霜闪耀在窗玻璃上。
我可以走进那儿，假如我愿意，
而在凄冷的空中敲着我的手指，

召集亡灵。

以不信，我触抚冰冷的大理石，
以不信，我触抚我自己的手。
它——存在，而我——存在于活生生的变易无常中，
而他们永远锁在
他们最后的话语，最后的一瞥中，
且遥远如发兰廷尼安皇帝，
或者马萨给特的酋长们——关于他们，我一无所知，
虽然才经过不到一年，或者两三年。

我可能仍在遥远北方的森林中砍树，
我可能在讲台上说话或拍电影，
使用他们闻所未闻的技术。
我可能学尝海岛水果的味道，
或者穿着这世纪后半叶的盛装照相。
但是他们永远像某些巨大百科全书中
穿着礼服大衣和胸前有花边皱褶花纹的半身像。

有时当晚霞漆染贫穷街上的屋顶，
而我凝视着天空，在白云中我看到
一张桌子在晃动。侍者带着盘子急转，
而他们望着我，暴出笑声，
因为我仍然不知道在人手中死去是怎么一回事，

他们知道，他们知道得很呢。

（《咖啡馆》，杜国清译）

这首名为《咖啡馆》的著名诗篇，写于1944年。那是起义失败之后的一个蒙霜的午后，当诗人独自坐在咖啡桌前，想起了曾经坐在一起谈笑争论的伙伴。在凄冷的虚空中，诗人召集来亡灵，参与一场共同的回忆。一些人逝去了，一些人仍然活着，那选择消失的人，对每一位活着的幸存者都是一种质问。活着的人有多种可能的生活以供选择，而逝去的人则变成了百科全书中永恒的半身像。生已变得艰难。令人悲哀的是，死，仍然在继续。

1945年4月，在德国人被苏联红军赶走之后，有一次米沃什和他的朋友漫步在他曾经战斗过的城市街头，那曾经熟悉的城市的一隅，此刻几乎已经认不出，沉寂、荒凉如置身于古怪的月球。这里埋葬着他的朋友，以及很多明知不存在胜利的希望却又自愿牺牲的波兰青年。二十岁的诗人克里斯托弗，一个消瘦的气管病患者，死在狙击坦克的岗位上；诗人凯罗，工人区的儿子和一部关于荷马的戏的作者，和他形影不离的同志诗人马瑞克一道，在炸毁一个路障时双双身亡；年轻的哲学家缪尔伯兰德，一位海德格尔的信徒，出于对“自由选择的时刻”的信仰，主动要求参加巷战，结果三个小时后便阵亡……在一片废墟旁，他看到一块吊在栅栏上的小木板，上面用红漆或血写着：“利欧特纳·兹别斯塞克的受难之路”。“谁是利欧特纳·兹别斯塞克？”米沃什追问道，“仍然活着的人中间有谁知道他受了怎样的罪？我们想象他是在爬着经过这个出口时——他的一些同志也许早被杀害了——写下了这句话。我们仿佛看见他意识到自己的致命伤，却集中了短暂的意志力去完成这件事，因为这仅仅是在完成他的责任。为什么？谁能来评价他的智慧或疯狂？”（《被禁锢的头脑》）

华沙劫掠之后，米沃什和一帮作家、艺术家躲到古老的克拉科夫城，在此避难。1945 年 4 月 30 日，苏军攻占了柏林，结束了在欧洲战场的最后一役。5 月 8 日，德军宣布投降的消息传来，夜空被发射的火箭弹照得雪亮。街上回响着轻武器发出的噼啪声，那是红军在庆祝他们的胜利。第二天早晨，那是春日里美好的一天，米沃什和他的朋友坐在一家波兰电影公司的房间里，讨论一部电影剧本。“由于为影片的结尾大伤脑筋，我们便把脚放在桌椅上面，在房间里踱来踱去，抽很多的雪茄，不时地被扑到窗户上的麻雀的啁啾所吸引。窗外是一个长着年轻的树的院子，在院子的那端有一座巨大的建筑，此时已经改造成一座监狱以及警方安全总部所在。我们看见在带栅栏的窗户后面年轻的囚徒划出的痕迹。有些人把脸伸出来指望晒到一些太阳。另外一些人用金属钩来取沙堆上的纸条，那是隔壁牢房的人扔出来的。站在窗前，我们只有沉默地观望。”（《被禁锢的头脑》）

很容易猜出，这些人正是华沙起义时的“国家军”战士。由于华沙起义没有成功，听命于流亡政府的“国家军”战士不仅没有被视为国家英雄，反而被视为不稳定因素。波兰国旗在各个城市上空飘扬，逮捕“国家军”成员的行动也在悄悄进行。尽管他们的敌人曾经是希特勒，但现在这些人却被新政权视作阶级敌人。

3. 被禁锢的心灵

战争胜利了，经历了战火和流浪之苦的人民回到了家中，自由和民主成为时髦语言。根据列宁的策略，波兰政府宣布要在农民中间重新分配地产。然而米沃什却发现，整个国家没有一丝胜利的喜悦，相反却被一种憎恨的情绪攫住。得到土地的农民，恨；入了党的工人和公务人员，恨；名义上参政的社会党人，恨；努力发表了手稿的作家，恨。为什么？因为这不是他们自己的政府，它是由于一支外国军队才得以存在的政府。“为政府和民族的婚礼所准备的婚床装饰着民族的象征和旗帜，但从床下却伸出了内务人民委员部人员的皮靴。”（《被禁锢的头脑》）

战后，在市政当局的要求下，米沃什被迫离开了大学城克拉科夫。他被怀疑是共产党的同情者，以及对立陶宛人和白俄罗斯人抱有好感。米沃什只好离开，去华沙找一个刚刚得势的大学同学。他的全部财产除了身上的工作服外，就是一个麻袋，里面装着他的手稿、剃须用具和一本约翰·盖伊的《乞丐的歌剧》。米沃什认为，从苏联自身利益的角度来看，他在战时的所作所为无疑是犯了某些罪孽的，他曾写过反对斯大林主义的公开信，这使他差不多处于亲西方的持不同政见者的位置上。“然而，现在我是有用之才，我在德占时期的记录并不太坏，我的笔对新制度还有些价值。”他还不需要太担心。

他要见的这位老熟人叫耶日·普特拉门特，诗人、作家，年轻时是左翼愤青，二战期间在苏联参加了波兰第一军团。战后，曾任波兰议会议员、驻瑞士和法国大使、作协总书记等职。两人的会面还算友好：“像两条表情僵硬但彬彬有礼的狗。我们都小心着不要露出尖牙利齿。”一方是在纳粹占领期间留在波兰的知识分子，另一方则是从东方返回的知识分子，双方的分野显而易见。他们回忆了大学时期的同窗之谊，这有助于消除一些彼此的分歧。

虽然当时波兰作家的自由度还是相当大的，但谁也不能自由地写作任何有可能对苏联的制度构成诽谤的东西。你可以对这个问题保持沉默，但不能随便言说。这很容易让人想起乔治·奥威尔《一九八四》中的日常生活景象：灰暗，四处尘垢，了无生趣。说起波兰当时的气氛，米沃什常用一个词来概括：厌恶。他曾在回忆录中讲述过一个关于“厌恶”的故事：俄国革命时期，在火车站的自助餐厅里，一个举止优雅的就餐者引起了周围几个流氓的注意。他们走到他的桌子前，嘲笑他，往他的汤里吐痰。这个人根本没有反抗，场面持续了很长时间，他突然从兜里掏出一把左轮手枪，把枪管插进嘴里，开枪打死了自己。米沃什说：“那种残酷和庸俗随着革命翻腾到了生活的表层，变成了苏维埃的生活品质。”而那位自杀者皮肤细腻，温文尔雅，很显然，属于战前的俄国知识界，远离社会底层习以为常的残酷现实。米沃什尚没有那般脆弱，他虽然出身没落的旧贵族，但也经历过最艰苦的战争岁月，早已在生活的底层打拼多时。

在普特拉门特的帮助下，米沃什被任命为驻美使馆的文化专员，常驻美国。旅居国外，为米沃什提供了一个便利条件——万里之外，他可以肆无忌惮地发表文章和诗歌。他在美国写了很多小诗，它们的一字一句似乎都在有意背离着官方的教条。

多么温暖的光！自那明亮的海湾，
桅樯像云杉，缆索静息
在晨霭中。那儿，溪水潺潺
入海，在小桥边——一管长笛。
远处，在古代废墟的拱门下，
你看见一些走动的细小身影。
有人戴着红头巾。有树，
城墙，以及清晨的群山。

（《幸福》）

作为一个外交官，看来他在美国过得不错。诗里透露着安详自足的幸福感，仿佛只是一转身，那血与火的岁月已不见。也许他是有意的，因为惯常的创作方式已为新政权所不容。无论如何背离，他都能清晰地感受到自由的界限。“一旦我感到这个路数过于刺激人，就会写点什么东西以便能被解释为我这个人还是易于改造的。”这样在美国度过五年后，米沃什被任命为波兰驻法国大使，再次来到巴黎。

巴黎对米沃什意味着什么？米沃什说：“我对这个国家怀有一种矛盾的心态：由于个人生活的剧变，我曾被踢到一边；但我对法国文化又心怀感激，同样使我心怀感激的还有几个人，外加巴黎的几条街道和几处风景。”（《米沃什词典》）米沃什所说的“生活剧变”，是指在1951年初，米沃什在自我“道德责任”的驱迫下，决定与自己的母国波兰断交，向法国申请政治避难。由于实质上避难者的命运同时也意味着一种失势，随之而来的便是他“被踢到一边”的十年艰辛。他所“心怀感激的几个人”里，至少包括《反抗者》的作者阿尔贝·加缪。“加缪给我的礼物是他的友谊”，这位与战后巴黎意识形态气氛相左的知识分子，曾是少数几位向米沃什施以援手的作家之一。米沃什对萨特和波伏娃则充满怨气，他甚至对波伏娃爆出了粗口——“这个下流的母夜叉”。这一方面是因为波伏娃在知识界的“大嗓门”，米沃什有点看不惯，“我们姑且说，我对她的反感是一个来自穷乡僻壤的男人对于一个大世界中的女王的不可避免的情感”；另一方面，则是因为她帮着萨特批判加缪，“朝一位伟大的作家吐唾沫”。

米沃什的出走与昆德拉和布罗茨基等不同，他既没有在自己的国家闯祸，也没有受到来自体制的压迫和审查，事实上他当时的境况还算优裕：享有外交官的特权，收入丰厚，还有继续写诗的自由。他甚至已经渐渐习惯了周旋于官场之间，表面一套、背后一套的人格分裂状态。然而，发生在1949年夏天的一幕，让他无论如何也无法再延续自己的生活。某日凌晨，他刚从一个聚会上出来，突然看到几辆满载犯人的吉普车疾驶而过，士兵们身穿两层军大衣，犯人们则在晨风中冻得直哆嗦。他突然想起发生在菲奥里广场的一幕来，他意识到，自己很可能和在硝烟中荡秋千的人们已没有区别。在政治口号的掩饰下，一道新的冷漠之墙正在竖立起来，人成了向某个庞然大物献祭的羔羊。“那时我就明白了我是谁的帮凶”，米沃什终于深悟自己的使命所在：

在畏惧和战栗中，我想我会完成我的生命，
只当我促使自己提出公开的自白书，
揭示我自己和我这时代的羞耻：
我们被允许以侏儒和恶魔的口舌尖叫，
而真纯和宽宏的话却被禁止；
在如此严峻的惩罚下，谁敢说出一个字，
谁就自认为是个失踪的人。

（《使命》）

对于一个身负历史使命、被道德感追迫的写作者，不可能接受这样的体制，也不可能接受无人性的、匿名的权力的精神控制。“一个刽子手杀人，这毕竟是正常的；而一个诗人（并且是一个大诗人）用诗歌来伴唱时，我们认为神圣不可侵犯的整个价值体系就突然崩溃了。再也没有什么是可靠的了。一切都变成了问题，可疑，成为分析和怀疑的对象。”（昆德拉语）而冲破罗网，又意味着新的困境，意味着自我消失。为了真实地反映自身所处的严重危机，也为了使自己的精神困境能有所价值，他决定将这一切写出来，他希望以此写出斯大林主义在他的祖国统治的真相——这就是《被禁锢的头脑》一书的由来。

《被禁锢的头脑》描述了几位颇富才华但又在不同的历史背景和人生际遇下投身政府的波兰作家、诗人，这其中既有他儿时的友人、文学同道，也有风云一时的官员、作家、知识分子。在《伽玛，历史的奴隶》一文中，化名为伽玛的，就是上文所提到的诗人、小说家耶日·普特拉门特。伽玛来自乡下，父亲是个退休的波兰军官，母亲是俄国人，因此他在双语的环境中长大。他继承了母亲的信仰，是个东正教徒，而不像他的多数伙伴们一样信奉天主教。在米沃什的印象里，伽玛是个“长相不雅，满脸通红，说话粗鲁，性情暴躁”的男孩。他们常在拥挤的大学自助食堂里讨论诗歌及其荣耀。伽玛起初是个极端的民族主义者，后来又成为斯大林主义者，参加左翼青年运动。在战前，共产党组织在波兰是非法的，伽玛因此曾被萨纳奇亚政府审讯。

二战爆发前的几年间，伽玛以文学研究为生。他结了婚，夫人为他生了一个女儿，生活上天天为钱发愁。战争期间，伽玛响应战时动员，参加了军队，但只待了很短的时间，因为波兰军队很快便溃败了。伽玛随战败的人群迁到了苏联占领区利沃夫，在这里与亲斯大林的作家相聚，并很快建立起自己的组织。新政府给了他们一栋房子，“他们开始了新式的写作——主要是翻译俄国文学，兼着干些并非太不讲究的宣传工作。”（《被禁锢的头脑》，下同）他被看作“最可靠的人”之一，也许与他流利的俄语有关。希特勒对苏联开战不久，利沃夫即告沦陷，在一片大恐慌中，伽玛搭上了一列东去的火车，却把妻子和女儿留在了后方。在大批被遣送往远东的波兰人中，也有伽玛的家人，他的父亲就死于遣送途中，母亲和妹妹则像奴隶一样活了下来。在苏联，大部分波兰共产党人是不被信任的，但伽玛却被列入了内务人民委员部的良民册中。伽玛和一帮志同道合者组成了“爱国者联盟”，在长期的踌躇与绝望的情绪中，他们没有把赌注压在伦敦流亡政府所组建的波兰军队上，他们坚信，波兰的成功将取决于苏联人的支持。新的波兰军队开始在苏联境内组建，并作为亲苏的波兰新政府的主要基础和苏联红军一起进入波兰。“在忍辱负重、寄人篱下和政治技巧的锤炼中熬过了多少年啊！压下的赌注终于要有回报了!”1944 年的夏天，伽玛随苏联红军和新的波兰军队重新踏上了波兰土地，这时的伽玛已是佩戴少校军衔的政治官员，并从苏联带回来一位新妇。“这就是对于那些知道如何正确思考的人的回报，他们懂得历史的‘必然性’，决不会沉溺在愚蠢的多愁善感之中！只有他们而不是流落伦敦的那群傻瓜，才能把波兰从德国人手中解救出来。当然，国家需要动一个大手术；伽玛体会到了一位出色的外科医生进入手术室时的兴奋感。”米沃什写道。

两人再次相见的一幕，上文已经提及。此时在波兰国内，知识分子已被清晰地划分为两大阵营：所有在纳粹占领期间留在波兰的知识分子组成一方，从东方返回的知识分子为另一方。伽玛作为从东方回来的官员，已经成为一个无所不能的人物，他的一句话就能决定作家们能否发表作品或者得到住房、收入和工作。他对老朋友还算不错，在他的帮助下，他年轻时的诗人朋友格奥尔格被派驻法国做使馆的文化随员，米沃什被任命为驻美使馆的文化随员。在米沃什看来，伽玛的关心并非完全出自对大学时代的美好回忆，而是试图要改造他们这些人。“他始终没能从早年的罪感中彻底解脱出来；只有把我们这些非斯大林主义者改造过来，才有可能使他感到他过去的行为最后证明是合理的。”

1949 年，米沃什再次拜访伽玛时，他已是红色波兰驻巴黎的大使。伽玛在一个金碧辉煌、以大理石装饰的房间接待了他。他的官邸是一栋 18 世纪某位贵族夫人的大宅子，许多西方杰出的艺术家和科学家经常来此造访。他摇身一变，由一个乳臭未干的波兰年轻人变身为巴黎交际场上的名流，热衷于打猎、喝酒，待在金碧辉煌的沙龙里打桥牌，履行政治职责时能用拉丁语滔滔不绝地发表演说。当他渐渐地习惯于这种生活方式时，新政府却不喜欢让舒适成为习惯。他被调回国内，被授予了一个高于大使级别的官职——他成了波兰全体作家的政治监工和良心管理员。他的职责是让波兰文学按照党的路线发展。为了使自己看起来更像一个作家，伽玛还不得不一本正经地坐下来写作。当然，他写什么都会受到好评，但问题是，他再也写不出什么好作品了。“在他漂亮的大套房里有五张书桌，每张桌子上都有一部小说的开头。每天他都会绝望地号叫，因为他知道，他写的一切都像石头一样死寂。”

在《阿尔法，道德家》一文中，米沃什描述了一位叫做阿尔法的小说家的故事。此人是他的一个亲密朋友，生性傲慢，着迷于在作品中设立概念化的道德冲突，却对活生生的生活细节茫然无知。在纳粹占领波兰的那些年里，阿尔法作为一个道德权威的形象在文学圈中流传，“出于难以说清的默认，他变成我们这个城市所有作家的一位领导”。米沃什对阿尔法那种脱离有血有肉的生活的做法充满疑惑。正当这种疑惑达到顶点时，华沙起义爆发了。整整两个月内，超过二十万人战死在街头。当米沃什和阿尔法漫步在华沙战后的废墟上时，米沃什意识到，阿尔法正是那些应该为眼前所发生的事情承担责任的人之一。“难道他没有看见过在作家聚会的夜晚他朗读自己的小说时，那一双双热切注视他的眼睛？那些正是死在起义中的年轻人们：利欧特纳·兹别斯塞克、克里斯托弗、巴巴拉、凯罗、马瑞克和成千上万个像他们一样的人。他们知道不存在胜利的希望，在面对一个冷漠的世界时，他们的死亡无非是一种姿态。他们甚至都没有问一下是否存在衡量他们行为的尺度……”

让米沃什感到愤怒的是，阿尔法不仅没有为那些依据他的良心概念而盲目牺牲的年轻人感到忏悔，相反，他却积极投身于新政府的怀抱，开始构思他的战后新小说。新小说刻画了一位在集中营里被关了多年精神却未受损害的无所畏惧的老共产党员，一如他战前小说里的道德楷模牧师一样，现在他刻画的是一位新信仰的代表，一个强有力的和纯粹的英雄角色。“他想要达到一种纯粹的道德语调，但是纯粹所依据的诚挚必须是尘世的，深深根植于对于生活的经验和观察了解。”米沃什认为，逻辑上的“完美无缺”并不足以保证对生活的正确理解和还原，“一个允许导致了第二个、第三个，直到最后，只要一个人说的东西在逻辑上是完美的，它就不再和活生生的人们及有血有肉的生活有什么共同之处。”

文中的阿尔法，即波兰小说家耶日·安杰耶夫斯基（Jerzy Andrzejewski，1909—1983），早年抵抗过纳粹，战后继续在波兰共产党内工作，按照“社会主义现实主义”创作原则进行写作，并大获成功，一跃而成为波兰首席意识形态作家。安杰耶夫斯基深受流亡海外的诸多波兰知识分子谴责，米沃什曾写有一首诗《致耶日·安杰耶夫斯基》，诗中提到在华沙起义中牺牲的波兰年青诗人塔杜施·加伊齐，事实上也是对安杰耶夫斯基的强烈质疑：

> 加伊齐满身尘土，长眠地下，
> 他只活了二十二个年头；
> 今天他失去了眼和手，失去了心灵，
> 不知什么是春天，不知什么是严冬。
> 江河年年流下的冰块发出了叮当的响声，
> 一朵朵银莲花盛开在阴暗的林子里。

人们把野樱花充塞在瓦罐里，

聆听着杜鹃鸟是怎么算命。

（张振辉译）

《戴奥特，行吟诗人》，描写了一个“滑稽丑角和行吟诗人”形象。在米沃什的笔下，戴奥特是一个“不可救药的酗酒者”，但又具有一种在文学咖啡座里胡说八道的本事。他可以就任何题材创作歌谣和赞美诗，“如同一条蚕那样，围绕他所遇到的任何东西吐丝做茧”。这并非说明此人毫无原则、没有任何政治倾向，事实上他有一种趋利避害的天性——任何时候都坚持做一位大众诗人。他藐视文学小圈子里的一小撮行家，嘲笑那些只为少数人写作的孤独诗人：“我的读者走向哪里，我就跟向哪里；我的读者想要什么，我就给他什么——这就是他在每一首诗中所坚持的。”这不仅使他在战时成为最受欢迎的诗人，即使对新政权来说，他作为一位知名的右派分子，较之许多过分热心的左派分子，也只会增加他的身价。因为新政权也需要他的身份，以证明其慷慨和开明。而戴奥特的写作对新政权来说永远是无害的，因为不管写什么，他的诗里总是阳光灿烂，充满了乐观主义的主题。

戴奥特即波兰诗人康斯坦第·高什斯基（Konstanty Ildefons Gałczyński，1905—1953），二战期间曾沦为战俘，战后写有很多支持共产党政权的作品，其中包括一首针对米沃什的带辱骂性质的讽刺诗。米沃什脱离母国、自我放逐的行为，曾遭受到来自波兰知识界的围攻，咒骂其背叛祖国、讨好西方等等。尤其是《被禁锢的头脑》一书的出版，更让其成为众矢之的。因为事实上来看，米沃什也属于被战后新政权给予了特权地位的知识分子之一。所不同的是，他在西方待久了，获得了一个重新观察祖国的视角，他看到了那些在集体主义的坩埚里的人所不可能发现的东西。当他如此反戈一击时，不仅波兰国内的知识分子感到强烈的不满，甚至连他自己都觉得干了一件不体面的事。“我破坏了每一个人都接受的游戏规则，甚至可以说，我践踏了某种神圣的东西，我是在亵渎。”米沃什在其晚年回忆录中说，“我沉思我的肖像，它浮现在别人的仇恨之歌中，浮现在别人的诗歌和散文中：一个幸运儿。事事顺当的那种人。不可思议的狡诈。自我陶醉。爱钱。没有一丝一毫的爱国情感。对祖国冷漠于心。卖国只卖个手提箱的价。衰弱无能。一个关心艺术而不关心人民的唯美派。可收买的人。失算者（他写了《被禁锢的头脑》）。不道德的个人生活（他追逐利用女人）。蔑视他人。傲慢自大。等等。”他对此表示理解，他认为那些华沙同行们对他的口诛笔伐不仅仅表达了他们的恐惧，更是表达了他们对自己作家身份和尊严的自觉维护。

事实上《被禁锢的头脑》一书出版后，米沃什即陷入了异常艰难的境地。远离了自己的祖国和母语，使他与自己的读者彻底断绝了联系，这也是他“生命中最大的痛苦”。在西方，他也感到左右不适。对左翼知识分子而言，他态度暧昧，尤其是对斯大林主义者充满敌意；在巴黎，关于斯大林以及集体农庄的真相还没有被揭露出来，左岸的知识分子们普遍相信社会主义制度的迅速胜利和斯大林的天才，像米沃什这样的孤独者的声音只能属于自毁长城的一种，“任何脑筋正常的人都不会如此行事”。对右翼，他又对资本主义西方感到深深的厌恶。“跟右翼，没有共同语言；跟左翼有一个全然的误解，因为我的政治观点比其他人都要超前。”米沃什发现自己处于两不靠的尴尬境地上。他自我流放的初衷，并非要与某个庞然大物作对，而是听从自己道德良知的召唤，以及对自由写作的渴望。他清楚地知道，在他的祖国，像他这样出身于先锋派小圈子的写作者，其自由的边界只会越来越小。而一个诗人如果没有一个自治的精神领域，如果不能讲真话，无异于自杀。“要把真话说出来的诱惑，有如奇痒，变成一种别无他途的强迫性观念。这就是诗人选择内部流亡或外部流亡的缘故。”流亡意味着失去了一个稳定的资源，他在生活上迅速陷入困顿，只好靠做一些小活计来维生，比如为一本叫做《文化》的流亡杂志打工。但这本杂志本身就很穷，只能提供基本的酬劳，而他又拒绝为自由欧洲电台写稿来诋毁自己的故国，这使他一度“穷得像教堂里的老鼠”。这种状况维持了十年之久，直到 1960 年，他从波罗的海流亡到太平洋沿岸，才翻开了生命中新的一页。

4. 重返维尔诺

为了将自己从欧洲摆渡到美国，米沃什颇费了些周折。一个曾为波兰情报部门工作的家伙向美国驻巴黎大使馆打了小报告，说他是“一只苏联鼹鼠”，这使他的签证迟迟无法申请下来。同时，他的密友安德热·沃罗布莱夫斯基来到巴黎，跟他进行了一番长谈，劝他重回波兰。米沃什怀疑自己回去后会遭不测，所以宁愿在巴黎苦等。正当他对移民美国感到绝望时，一纸来自加州大学的邀请使这一切迎刃而解。

当年，米沃什同时收到了两份邀请，一份来自加州大学伯克利分校，另一份来自布鲁明顿的印第安纳大学。米沃什最终选择到伯克利做个波兰文学讲师。这里的风光与他的故乡维尔诺完全不同，靠近海湾却没有一粒沙子，海水又脏又冷，摩天大楼壮观而冷清。“我来是为了忍受这一切，而不是为了喜欢这一切。”他很快发现，自己有一种做教师的天分，这使他不至于像那些初来乍到的移民者（他称之为“波兰耗子”）那样惨。

如此幸福的一天。
雾一早就散了，我在花园里干活。
蜂鸟停在忍冬花上。
这世上没有一样东西我想占有。
我知道没有一个人值得我羡慕。
任何我曾遭受的不幸，我都已忘记。
想到故我今我同为一个人并不使我难为情。
在我身上没有痛苦。
直起腰来，我看见蓝色的大海和帆影。

（《礼物》，西川译）

这首诗写于1971年，诗人移居美国刚刚十年，诗里充满了一种曾经沧海后的恬淡自足。一个斯拉夫语系的教授，在自家的花园里劳作，生活如此美好，仿佛过去的一切被一笔勾销。“直起腰来，我看见蓝色的大海和帆影。”这一切都是真的吗？巴黎的阴郁、华沙的炮火、维尔诺的废墟都消失了吗？完全消失是不可能的，我宁愿相信这是诗人沉重生涯里的一次小憩。事实上他对美国也的确非常适应：“在美国，我命中注定不曾经历任何歧视。相反，很快我就成为白人精英中的一分子。”（《米沃什词典》）很长一段时间，他在公众眼里的身份是模糊的，在某些圈子里，他是《被禁锢的头脑》的作者，而在另一些圈子里，他又成了赫伯特的诗歌翻译者。直到70年代后期，人们才知道他也是一位诗人。他安于其位，以一位小地方来的小教授自居：“多年一直身处谷底，在一个教授不为人知的小语种的无关紧要的系里当一名教授，我从一些微末的小事中找到乐趣，这化解了我壮志不得酬的愁闷。”（《米沃什词典》）

70年代后期，米沃什的诗人身份才开始彰显。1978年，他获得了由《今日世界文学》杂志颁发的纽斯塔特国际文学奖，此奖品位极高，被视为诺贝尔奖的风向标。1980年，米沃什来到了生涯的顶峰，由于“在自己的全部创作中，以毫不妥协的深刻性，揭示了人在充满了激烈的矛盾的世界上所遇到的威胁”，表现了“人道主义的态度和艺术特点”，他荣获诺贝尔文学奖。米沃什意识到，如果他一直待在巴黎，他不可能获此机会。无论如何，70 年代的纽约已非巴黎和伦敦那些旧的文化之都可比。当诗歌在欧洲像硬币一样被收藏起来时，在整个美国的大学校园里，诗人都可以找到自己的听众。无论如何，米沃什在几十年的流亡生涯中，过的都是一种与城市大众相隔离的生活，他自称是“一个孤独的人，过着隐居的生活”。因此，当获奖消息一公布，便引来无数疑问：“米沃什是谁？从来没有听说过。”在当年 10 月举办的法兰克福书展上，竟然找不到一本米沃什的作品。获奖之后，米沃什开始大热，他受邀到各地朗诵，出席各种艺术活动，当选为美国艺术文学学院和艺术科学学院双料院士。在艺术科学学院的外国荣誉院士花名册上，有他称为“东方星座”的几位大师：阿赫玛杜琳娜、哈维尔、赫伯特、昆德拉、索尔仁尼琴、沃兹涅先斯基、叶夫图申科。（当来自苏联的叶夫图申科当选时，布罗茨基辞去了院士资格以示抗议。）拿到诺贝尔奖时，他已经七十岁了，此时距拉普拉斯旅馆时期，已有近半个世纪的时间；距离陷入流亡困境的巴黎时期，也有近三十年的时间了。当他接受里根总统的邀请，到白宫做客时，回想起最初的困顿和移民美国时的遭遇，自有一番胜利者的大度与释然。“这一切在我看来已像旧石器时代一样遥远。想到命运那绝难想象的诸多把戏，我只能自己撇嘴一笑。”

米沃什对美国的感受是复杂的。他一方面感谢美国收留了自己，觉得美国是自己的幸运之地，如果没有那次移民，他也不可能取得后来的成就。但从弱小的一方看来，美国又到处充满了残酷。他甚至将随时会失业的恐惧与随时被监禁的危险相提并论。“何等壮丽！何等贫乏！何等人道！何等非人道！人与人之间何等友善！个人何等孤寂！对理想何等忠诚！何等虚伪！良心的何等胜利！何等堕落！矛盾的美国并不非得，但是能够，向在这里成事的移民揭示其自身。”（《米沃什词典》）他把自己归作“极端的反西方分子”，并为自己“生活在西方这么多年没有蜕变”感到十分自豪。他将这种自我的复杂性归结为一种“精神分裂症”。在一首《致雷杰》的诗中他如此写道：“雷杰，要是我知道/那病的原因就好了。//多年来我无法接受/我在的地方。/我觉得我应该在别的地方。//城市，树木，人声/缺少现存的性质。/我要靠继续前进的希望活下去。”与昆德拉笔下的雅罗米尔不同，米沃什的“生活在别处”是因为现实当中涌入了太多的历史和重负，哪里都不是逃遁之处和理想之地。“在暴君统治下不自在，在共和政体下不自在；/前者我渴望自由，后者，渴望贪污绝迹。”现实如此，诗人并非不知晓。自建一个“生活在别处”的精神乌托邦也不可能获救，因为诗人的病症来自他的自我归罪，这罪感深藏在他体内。“无助的，雷杰，我的本分是痛苦/挣扎，落魄，自爱与自恨，/为‘天国’祷告/以及阅读帕斯卡。”无处告解的耻辱感和罪恶感，在米沃什的诗作中比比皆是，这既是一种自我救赎方式，也是对人性之黑暗的一种认知和承担。

米沃什对美国诗歌评价一般，在他的回忆录里，他仅仅提及了惠特曼、弗罗斯特等少数几位美国诗人。他对惠特曼倍感亲切，认为他的不拘一格、生气勃勃是“纯诗”的反面。惠特曼也曾影响了一小部分中东欧青年诗人，但他却是被当做一位政治诗人来接受的。在他的读者中，一个叫加弗里洛·普林西普的贝尔格莱德青年，开枪射杀了费迪南大公爵。如此说来，惠特曼应该为第一次世界大战负责。他不喜欢弗罗斯特，他认为弗罗斯特的“地方性”是一种做作，他诗中的说教性让人扫兴，他太过隐匿，“他一直对一系列令人惊骇的不幸，包括不少家人的死亡、发疯、自杀，保持沉默”，这使人很难对他产生信任感。“我承认我不喜欢他的诗歌。我称他伟大只是在重复别人的话。”米沃什承认，他这一辈中东欧诗人所凭借的资源，主要是来自法国的现代主义，以及一部分德国资源。他说：巴尔扎克是一个蛮横的作家；波德莱尔则有一种超乎寻常的敏感；兰波是 20 世纪最著名的文学神话，他的神话来自对整个社会既定行为规范的反叛；宗教思想家马利坦为开启其心智的大师，“我个人对纯诗一向不信任，这一点在很大程度上要归功于马利坦。所谓纯诗，就是强制性地要求把所有属于‘散文’的因素都清除出去，最后只剩下一口抒情的蒸馏水”。米沃什认为，在一战之前，美国诗歌还是默默无闻的。1956 年后，美国诗歌才开始在全世界影响开来，“毕竟，它崛起于伤口和抗议（我们不应被惠特曼看上去的民主冲动所误导），崛起于向欧洲的逃遁（庞德、艾略特、弗罗斯特），崛起于无政府主义的垮掉派，他们向摩洛克吐唾沫（金斯堡）”。但米沃什对美国同辈诗人并不那么信任，他一直坚持用小语种写作，并以自己小心养成的“小地方”人姿态，保持着决然的独立。

现在我想讲米德尔的故事；我且放进一点寓意。
他倒霉碰上了一头灰熊，又凶又猛
经常从小屋的檐下撕抢鹿肉吃。
不仅如此。他不理人，也不怕火。
一天夜里，他开始捶门了，
还用爪子打破了窗，于是人们蜷成一团，
把猎枪放在身旁，等待着黎明。
晚上他又来了，米德尔近距离射中了他，
射在左肩胛骨下面。他于是又跳又跑，
跑得像一场风暴：一头灰熊，米德尔说，
即使被射中了心窝，也会不停地跑，
一直跑到倒下来。后来，米德尔沿着血迹
找到了他——他这才懂得了
这头熊的古怪行为的真实原因：
这畜生的口腔给脓肿和龋齿烂掉一半。
成年累月的牙痛啊。一种不可言喻的痛楚
经常逼得我们胡作非为，
使我们产生盲目的勇气。我们没有什么可丢失，
我们走出了树林，未必希望
天上会下来一个牙医把我们治好。

（《一个故事》，绿原译）

1969年，写于伯克利的这首诗，有米沃什诗歌风格的集中展示。舒缓、粗粝中包含着紧张、尖锐和风暴之象，从哀婉到暴烈，从抽象到细节，从幽暗到明晰，这是米沃什艺术和人生观的最显明的特征。这头暴烈的熊未必不是他本人的生动隐喻。“成年累月的牙痛啊。一种不可言喻的痛楚 /经常逼得我们胡作非为，/使我们产生盲目的勇气。”远离故国的米沃什，却无法远离沉重的历史负担和悲剧命运，他只能将这一切压抑在体内，因为你不可能指望“天上会下来一个牙医把我们治好”。他认为“世界，存在，可以设想为一场悲剧”。而作家最重要的职责之一就是“给读者创造出一个将日常生活变得极其惊心动魄的境界”。强烈的情感，再加上严格自觉的训练和确切无误的洞察力，使他的作品与众不同。他是一个敢于直面现实的诗人，即使在最黑暗的世界里，他的诗仍然是清醒的，表现出一种对于和平与正义之王国的向往。“我不喜欢荒诞派的风格，但也不喜欢天然的秩序，它意味着屈从于盲目的必然性，屈从于万有引力，不喜欢那同意义相对立，从而违反我的心意的一切。作为血肉之躯，我是那种秩序的一部分，但这不是我所同意的。”在一首《寻找我的家》的诗中他说：“在一个句子里寻找我的家，/简明的句子，仿佛锤子敲击在金属上。/不去陶醉任何人。/不去赢得在后辈中/持久的名声。一种无名的需要，/为秩序，为节奏，为形式，/这三个词对抗着/混乱和虚无。”作为一个来自“第二欧洲”的流亡作家，他天然就带有一种道德遗产和一颗“黑暗的心”，他被要求讲述他的历史和记忆。正如伊凡·克里玛所说，如果我们丢掉了记忆，我们就丢掉了自身。“遗忘是死亡的症状。没有记忆，我们就不再成为人……抗拒死亡，其实就是抗拒遗忘，反之亦然：抵抗住遗忘，我们就能战胜死亡。”（伊凡·克里玛《文学与记忆》）米沃什也认为，艺术只能孕育自记忆，他说：“活着的这些人永远受着那些死者的委托。他们只有努力重现曾经发生过的事情，将过去从神话和传奇中拉出来，才算清偿了这笔债。”（米沃什《从波罗的海到太平洋》）在格但斯克，波兰团结工会的摇篮，树立着一座纪念遭受纳粹迫害的造船厂工人的纪念碑，上面就刻着米沃什的诗句：

你，对淳朴的人们作了如此不堪的行为：
在目睹他们的苦难后放声大笑，
不要自认无人知晓，
已有诗人将其记牢。

对一个诗人而言，从记忆中汲取力量，与在现实中发现诗意同样重要。委托和债务，是生者与死者之间的一份道义契约，生者作为幸存者，有责任承担起死者给人们留下的巨大的精神债务。签下这份生死契约，使米沃什的大部分作品充满了道德的重负和罪感。

不能拯救世界或人民的
诗是什么？

官方谎言的共谋，

喉头即将被割的酒鬼之歌，

大二女生的读物。

（《献辞》）

再铿锵不过的宣言。但他也知道自己的局限所在，他了解自己全部的迷惘、彷徨和脆弱性，他只能承担自己人性里的一切。“我一生的故事是我所知道最惊人的生命故事之一。的确，它缺乏一个道德故事的清晰性。”米沃什在回忆录中说。对于政治，他一直保持着策略性的警惕，警惕着集权美学中常有的那种“道德洁癖”。“置身于西方，我有责任对人们讲述共产主义，说出他们所不知道和不想知道的东西。我用几本书履行了我的义务，但随后我告诫自己‘够了’，便再未继续往前走。”他的这种自我约束是对的，因为他看到了太多严厉的道德主义者被黑暗吞噬，因过分的政治因素而最终枯竭和扭曲了自己。米沃什说，除了责任伦理，他还听从了来自诗歌丰富性的另一重召唤，那里除了政治性的仇恨、罪恶和沮丧，还有人世的幸福和善，只有这些，才能使人们避免走向虚无和内心的崩溃。“如果我变成了一个政治作家，我就会使自己的可能性变窄，变枯竭。”米沃什说，一个社会，一个文明，只有通过在这个或那个人身上选取善的种子的积聚，才能延续。米沃什的可贵之处，也正在于他没有被黑暗和仇恨摧毁，而始终保有一颗光明的、向善的心。在谈到自己诗歌的价值时，他说：“诗最重要的特质是给人生经验一种肯定的评价。我们这个世纪的诗，包括我自己的作品，都有着过多的否定和虚无。想到这一点，我就觉得很悲哀，每当人类的历史经验和个人生存充满恐怖和苦难时，诗人们眼中的世界便成为黑暗一团，聚集着各种冷漠残暴的力量。然而，在个人的人生历程中，我常看到人性的崇高和善良，在危险时刻发挥了激浊扬清的作用。我的作品多少表达出我对人类美德的感恩之情，因此，我自认我写的诗还有点价值。”（米沃什在接受《旧金山纪事报》记者访问时的回答）事实上，即使是在“对抗”的路径上，米沃什也并非一个孤独者，在他的祖国和欧洲各地，一直都有一帮伟大的知识分子和诗人，他们组成了一个强大的精神之链，带领波兰人民穿越了20世纪的历史魔障。亚历山德拉·莱涅尔-拉瓦斯汀在其《欧洲精神》一书中就提供了这样一份简略的名单：“克里玛、米沃什、勃朗狄斯、柯西克，同样还有鲍曼和扎加耶夫斯基，在这点上几乎意见一致：善、普遍性、对他人的担忧和对公共世界的守护，其实都是有关我们良心的事，每个人都被召唤着以个人的方式作出回应。”

在西方大获成功之后，米沃什依然保持着一个“小地方”人的谨小慎微、宽容和平静。他既没有变成一个世界主义者，也没有改变用母语写作的习惯。“我一生的经验可以照此理解：绿色，小地方，可怜巴巴的教育。”终其一生，他在精神上都没有真正离开过他的国家和故乡。他时刻关注着故国的动向，并对一切进步的力量发出尽可能的声援。当然，他的读者也没有忘记他，年轻一代在传诵他的诗作，游客们将他的书籍藏在箱底带回祖国，反对党以秘密的地下方式出版他的文集，波兰最杰出的公共知识分子米奇尼克，将米沃什放在了对其影响最大的四位知识分子之首……1981 年 6 月，当他在阔别故国三十二年之后重回华沙时，他被众人视为凯旋的民族英雄，两千多人自发聚集在古老的多明我修道院背诵他的诗篇。米沃什兴奋地说："我从未想象到会受到这么盛大的接待和欢迎。"托马斯·温克洛瓦评论说，尽管米沃什的诗中多有神秘费解的成分，但这些诗作却"有着一种明显的对国家命运的深层影响，这种影响甚至比所有当权者三十年来所做的更为深远"。布罗茨基对米沃什诗作中浓重的历史和道德意识、对个人身份和人类生存的持续关注赞叹不已。"我可以毫不犹豫地说，米沃什是我们这个时代最伟大的诗人之一，"他强调说，"也许是最伟大的诗人。"这大概也是对一位诗人的最高评价了。

20 世纪 90 年代末，在美国生活了三十多年的米沃什重回波兰生活。他住在与故乡维尔诺气候相似的克拉科夫。2004 年 8 月 4 日，在欧洲重新统一三个月之后，米沃什以高龄病逝于克拉科夫，并入葬克拉科夫的先贤祠——斯卡尔卡修道院。七千多人组成了送葬的队伍，波兰总理马雷克·贝尔卡称颂米沃什是一个"伟大的波兰人"："米沃什用他的心和笔为我们指明了道路，展现了残酷的现实，刺痛了我们却引导着我们从善。"

切斯瓦夫·米沃什

1911 年 6 月 30 日，米沃什出生在立陶宛首府维尔纽斯附近的基日达尼一个没落贵族之家。维尔纽斯，在波兰语中叫维尔诺，俄语中叫维尔纳，意第绪语中叫维尔尼。在 20 世纪，这座欧洲小城曾属于不同的国家，驻扎过不同的军队，其统治者在俄国人、德国人、立陶宛人、波兰人中不停变换，而后又在立陶宛人、德国人、俄国人之间轮了一遍，最终成为立陶宛的首府维尔纽斯。“每改变一次归属，油漆工都要把街名和功能标志刷上新的官方语言，城里的居民又得使用新的护照，遵从新的法律和禁令。”（米沃什《被禁锢的头脑》）在米沃什看来，所谓“立陶宛苏维埃社会主义共和国”只是个空洞的名号，“那是为了掩盖俄国人正在有效地实现当初沙皇领土扩张计划这一确凿的事实”。作为欧洲常遭抛弃的一个省，它的居民里混杂着波兰语、立陶宛语、意第绪语、白俄罗斯语等多种语言。生活于此的米沃什虽精通几种语言，但他一直强调：“我是一个波兰诗人，不是立陶宛诗人。”

在米沃什读中学和大学时，维尔诺城尚属于波兰。这座充满巴洛克和意大利风格的小城是一座森林之城，“它掩藏在林木葱郁的山谷中，远处是众多的森林、湖泊、溪流。透过树梢，它会在意想不到的情况下出现在旅行者眼前，耸向天空的教堂塔尖相互呼应，那是由意大利建筑师按照巴洛克风格建造的，金黄的塔尖与四周的松树白中带黑的色调形成鲜明对比，如画一样的美丽。”（《被禁锢的头脑》）在犹太人眼中，这座美丽的小城被称为

“北方的耶路撒冷”。

美丽的维尔纽斯，如今已是立陶宛的首都和最大的城市。米沃什对这座家乡城充满了美好的回忆：“那些年间，每当春天我们要为考试而用功时，树上就会变得一片碧绿。自那以后，不管哪儿的绿色都不能像维尔诺的一样给我快乐。河面上一只只载着游人的小船沿岸而行，长长的圆木从森林顺流而下奔向锯木厂，年轻的情侣手挽着手，漫步在校园的连环拱廊下。拂晓前起床，到码头上找一只皮划艇，在冉冉升起的太阳照耀下划桨击水，迅疾的河水在沙质的峭壁和松林之间奔流——那真是妙不可言！”（《被禁锢的头脑》）

晚年回到波兰后，米沃什曾重返出生地基日达尼，寻找曾经失落的记忆。涅瓦河流经这座小镇，到处可见峡谷深壑和葱绿的庄园。八岁那年，他曾在祖父母的带领下，去一处叫作苏里什基的庄园玩。老人们只顾聊天，将他交给一个小姑娘。“她带着我参观庄园，我们在沿途见到一些小桥，桥的栏杆都是用桦树皮做的——我记得很清楚。我看着她单薄的、裸露的肩膀，细小的胳膊，一股我从未体验过的情绪涌上喉头，那是一种温情脉脉的、欢天喜地的、无以名状的情绪。我不知这是否可以叫做‘初恋’。”（《米沃什词典》）他甚至不知道那小姑娘的名字，他只知道，在 1940 年的那场溃退中，她和她的家庭都被放逐到了西伯利亚，此后，再无消息。

而城市屹立于光辉灿烂中当数年后我回去。

我的脸用外套覆盖，虽然可能还记得

我欠债没还的那些人，没有一个仍活着，

我的耻辱并非永久，卑鄙的行为将被原谅。

而城市屹立于光辉灿烂中当数年后我回去……

（《而城市屹立于光辉灿烂中》，杜国清译）

2009.12，严寒中

辑二

诗歌的光源及我们的现状

诗歌的光源及我们的现状

1

诗是无法准确定义的、永远有一部分处于未知状态的东西。你无法给诗下一个科学的定义，因为它本身就不“科学”。诗是恍兮惚兮的，它是存在的，也是被创造的；是从生命中生长出来的，也是无中生有的；是先验的，也是经验的；是已知的，也是未知的；它是说出的，也是说出之外的那个东西。总之，它是无法被完全把握的、一种充满精灵的创造之物。著名的传记作家詹姆斯·鲍斯韦尔曾经问18世纪的英国文坛领袖塞缪尔·约翰逊：“那么，先生，诗到底是什么?”约翰逊回答道：“啊，先生，说诗不是什么要容易得多。我们都知道光是什么，但要真正说清楚光是什么，却很不容易。”事实上，想说清楚“诗不是什么”也并不那么容易。我写诗二十余年，如果有人问我诗歌的定义是什么，我还是很难回答上来。我相信绝大部分诗人都很难回答上来，如果他把“诗是什么”都搞清楚了，他就很难写好诗了——他会因此陷入某种偏狭。我们承认对诗的无知，这正是诗歌的伟大之处，也是我们的聪明之处。就像苏格拉底，阿波罗神庙的神祇说苏格拉底是天底下最聪明的人，苏格拉底知道，其实是因为别人无知而不自知，而他，虽然也无知，却知道自己无知。从这点上说，他是最聪明的。苏格拉底总结，人总是无知的，真正的知识只属于神。诗，或关于诗的知识，在某种程度上也是属于神的。

我们古人对诗歌的认识与“志”相关，如《今文尚书·尧典》：“诗言志，歌永言”，《说文》：“诗，志也”。志，本义为志向，即心之所向。《说文》：“志，意也。从心，之声。”这近乎一种循环阐释。闻一多在《歌与诗》里解释说：“‘志’从‘止’从‘心’，本义是停止在心上，停在心上亦可说是藏在心里。”因此，《毛诗序》曰：“在心为志，发言为诗。”也就是说，诗本意是表达自己的心声与志向的东西，是发乎性情的东西。那么诗在古代的作用是什么呢？《毛诗序》曰：“……故正得失，动天地，感鬼神，莫近于诗。先王以是经夫妇，成孝敬，厚人伦，美教化，移风俗。”所谓正得失、美教化、厚人伦，一直是汉语诗教的正统，不必细说。“动天地，感鬼神”却又近乎“巫”了，说明最初的诗人其实起到了巫师的作用，也就是联系天与人的纽带，如《尧典》里所说的“神人以和”。“神人以和”、“天人合一”是讲在现实世界之上还有一个超越的世界，这个世界需要借助“巫”的力量来联通。在“民神杂糅”的远古时代，巫通过问卜作法为民祈福。邦国出现之后，与“天”交通的权利为政治首领所独占

(“余一人”)，并交由专业的巫师阶层掌管，是为“绝地天通”。“巫”虽非后世所称的“诗人”，但殷商时期的甲骨卜辞已有诗的雏形，如《甲骨卜辞·今日雨》：“今日雨，其自西来雨？其自东来雨？其自北来雨？其自南来雨？”自周公制礼以讫周命衰微，诸子并起，中国文化进入一个以“礼乐文化”为主的“向内超越”的轴心时代。“内向超越”即以个体的内在心灵为修行之本，如儒家的“求仁”、老庄的“得道”等等。而西方世界则是“外向超越”，以柏拉图的“理念”（idea）、全知全能的上帝为典型。在礼乐文化中，虽然“人心惟危，道心惟微”（《尚书·大禹谟》），但“道不远人”（孔子语），“道在屎溺”（庄子语），只要在自身内在心灵下修行功夫，便可求仁得仁，求道得道。如此一来，“天人合一”的“天”便从最初的主宰人间祸福的神灵变成了具有精神实体意义的“道”，汉语的天空于是失去了诸神。因此到了孔子时代，“子不语怪、力、乱、神”，“未能事人，焉能事鬼”，极力抗拒具有外向超越倾向的巫文化，更加注重诗的教化作用，“温柔敦厚”、“思无邪”、“兴观群怨”等等，成了传统诗教。那些人与天通、感动鬼神的诗，都被作为“怪力乱神”而删除了。虽然后世也有诗人提出“诗缘情”、“诗载道”的口号，但汉语诗歌的抒情功能和思辨功能始终没能发展起来，都被“言志”的道统给压制下去了。对汉语诗歌而言，是非常可惜的。也就是说，汉语诗歌既没有达到本体意义上的“诗到语言为止”，也没有一个形而上的上升空间，只是到“言志”为止了。汉诗的天空是封闭的，既没有神，也没有天，只有一个厚实的大地和人间。而西方的诗歌除了一个日常意义上的自然即“nature”，还有一个终极的、高过人类理念的上帝，由此才能继续追问“I am who I am”这种将人类逼进绝境的天问。

是不是所有“言志”的东西都可称为诗？古人将有韵的称为诗，无韵的称为文。事实上这个分法也是很粗疏的，比如说，像“箴”、“铭”、“诔”、“赞”，甚至一些“祭文”也是有韵的，但不能称之为诗。曾经有人拿《百家姓》问国学大师章太炎先生，这算不算诗？章先生说，《百家姓》既然有韵，当然是诗。但是我们知道，《百家姓》这个东西的确算不上诗，赵钱孙李周吴郑王，这算什么诗？因此章先生也说：“诗只可论题材，不可论工拙。……像《百家姓》之流，以工拙论，原不成诗，以形式论，我们不能不承认它是诗。”你看，我们古人有时候真的是不求甚解，说不清就不说了。按章先生的说法，所谓现代诗，就是分行的就是诗，不分行的就不是诗了。当然，章先生是不承认现代诗的，他在他的国学讲演录里说：“诗至清末，穷极矣。穷则变，变则通；我们在此若不向上努力，便要向下堕落。所谓向上努力就是直追汉、晋，所谓向下堕落就是近代的白话诗，诸君将何去何从?”他顺便还开了一个白话诗的玩笑，说白话诗并不是从西洋传过来的，其实我们古人早就有人作白话诗了。唐朝史思明的儿子史朝义，称怀王，有一天一高兴，写了一首《咏樱桃》：“樱桃一篮子，一半青，一半黄；一半与怀王，一半与周贽。”当时有人劝他，把最后两句上下对调一下，改成“一半与周贽，一半与怀王”，这样就可以与上面的“一半青，一半黄”押韵了。怀王很不高兴，说：“周贽是我的臣，怎能在怀王之上呢?”章先生本是想讽刺白话诗，却一不小心讽刺了古诗中的形式主义。好像对调一下就是诗了，其实虽然押韵了，但仍然不是诗。

不过，章先生有一句话说的其实是对的，“提倡白话诗人自以为从西洋传来”，事实上现代白话诗的确是从西洋传来的，是“横的移植”。作为整个文化现代转型的一部分，汉语新诗的现代转型，或其现代性的获得，其文体合法性的获得，其实是从西方来的。中国传统古典诗歌更多是作为其革命对象的原型而存在。因此，要想全面认识现代汉诗，就必须要了解西方诗歌的传统与源流。

2

从源头上讲，柏拉图是比较早的对诗歌进行论述的一位源头性的哲学家，就像孔夫子论述汉语诗歌一样。柏拉图曾经也是一个青年诗人，是一位谙熟诗歌艺术和提倡诗乐教育的诗人哲学家，但有意思的是，柏拉图对诗人的驱逐与批判也是最著名的。在他的《理想国》第三卷里有一段名言，通常被视作柏拉图驱逐诗人的证据：

> 假定有人靠他一点聪明，能够摹仿一切，扮什么，像什么，光临我们的城邦，朗诵诗篇，大显身手，以为我们会向他拜倒致敬，称他是神圣的，了不起的，大受欢迎的人物

了。与他的愿望相反，我们会对他说：我们不能让你这种人进到我们的城邦里来，法律也不准许像你这样的人生活在我们中间。我们将在他头上抹上香油，戴上羊毛冠饰，送他到别的城邦去。至于我们，为了有益于自己的心灵，将任用虽无他那种悦人本领但态度却比他严肃的诗人或讲故事的人，让其摹仿好人的言语，按照我们当初立法时所定的规范来说唱故事，以便教育战士们。

柏拉图对诗人的驱逐，是基于城邦管理的需要。柏拉图在他的“理想国”里，借苏格拉底之口提出“四枢德”——勇敢、节制、正义和智慧，其中前三个都对诗提出了批评。他认为诗是非理性的，是无法被科学检验的，是不受理性控制和规约的，也就是“无知”的。只有通过哲学，世界才向我们呈现为理性和澄澈，因此“在哲学和诗之间有一场古老的争吵”。诗是如何来的呢？柏拉图认为诗是神赐予的，诗人不过是神的传话筒。如果没有神的点拨和启示，没有神的助佑，诗人就很难有所作为。既然诗是神赐予的，诗人不过是个承接者和传声筒的角色，这就突出了诗人的无知和无能。他说：“诗人的知识相当贫乏，这是可悲的。然而，更为可悲的是，诗人不仅没有意识到这一点，反而不合适地自诩为无所不知的通才。诗人以为，只要有了诗的软床，他们便可尽情地享受自我膨胀的迷梦。”我觉得柏拉图的批评在当下其实也是有价值的。柏拉图认为诗人“无知”，也是源于他对艺术本质的认识。他认为艺术是对理念的“摹仿”，不具有真理性。柏拉图认为理念世界才是第一性的，是世界的本源和最高存在，类似于我们传统里的“道”，它不生不灭，永恒不变。现实世界、物质世界是第二性的，是对理念世界的“摹仿”，是理念世界的影子，和真理隔了一层。而艺术世界是第三性的，是对现实世界的“摹仿”，是“影子的影子，摹本的摹本”。柏拉图为了把这个问题讲清楚，举了那个著名的“床”的例子：理念的床、物质的床和临摹的床。理念的床是本体，是床之所以为床的道理、概念，是一切床；物质的床是具体的、由木匠制造的那张床，是对理念中的床的“摹仿”；诗人所写的床，则是对具体的、木匠所做的那张床的“摹仿”，因此是最不具有普遍性的。因此，柏拉图认为，从荷马起，一切诗人、艺术家都只是“摹仿者”，只得到影像，抓不住真理。其地位还不如车夫、医生、木匠等具有专门技艺的人。在柏拉图看来，理性和道德这些东西都存在于人的内心，而诗歌是最能打动人心的东西，因此，为避免诗歌搅乱人心，败坏人的道德，废弛城邦的法律，诗人们要么主动承担起道德职责与使命，要么就被驱逐出去。

柏拉图是基于艺术与世界的关系，提出艺术模仿的是表象世界而非本质世界，因此艺术品在现实事物中就处于一个较低的层次。在《理想国》第十章，柏拉图对此观念又稍有修正，不再认为诗人低于普通的工匠，并认为诗人和哲人一样，都对世界拥有一种“整全观”。诗人在具体的社会事务方面的确是“无力”且“无用”的，但哲人也并没有好到哪里去，如阿兰·布鲁姆所言，事实上“谈论人类事务的权威，不是来自对任何技艺的研习，荷马和苏格拉底在他们对技艺的忽视和他们与实践生活的脱离上是同样的”。另外，柏拉图更多是从政治角度而非艺术角度来审判诗人的，这和孔子删诗有点像，孔夫子删诗基于“礼”，他将《诗经》十取其一，留下三百零五篇，并说“《诗》三百，一言以蔽之，曰‘思无邪’”，那些他认为“有邪”的都删了。当然“孔子删诗”这一大公案已争论两千多年，是与不是，按下不提。我们来看柏拉图，他也并没有驱逐所有诗人，比如他所说的能够模仿好人的言语的“态度严肃的诗人”，再比如荷马，柏拉图在《理想国》里对荷马有过很多的赞扬，说他是“全希腊的教育者”、“最高明的诗人和首屈一指的悲剧作家”等等，并说自己“从小对其怀有一定的敬爱之心”。虽然柏拉图主张将诗人驱逐出城邦，但事实上柏拉图对诗人还是蛮有温情的，比如说，在将诗人驱逐出去时，还要“在他头上抹上香油，戴上羊毛冠饰”，也算是一种很隆重的礼遇。更为重要的是，他没有号召人们将诗人杀掉，焚书坑儒，而是“送他到别的城邦去”，类似于送出国门。柏拉图驱逐诗人，是将诗人看作真正的敌手，因为荷马正被整个希腊阅读与聆听，哲学面临着诗的审判。阿兰·布鲁姆认为，柏拉图实际上是在借苏格拉底之口，让他与荷马“从事一场为争夺希腊人或人类的教师之头衔而进行的竞赛”，只有将诗歌置于哲学的审判之下，哲人才能取得为政治掌舵的主动权。柏拉图不希望摧毁诗，只希望审判诗。柏拉图对诗的审判，也是理智对激情的审判、哲学对诗的审判。面临审判的诗人需要在哲学的法庭面前证明自身的正当性，证明自己不仅是关于诸神的真正的、唯一的教师，而且能够像哲学那样成为全人类的理智的教师。

事实上，作为一个诗人，我不认为柏拉图轻视了诗人，我认为他对诗人的理解还是非常深刻的。比如他从前人手里接过来的“神赋论”，认为诗人是神灵附体才作出诗来，在一定程度上其实是对的。诗人在很多时候的确是要清空自己，等待灵感的召唤。诗人对自己能够写出什么是没有把握的，有时候他对自己写下的东西也感到惊讶。柏拉图说：“诗人的理解力和能动性仍然是大可怀疑的，因为他们既不知道故事的来源，也不明白它们究竟好在哪里，诗人们迷迷惘惘，如痴似醉，完全听凭于灵感的驱使，即神的驾驭和摆布。”在一定程度上这是对的，但柏拉图把这种“神赋论”夸大了，轻视了诗人的主体性、能动性和诗歌本身的手艺属性。关于诗人的“非理性”、“非道德”，我也认为这是诗人的特权，而不是诗人的罪证。当然这是基于对诗歌当代性的理解，而柏拉图是在古典的意义上论述这一切的。还有关于“摹仿论”，柏拉图认为诗人是对理念的“摹仿的摹仿”，是对表象世界而非本质世界的“摹仿”，因此不具有普遍性，只有哲人才能掌握第一义的“理念”。我认为即使诗人是对“摹仿”的“摹仿”，但依然可以揭示真理，具有普遍性。只有哲人可以掌握真理吗？不见得。事实上，正是柏拉图所谓的“理念世界”这一超验性的完美观念，激励着诗人们去接近，去完成超越。

3

诗与哲学的对抗经历了一个漫长的时期，直到尼采的出现，才完成了对柏拉图的复仇。尼采的“颠倒的柏拉图主义”开启了一个新的“诗人的时代”，诚如巴迪欧所言：“笛卡尔、莱布尼茨、康德或黑格尔或许曾经是数学家、历史学家或物理学家，如果说他们都不是什么，那就是他们都不是诗人。但自尼采之后，所有的哲学家都自称为诗人，他们全都羡慕诗人，他们全都愿意成为诗人，或者近似于诗人，或者被公认为诗人。”巴迪欧将自荷尔德林至保罗·策兰的时代称作“诗人的时代”，在这一时代中，诗与哲学有效地缝合起来，诗“开启并拥有着最丰富的现代人经验的表达形式”，并“在诗性的隐喻的谜题中把握时代之谜”。巴迪欧开列了一个最能代表这个时代的诗人名单：荷尔德林、马拉美、兰波、特拉克尔、佩索阿、曼德尔施塔姆和保罗·策兰。这其中，荷尔德林是他们的先知，是“预示着诗人时代来临的浮标”。

海德格尔就通过对荷尔德林诗的解读，试图将哲学交付于诗，让诗歌变成哲学的教师，从诗歌入手来揭示真理。海德格尔在谈论诗歌时，是非常谨慎的。做关于诗歌的谈论，他说：“我们凭何种权力，根据何种知识，能够做这件事呢？两者皆缺失。因此，要做关于诗歌的谈论，怕是僭妄要求。但此外又能如何呢？”谈论诗歌，的确是一件知其不可为而为之的事情。要谈论诗歌，首先必须与诗歌亲熟。可是，真正与诗歌和作诗活动相亲熟的，唯有诗人。与诗歌相合的从诗歌而来的道说方式，只可能是诗人的道说。诗人的道说，既不是道说诗歌的做法，也不是讲述诗歌本身，而是“诗意地表达诗歌的特征”。在海德格尔看来，荷尔德林就是一位诗意地表达了诗人及其使命的罕见的、神秘的诗人，是“诗人中的诗人”。“我的思想和荷尔德林的诗歌处于一种非此不可的关系中……我认为荷尔德林是这样一个诗人，他指向未来，他期待上帝，因而他不能只不过是文学史思想中的荷尔德林研究的一个对象而已。”他更进一步指出，“荷尔德林的诗蕴含着诗的规定性而特地诗化了诗的本质”，是一种“运思之诗”，与海德格尔本人的思想更加契合，两者处于一种“非此不可的关系中”，因此他谈论诗歌的入口，就选择了阐释荷尔德林的诗。

在道说“诗的本质”这个命题时，海德格尔抓住了荷尔德林具有内在联系的五个中心诗句：

1. 作诗是最清白无邪的事业。
2. 因此人被赋予语言，
那最危险的财富……
人借语言见证其本质……
3. 人已体验许多。
自我们是一种对话，
而且能彼此倾听，
众多天神得以命名。

4. 但诗人，创建那持存的东西。

5. 充满劳绩，然而人诗意地
栖居在这片大地上。

第一句，“作诗是最清白无邪的事业”，来自荷尔德林 1799 年给母亲的一封信中。荷尔德林的母亲是一个寡妇，多年来省吃俭用供孩子读书，就是希望荷尔德林能够尽快找个正经工作，娶妻生子，过正常人的工作。但荷尔德林已经决定献身于诗神，弃绝尘俗的生活。他认为世俗生活和诗人生涯是相冲突的，生活与诗歌之间有一种“古老的敌意”。他曾经对母亲说：“有些人远比我更强大，他们尝试着既做一个伟大的商人或学者，同时又做一个诗人。但到最后他们总是为了一样而牺牲另一样，这绝不是好事……因为如果他在自己的职业上作牺牲，那他就是对别人不诚实；如果他在艺术上作牺牲，那他就亵渎了神赋予他的天生的任务。”但他又不想过分伤了母亲的心，因此就常会写信安慰她，跟她解释。这句话的意思是，作诗是一种自由的、沉湎于想象世界的朴素的游戏，它不需要对现实说话，不需要做出什么现实决断，因此作诗是完全无害的，在此意义上它也是无用的，因为它“不径直参与现实并改变现实”。表面上看是这样，一个诗人在现实面前往往显得天真、无力、不合时宜，事实上诗人拒绝了俗常的生活，而投身到一种为诗神献祭的“绝对生活”。这是诗人道路选择的问题——是跟生活讲和，还是弃绝常俗，选择一条更为“清白无邪”的生活方式。布朗肖在谈论卡夫卡时，也谈到过这种“绝对生活”的诱惑与危险。写作，就是投身到时间不在场的诱惑中去，投身到一种“本质的孤独”中去。

但这只是诗的表象，要想真正理解诗，还必须进入语言的领域。第二句，来自荷尔德林 1800 年的一个残篇草稿中，这篇残稿写道：

> ……但人居于蓬屋茅舍，自惭形秽，以粗布裹体，从此更真挚也更细心地，人保存精神，一如女巫保持天神的火焰。这就是人的理智。因此人便肆意专断，类似于诸神，被赋予颐指气使和完成大业的更高权能；因此人被赋予语言，那最危险的财富，人借语言创造、毁灭、沉沦，并且向永生之物返回，向主宰和母亲返回，人借语言见证其本质——人已受惠于你，领教于你，最神性的东西，那守护一切的爱。

人被赋予语言，语言是人的一个财富，用海德格尔的哲学理念说，语言关乎人的“存在”，“存在在思想中达乎语言。语言是存在之家。人居住在语言的寓所中”。但为什么又说是“最危险的财富”？因为语言光照了人的存在，同时语言也会造成一种遮蔽，“在语言中，最纯洁的东西和最晦蔽的东西，与混乱不堪的和粗俗平庸的东西同样地达乎词语”。语言不仅仅是人用于传达经验和情绪的工具，相反，“唯语言才提供出一种置身于存在者之敞开状态中间的可能性”。也就是，“唯有语言处，才有世界”。“人借语言见证其本质……”在希腊语中，“敞开”这一概念被表达为“aletheia”，这个词的正确翻译就是“真理”。海德格尔坚持认为，翻译为“无蔽”更为合适，不仅更符合字面意思，而且更有利于深思真理的本质。当我们参与到“让事物存在”之中时，我们往往过于关注特定的存在者，而遗忘了其他存在者；我们过于缠绕于日常的东西或一己的兴趣，从而遮蔽了作为整体的存在者。这样一种“迷误”就是一种“遮蔽”，也就是海德格尔所言的“非真理”，也是语言作为“财富”的危险性所在。阿甘本亦认为：语言不是用来沟通的，“它为的是别的东西，某种也许更加重要，但也更加艰险的东西。语言，事实上，是沟通的主要障碍，动物知道这点”。但人又必须“借语言见证其本质”，除此之外没有别的途径。语言的这种“显”、“隐”二重性，使其成为“最危险的财富”。对诗人而言，这既是一种赎救之道，也是一个危险的迷途。诗人韩东有句话，“诗到语言为止”，语言到澄明为止，澄明即无蔽，即真理。诗与真理通过一个危险的途径达成一致。海德格尔认为，一切艺术本质上皆是诗，诗不等于文学，而是形而上的，与真理发生着关系。真理，作为存在者的澄明之所和遮蔽的斗争，发生于创作中，就如同诗人作诗。

第三句话首先揭示了语言的本质性事件——对话和倾听。没有对话与倾听，就不可能有交流的发生，也就不会有诗的存在。而关键是“众多天神得以命名”这一句，海德格尔解释说：“自从语言真正作为对话发生，诸神便达乎词语，一个世界便显现出来。”他同时强调，诸神的显现与语言的发生是同时的，也就是说，真正有效的对话存在于诸神之命名和词语生成中。谁来实现这种对话？必须是诗人。如何实现？就是第四句，“但诗人，创建那持存的东西”。这句话首先揭示出，诗是一种创建，是通过词语并在词语中实现的。难道那“持存的东西”不是一种现成之物吗？我以前的理解，写诗就是一种发现，发现那种被日常遮蔽的业已存在的东西。海德格尔在分析荷尔德林的《返乡——致亲人》这首诗时也说：“绝不能通过揭露和分析去知道一种神秘，而是唯当我们把神秘当作神秘来守护，我们才能知道神秘。”所谓“守护”是否意味着那种既自行开启又易于消逝的“既在”？“创建”又作何解？海德格尔认为诗是一种“创建”，但又不是无中生有的“创建”，而是一种“开启”和“去蔽”。因为持存者是短暂易逝的，诗人的任务就是通过去蔽和命名，将这短暂易逝之物带向永恒，诗在此意义上“乃对存在者之无蔽的道说”。“这种命名并不在于仅仅给一个事先已熟知的东西配上一个名字，而是由于诗人说出本质性的词语，存在者才通过这种命名而被指说为它所是的东西。这样，存在者就作为存在者而被知晓。诗乃是存在的词语性创建。”我以前认为世间有客观的真理存在着，诗人只是去“发现”它，海德格尔认为根本不是这样，他说：“持存的东西决不是从消逝之物中取得的，简朴之物决不能从混乱之物中抓取出来。尺度并不在无度之物中。”因此，存在从来不是某个客观存在者，物之存在和本质必须自由地被创造、设立和捐赠出来。这样一种自由地创造和捐赠就是创建。在这样一种创建的基础上，人类才有了一个牢固的“大地”。

在这个基础上，我们来理解第五句话，也是荷尔德林最著名的一个诗句："充满劳绩，然而人诗意地/栖居在这片大地上。"这句诗出自荷尔德林著名的诗篇《在迷人的蓝光里》。诗不是一种生命的装饰或消遣，既然诗是对诸神和物之本质的命名与创建，那么"诗意地栖居"就意味着置身于诸神之中，并与物之本质无限切近。这同时也意味着，诗人的身份就是处于诸神与民族之间，是个居间人，是带来神意的人。他能够通过他的词语，为这个世界重新召唤神灵。尤其是在这样一个诸神逃遁的贫困的时代，唯有诗人依然坚守在黑夜的虚无之中，在极度的孤立中为他的民族谋求真理——诗，他"吟唱着去摸索远逝诸神的踪迹"，并"指向未来，期待上帝"。诗人的"居间者"身份，有点接近"绝地天通"时代的"巫"，是沟通"天人之际"的"半神"。而他所召唤的"神圣"，也并非某个具体的"神"，而是居于"诸神"之上的带有神性之本源的概念，类似于"混沌"或柏拉图的"理念"。海德格尔在解释荷尔德林诗中的"神"时说，神是不可见的，也是不可知的，但神又是诗人的尺度。为了求得在大地上诗意地栖居，人需仰望天空，并通过这种仰望贯通大地与天空。神不是天空，但可以"通过天空而显明"。"神通过天空的显现乃在于一种揭露，它让我们看到自行遮蔽的东西，但这并不是由于它力求把遮蔽者从其遮蔽状态中撕扯出来，而只是由于它守护着在其自行遮蔽中的遮蔽者。所以，不可知的神作为不可知的东西通过天空之显明而显现出来。这种显现乃是人借以度量自身的尺度。”

为了阐释“诗的本质”，海德格尔动用了语言学的、哲学的、神学的所有工具，通过分析诗、语言、思之间的关系，使诗成为一种思的方式，让诗歌承担起了思想的责任，同时也颠覆了诗与哲学之间的古老争讼，让诗具有和哲学相同甚至更高的地位。问题是：当海德格尔以其天才的诗性解构完成了对诗歌主体性与客观性的双重抽离，以让诗之“真理”自动涌现，这到底是哲学的终结，还是诗的终结？在诸神隐遁、上帝缺席、世界贫困的时代，诗人还能够承担起如古典时代那样召唤诸神、安顿灵魂的重任吗？在一个权利平等的现代民主制的时代，诗人又该如何到场，如何显形？

4

我们再简单回溯一下关于诗的光源与谱系。诗在它最初的源头上与“神”相接，无论是在“民神杂糅，不可方物”的远古时代，还是在荷马作为全体希腊人教师的时代，诗的合法性都建基于它是“神的语言”，它从“神”那里领受戒律，代替神说话。当中国进入礼乐轴心时代，西方进入柏拉图的“哲学王”作为立法者的时代，诗人或者成为礼乐文化的一部分，或者成为城邦文化的一部分，无论是属人的还是属神的传统，诗歌从神那里获得的合法性都已渐渐消磨殆尽。在启蒙运动所带来的人道主义框架下，无论是康德所提倡的“无目的之合目的性”的美学标准，还是黑格尔所提倡的投身到历史进程中去影响世界，文学主体性的确立与扩张都是一致的。随着现代性的到来，上帝缺席，诸神隐匿，海德格尔甚至完成了对诗歌主体性与客观性的双重抽离，诗歌变得越来越无导向性，越来越虚无，成为游荡在这个民主制的现代世界的一个幽灵。

“什么是诗?”即便我们回溯到诗的源头，依然无法解除我们心头的疑惑。在古典时期，无论是“言志”还是“神启”，诗都有一个独立的、坚实的基础和空间。当现代性将古典主义美学重新熔铸之后，当诗歌失去了神学的依托后，自柏拉图、贺拉斯以来的诗学理论顿时变得令人眩晕起来，“什么是诗”重新成为一个问题。孔子口中的“诗”与我们当下所写的诗还是一回事吗?柏拉图笔下的荷马还能称作所有诗人的老师吗?那堪称源头的古老教诲还能作为我们现代暗夜里的光源吗?经过现代性洗礼的诗歌，在取得了文体合法性的同时，却失去了可以评判的基础和标准，诗歌转过头来开始质问自身。诸神不在了，一切都可以为所欲为了。“为所欲为”带来的后果却是“诗人何为”的深度困惑。如福柯所言，文学已经被置入“什么是文学”的问题当中。这是一个独属于现代人的新问题。“它几乎不比我们更老，”福柯说，“所以，关于‘什么是文学’的问题，我们可以说，正是随着马拉美的作品，它才进入了视野并得到了表达。但文学本身是没有年岁的，它和人类语言本身一样没有一个年代学或一种公民身份。”布朗肖则认为，当文学成为一个疑问时，文学的自我意识回归到文学本身，文学才真正产生了。也就是说，文学就产生于它失去源头和身份的那一刻，它孤立于这个现代性的世界，成为无法被招安的幽灵。而其所隐含的深度内涵，则是一种全盘否定人的主体性和人为万物尺度的冲动和倾向。

启蒙运动为我们带来的福利是，人的主体地位得到确认，世界作为对立面被重新建构出来。无论是“为艺术而艺术”，还是“为现实而艺术”，文学活动成为张扬主体精神、建构和改造世界的新工具，诗歌也成为一项“有用的事业”。如浪漫主义时期，一批狂妄的天才开始宣示诗人的权力：“当我给卑贱物一种崇高的意义，给寻常物一副神秘的模样，给已知物以未知物的庄重，给有限物一种无限的表象，我就将它们浪漫化了。”（诺瓦利斯语）“浪漫化”使诗人彻底成为尺度，写作不是要阐释世界，而是要改变世界，是诗人参与世界的一场生命游戏。“只有当人在词的充分意义上是人的时候，他才游戏，只有当人游戏的时候，他才是完整的人。”（席勒语）诗人们试图以人类的理性—主体性代替上帝之死、诸神消失后所留下的神圣空缺，然而这种僭越只会造成更大的空缺和虚无，因为终有一死的人既无法以自我神圣化来对抗死亡，也无法依靠理性的光辉烛照世界的全部晦暗。当诗人完成祛魅，与神圣解除盟约，并准备介入人类的实践活动时，却发现自己的无用与无力境况从未发生改变。这种残酷的现实与诗人骄傲的主体激情形成碰撞，使诗人纷纷逃离这“清白无邪的事业”而投身于某种实务。当拜伦作为一个强力诗人发现诗歌本身的无力之后，他干脆投笔从戎参与到希腊的解放事业中；将写诗视作“清白无邪的事业”的荷尔德林，在1799年也表示，一旦有需要，他会毫不迟疑地弃笔从戎；连将孤独和写作视为生命的卡夫卡也有撑不下去的时候：“这项工作必须要孤独，而同时又被孤独所摧毁，由此，他做出决定：当兵去!”（布朗肖语）一旦诗人试图用诗介入这个世界，他最终所遭遇的坚硬与无力将使他堕入虚无。连提倡“介入文学”的萨特也不得不承认：“我长期把我的笔当作剑，现在我认识到我们无能为力。”布朗肖更是一语中的：“将历史关键时刻的有效行动当作其根本任务的人，不可能偏好艺术活动。艺术行动效果不佳，程度甚微。”他认为诗歌话语既不同于一般的交流语言，也有别于思想的语言，“在这种话语中，我们不再重返世间，也不再重返作为居所的世间和作为目的的世间”。诗歌的话语甚至不再是某个人的话语，而是语言本身在自说自话，语言成为独立的、自足的、本质的东西，“除了词语的本质，无任何东西在其中得到反映”。在人们不停地追问“诗歌何用”、“诗人何为”时，布朗肖的回答是“我们不再重返世间”。在诸神缺席的现代世界，诗歌成了一个幽灵，既无法回到它赖以栖身的黑暗的源头，也无法在现代生活中寻到普遍而绝对的基础。而处在古—今、东—西两大阴影下的现代汉语诗歌，则面临着更大的困境。

海德格尔虽然给了诗人以哲人的待遇，并在形而上学的角度上期颐诗人为诸神缺席的现代人重新召唤神灵，但诗歌的渺茫和困境始终如幽灵一般缠绕着诗人。后来的一些解构主义哲学家则另辟蹊径，干脆宣布“作者死了”，以杀死作者的方式彻底摆脱主体性的困惑。如决定“我们不再重返世间”的布朗肖就在现实、真理和在场之外为诗人营造了一个独立的“文学空间”：

> 这空间，在那里所有一切都返回到深刻的存在，在那里在两个领域之间有着无限的过渡，在那里一切都在死去，但是在那里死亡是生命的知心伴侣，在那里恐惧是愉悦，在那里欢庆在悲哀，而悲哀会增光，这空间本身正是“万物像奔向离自己最近最真实的实在那样”朝它奔去之处，即最大的圆圈和不停变化的那个空间，它是诗歌的空间，是俄耳甫斯诗歌的空间，诗人当然无法进入其中，诗人进入其中只是为了消亡，在这空间中，诗人只有保持一致才能进入裂口的深处，这裂口把诗人变成一张无人理会的嘴，正像它对待聆听寂静的分量的人一样，这就是作品，是作为渊源的作品。

“万物像奔向离自己最近最真实的实在”，这就是布朗肖所呼唤的“文学空间”，在其中，世界退出了，只剩下图像与幽灵出没其中；作者消失了，只留下一个闭合的作品。要到达这样一个空间，必须找到那个临界的点：“写作，就是找到这个点。没有使语言用来保持或促使同这个点的接触，就勿谈写作！”这个“点”既是作为渊源的作品的临界点，也是中心点，它既是一个一事无成、无法实现的东西，也是唯一值得付出代价去实现的东西。为了达到这个理想的光源，作者在作品完成之后必须抽身离去，只有当作者放弃了自身，像上帝一样隐退以便为被造物腾出空间，作品才真正达成自身，而非作者才华的附庸，或匆匆离去时留下的痕迹。他还以贾科梅蒂的雕塑为例，那样的雕塑不再是还原的，而是摆脱了还原，它将自身置于无限中，成为空间的主宰。作者这样一种主动的放弃和撤出，使文学活动越来越接近于基督的自我隐退和牺牲，以及道家的无为，作者的全部付出并非为了求得一个最终的果实或目的，而是作为一种纯粹的付出，让其静悄悄地留在作品的深处。当诗歌在现实面前困惑不已时，这种困惑本身正是对现实的一种裸现；当诗人感到虚弱无望时，又确有一个独立的"文学空间"值得期待和祈祷。诗人正是在这种尴尬的"示弱"中逞强，在无限的虚无中堕入另一个空间。而那个空间，罕有人至，只有游荡的幽灵、疯子和夜幕降临之际或曙光初露之前的一抹光亮。

诗人面临的折磨不仅仅来自现实的生活与其自身所沉浸其中的光荣与骄傲、失败与虚无之间的对峙，更多的是作品本身对他的剥夺。当他面对一张白纸时，他尚不知作品在哪里，因为诗歌不是作为一种可接近的真实或信念而被给予诗人的，"诗人并不知道自己是诗人，而且诗人也不知诗歌是什么，甚至不知诗歌是否存在"。当他沉浸于创作，被创作活动推到那种"本质的孤独"中，完成后的作品又将他抛到生活之外，因为虽然"诗歌依赖于诗人，依赖于诗人的寻求"，但这种依赖却"并不使诗人成为他所寻求之物的主人，反而使他对自身也无把握，好像不存在的一样”（布朗肖语）。诗人对什么都无法确信，他能确信的只是这种不确信以及作品对他所提出的绝对狂热的要求，他最终发现自己不仅一无所能并且也一无所有。诗人被逼疯了，这几乎是一种宿命。荷尔德林在说完那些“诗意的道说”之后就陷入了精神分裂，当时他才刚刚 36 岁，此后，他在德国图宾根的一个塔楼中度过了 37 年的黑暗时光。诗人们基本上是一群精神失常的生物，他通过疯狂的艺术创造来疗救自己。一位日本人曾调查了 782 位著名艺术人物，其中精神极端失常者占 83%，健康者仅占 6.5%。在艺术的世界里，疯狂是个好东西。在《斐多篇》里，苏格拉底认为疯狂是神的恩赐。疯狂的诗人们往往以此来彰显自己的独立性和道德自治；他可能因此而变得傲慢自大，因疯狂而沉沦，堕入社会的底层。我专门写过一篇文章，题目就是《为疯子们辩护》。我以为，一个时代如果太过正常，就失去了自身的魅力、活力和创造力。太过正常意味着有一个主流的意识形态在起作用，在整体性地控制着大多数人的生活。这是个被“物”控制着的时代，被“前进”挟裹着，被“未来”召唤着，人为物役，忙忙碌碌，身不由己。诗人的任务正是挣脱出整体性的生活控制，诗歌是少数派的意志。

事实上，在现代世界里，即使不疯，诗人们也往往会被视为疯子——因为在这样一个时代，诗人的存在实在太过突兀，太过幽暗。很多人都觉得，这个世界还有诗人吗？在一个体制化的共同体中，诗人的身份是一个尴尬的存在。北岛在《时间的玫瑰》

一书中写过狄兰·托马斯的“身份”问题：“狄兰死于1953年11月9日，年仅39岁。由于他是外国人，死因特别，故需要办理认尸手续。停尸房办手续的是一个姑娘，在出版社的人帮助下勉强拼写出名字。问到职业一栏，出版社的人说，诗人。这一回答让她困惑，什么是诗人？他写过诗。于是姑娘在表格上写下：狄兰·托马斯。他写过诗。”“他写过诗”成了一个诗人唯一的现实标记。

5

回到汉语诗歌世界里来。我们现在处于一个什么样的状况？观察一个时代的诗歌状况，最方便的方式是观察那个时代最为困惑的诗歌灵魂。韩东也曾表达过类似的意思：看一个时代的诗歌成就，还是要看走在前面的那几个人。

韩东本人无疑是其中的一位。关于诗歌，他有一句话广为人知：“诗到语言为止。”这句话通常被作为第三代诗人“日常主义写作”的一个理论概括，但大多属于误读。韩东的诗与通常所说的“日常主义”没有多大关系，他简直是取消了“日常”，既无自传性，亦无烟火气。他还有一句话：“我的根本问题，简言之就是：写作与真理的关系。”这两句话互为表里，互相修辞，有其内部的逻辑关联。虽然第一句广为流传，而第二句，在我看来才至关重要。

韩东不止一次表述过“诗与真理的关系”。从20世纪80年代的“我的根本问题，简言之就是：写作与真理的关系”，到 90 年代的“我力求把写作跟真理挂钩。如果和真理不挂钩不沾边，那样的写作都是毫无意义的”，再到新世纪初的“我说‘写作与真理’的关系，是因为深感写作的虚无，哪怕是再伟大的作品，对写作者和阅读者而言都并不可能一劳永逸地解决人生的问题，说到底，都是可有可无的”。两年前，他在回答访谈者的提问时，竟又说出了这样的话：“我写作跟真理也没关系，就是说我的写作也没有意义。我确实说过，任何写作只要与真理无关，就是没有意义的。是这样的，也就是说我现在的写作，也是很多人在做的这件事，都是没有意义的。能有什么意义？你说。”这是什么意思？说法从最初的清晰、绝对，逐渐变得含糊、不确定，这中间似乎发生了什么，但肯定不是动摇，相反，对“真理性”的坚持，倒是一次比一次更加坚决了。正因为对“真理性”的绝对信仰，韩东在审视具体的写作行为时，才越发感到“写作与真理”之间的巨大裂隙，作家/诗人仿如推巨石上山的西西弗斯，要接近真理是如此渺茫、无望。

问题是：什么是“真理”？什么是韩东所谓的“真理”？

关于什么是真理，连上帝都难以回答。“耶稣说：‘凡属真理的人就听我说的话。’彼拉多问：‘什么是真理？’耶稣没有回答。”（《圣经·约翰福音》18：37）当然耶稣并非真的没有回答，在一般基督徒的眼里，真理就是“神说的话”。这是一种神学预设，宗教意义上的真理概念。第一次对真理问题进行哲学思考的亚里士多德，在他的《形而上学》中说了一句名言："是什么说不是什么，不是什么说是什么，这是假的；是什么说是什么，不是什么则说不是什么，这是真的。"实用主义哲学家皮尔士将真理定义为："真理是抽象陈述与理想极限的一致，无尽的探究将带着科学信念趋于真理，抽象陈述通过承认它的不准确和片面性而拥有与理想极限的一致，这种承认是真理的本质要素。"也就是说，"真理"既非"抽象陈述"，亦非"理想极限"，而是二者的无限趋近性。因为由"有限的探究"而来的"抽象陈述"所获结论绝非完全，但探究活动本身会使信念逼近真理。与传统"符合论"意义上的真理观不同，海德格尔之"真理"不是"正确性"意义上的真理，而是"存在之真理"，亦即海德格尔所提出的"敞开"的概念。在希腊语中，"敞开"这一概念被表达为"aletheia"，这个词的正确翻译就是"真理"。海德格尔坚持认为，翻译为"无蔽"更为合适，不仅更符合字面意思，而且更有利于深思真理的本质。只有我们向事物保持敞开状态，我们才能正确地言说事物。只有以为我们是自由的时，我们才能够在陈述中向真实的表象事物保持敞开。因此，"真理就是自由"。自由就是选择自身隐退，以让存在者存在，让它是它自身。

韩东没有认真、详细地阐释过他所说的"真理"究为何物，但从他对"真理与写作"的一次次表述中，准确说从各次表述所产生的渐变中可以窥见，韩东所言"真理"，更接近皮尔士意义上的"无限趋近"。但在"诗到语言为止"与"诗与真理的关系"

的内在逻辑上，韩东的真理观更接近海德格尔。“到语言为止”即诗在抵达真理之境时，语言仍如其所是，自行存在。它真正处在“敞开域”中，如韩东所言的“稀薄”，像“光”一样。诗到语言为止，语言到澄明为止，澄明即无蔽，即真理。海德格尔认为，一切艺术本质上皆是诗，诗不等于文学，而是形而上的，与真理发生着关系。真理，作为存在者的澄明之所和遮蔽的斗争，发生于创作中，就如诗人作诗。如果这个逻辑关系能够成立，二者的结合，便是“诗到真理为止”。韩东不止一次谈及，“我的野心很简单，就是服从真理，做它的奴隶”。正是因为由“诗”入“思”，在“求真”的观念下来思虑诗，“语言”必然被作为最终之物来思考。这也正符合海德格尔诗学的内涵：艺术是无蔽的真理显明的一种方式，诗是危机的拯救者，而语言则是存在者的家。

然而对一个诗人来说，无论观念多么清晰诱人，都无法为一首具体的诗出生助产。具体的写作行为永远是惚兮恍兮、神秘而矛盾百出的。考察韩东的诗作可以看出，无论“诗到语言为止”，还是“写作与真理的关系”，具体到每一首诗作，都很难说已达到“真理之境”。哪一首诗“到语言为止”了呢？又有哪一首诗准确揭示了“写作与真理的关系”？也很难具体指出。这种理想与实践之间的矛盾让人印象深刻。但有一点是清晰的，那就是韩东的整体追求，他的姿态，是朝向“真理”的。既然“诗到语言为止”，那么“诗言志”、“文以载道”这些传统的美学原则被冷落一旁就是一个再自然不过的结果了。韩东的确很少“言志”，他的诗强调“客观”，强调语言的自然呈现，对于大地、世界、自然、故乡等等，他都涉及不多。他也基本不载那个传统的“道”，这和罗兰·巴特所言的“白色写作”都有相似性。因此他的诗偏冷，偏静，体温偏低，连做爱都写得像一幅静物画。“严酷的思想产生于寒冷的季节/平静的水面凝成自我的坚冰”（《美好的日子》），“当乙系好鞋带起立，流下了本属于甲的精液”（《甲乙》），典型的韩东风格。虽然偏冷，但他又不是一种典型的语言本体论意义上的“零度写作”或曰“中性写作”，因为他还有一种信仰的热度。他志在“写作与真理的关系”。在求真与求善的问题上，他偏重了前者。

6

相对于韩东，于坚的诗更有体温和烟火气，更加入世。老于一直是贴着“先锋”的标签被主流诗坛接受的。直到20世纪末，一个早已熟透的中年诗人还被称作“青年先锋诗人”，这让人情何以堪？我们这里缺少一种老年诗人的典型形象，多的是早夭的才子、激烈的反叛者和先锋派，却没有一个清明澄澈、老而弥坚、“老来诗篇浑漫与”的老年诗人形象。真正伟大的诗人，是可以贯穿一生的。当现代汉语诗歌有了它的老年形象，才算有了一个完整的传统。一个诗人，要像杜甫那样完成自己一生的形象，是很难的。章太炎曾说，李翱后来师事药山，韩愈后来师事大癫，都是晚年落魄意气颓唐之举。很多诗人，一过中年，便无足观，大概也是在精神上没有挺住吧。老于后来越来越属意传统和文化，决意“中年变法”，既是一种文化自觉，也是人生历练的自然反应。人过中年，已将人生的巨石推到山顶，幻灭感和焦虑感便会油然而生。这个时刻，挺住的确意味着一切。稍有颓唐，人生的巨石便会滚下山去。艺术作为一种自救的良药，其疗效完全在于甘苦自知，挺不住的概率极高。21 世纪以来，老于开始有意识地亲近传统文化的源头活水，并声称“先锋也可以是后退”。后退，就是要摒弃弥漫于 20 世纪的革命思维，回到常识和中道上来。轻言传统是很危险的，尤其是在这种全球化的时代，传统往往意味着一双民族主义的小脚。老于有一种“气吞山河”的气势，他试图将中与西、传统与现代吞到胃里强行消化。这很容易导致一种风格上的消化不良症，满嘴的腐臭真比青春痘还让人难堪。看看那些浑身雕饰着传统意象的嗜古患者，就不难明白。章太炎曾论韩柳：韩才气大，我们没见他的雕琢气；柳才气小，就不能掩饰。老于的确有很强的消化能力，愣是六经注我，别开生面。加之他多变的题材和风格，这条路让他走活了。

老于推崇常识和经验，贬斥抽象的口号。“别说得那么抽象吧/永恒具体得很/不必去瞻仰浩瀚星空/就数数脚下的沙子/捧一把置于掌心　叹口气 /沾些口水　一粒接着一粒请点数　哲人”（《便条集·在沙漠与绿洲之间 6》）。对日常生活世界的亲近，与自然和家国情怀的融合，使他保持了很好的常识感。他是他那一代诗人里尚未泯灭纯洁之心的少有的诗人之一。在知识来源上，老于有一种重返古典轴心的雄心。他热爱古代文化，尤其是作为源头活水的诸子群经。最近这些年来，“为天地立心”越发成为他念兹在兹的文化理念。这使他的诗歌经验越发驳杂起来。他有时会动用日常生活的经验，观察日常世界：“妈妈老啦/这一辈子她织过无数毛衣/有些合我的身段/有些被异乡人穿走”（《妈妈老啦》）；有时又会用一种旷古的眼光来打量世界：“他来自傲慢的大陆/五千年的历史足以令他在掏出护照时/慢条斯理　庇护者河流纵横/高原上埋着陶罐　有些花纹的含义至今未破/落日下的平原也是金黄的/巴比松画派从未调出过这种色”(《入境遭遇》)；有时他在低处，从大海里捞盐；有时又在高原：“高于大地　领导亚细亚之灰/披着袍　苍茫的国王站在西双版纳和老挝边缘”（《大象》）。老于是将几种视角有效地综合在自己身上，让他的诗作变得不古不俗，不偏不倚。如果一个诗人仅用一种视角来写诗，则很容易陷入自我的窠臼里出不来，在自我营造的风格里孤芳自赏，不再接纳异质的东西。一旦如此，他也就故步自封，难以为继了。

新时期以来，汉语诗歌基本上是一种亦步亦趋的学步状态，好像一步跟不上就步步跟不上。这种“进步”心态就是“没有最新，只有更新”，不是最新的，肯定就不是最好的或最高级的。所谓“新诗—现代诗—当代诗”的阶梯式划分，大概就是这么来的。求新求变带来的副作用大概就是立足不稳，空心化，游戏化。写作不是立其诚，而是哗众取宠了。面对“被先锋耗尽的诗歌”，老于采取的策略是：不跟了。他的“后退”姿态大概就是这么来的。他想去求取那种最根本的东西——“道”，并试图在日常世界中“道成肉身”。这个“道”，与历次“文艺复兴”冲动所求取的那个东西差不多，并未偏离我们传统的“道统”。表现在风格上，虽有别于传统诗教的“温柔敦厚”，但也接近于“中道”。广大，中正，不偏不倚。“正声何微茫，哀怨起骚人”，求其正声，这大概就是老于的理想境界吧。

从个人性情上说，老于其实是三分杜，七分李。他诗歌中飞扬的部分，也就是浪漫主义的东西更多一些。他虽自称“像俗人一样生活”，却要求“像上帝一样思考”；他明知“识时务者为俊杰”，却经常“仰天大笑出门去”；他可以写到尘埃里，但调子永远起得很高；他时常会在一些很具体的事物上入神，却又会在世俗生活中神不守舍。他一方面强调汉语诗歌的“汉语性”，试图保持一种客观、清明、冷静的风格，一方面又对那种原始的、神秘的、粗野的东西充满好奇，在日神与酒神之间徘徊不已。保守主义者往往对浪漫主义——无论是革命浪漫主义还是青春浪漫主义——都无好感，而且充满芥蒂。在某种程度上，飞扬的浪漫主义就是对“中道”的偏离。如果严守“子不语怪力乱神”的传统诗教，对浪漫主义的排斥是很自然的。强调秩序、自我克制和纪律的老歌德就从未对浪漫主义施以援手，在他生命的最后时刻还说：“浪漫主义是病态的，古典主义是健康的。”即便如此，歌德依然被视为浪漫主义的父执，因为他的《威廉·迈斯特》。老于也在将他性情中的浪漫主义和他文化心态上的古典主义做一种有效的中和。事实上，保守主义与浪漫主义并无矛盾。保守主义者保守那些传统中普世的、恒久的、有价值的东西，尤其是个人自由；浪漫主义的最终结局也是自由主义，是宽容，是行为得体以及对于不完美生活的体谅，是理性的自我理解的一定程度的增强。在此意义上，二者又殊途同归于自由主义。

7

与于、韩二人相比，西川是一位风格更为驳杂、品味更为独特的诗人。韩东说西川是他们那一代的"集大成者"，无论意识、观念、手艺还是行为，西川都当得起这一评价。他是一位"现象级"的诗人，总能给人带来意外和阅读期待，但又很难用一个什么样的概念来概括他，他本质上是反规范、反对被归纳的。我曾在一篇评论（《如何证明你写的诗是诗——反讽，理解西川的一条路径》）中从"品味"的角度讨论过西川的诗。因为在借助批判的、灾异的、否定的现代性工具攻克传统的固有堡垒后，完成现代转型的当代诗歌也正在遭受怀疑论的返身攻击。如何来判断一首诗的优劣？除了神秘的行业/江湖规则，一个诗人如何自证其价值？如何证明你写的诗是诗？仿佛一切都无法自证了，传统的基础消失了。面对一首诗，读者们不再是将自己置身其中，全情地投入进去，以期获得精神的愉悦和灵魂的满足，而是置身其外，将其放入某个批评框架中去面对它，质疑它，评判它。读者不是变得更聪明了，更挑剔了，而是开始向诗人要求分权了。他在欣赏一部作品时，首先想到的是，如果我是这部作品的作者会如何如何。但他又无法真正与作品合二为一，他无法真正参与创造，也就无法分享其荣光。正如康德所言，艺术作品正是那些"你全面了解之后还是无法做到"的东西。于是唯有撤身出来，将其异己化，站在一个评判者的位置上去审视它。"对现代人来说，艺术作品不再是神性具体的显现，既不会引发心灵的狂喜，也不会带来灵魂的震颤。艺术品只是提供了一个特殊的场合，供他实践他的批评趣味。这一有关艺术的判断就算并不比艺术本身更有价值，也至少满足了一种同等重要的需求。"（阿甘本《没有内容的人》）这也正应了洛特雷阿蒙的那句话："对诗歌的判断比诗歌本身更有价值。"当一个读者撤出作品本身去评判它时，一种否定的审美趣味就会启用，批评就变成了一种"精妙复杂的否定神学"（阿甘本语）。他的参与感愈强烈，作品对他的排斥感就愈强。他越是试图用自己的眼光、趣味包围作品，作品越远离他。我们已经迷失在一种疯狂的相对性中，一个诗人，在读者甲眼中堪称大师，在读者乙看来也许一钱不值。这其中的差异端赖评判者笼罩在神秘直观中的艺术品味，以及如布鲁姆所言的，那些不可期的未来的陌生者的"仁心善意"。

西川是个愿意与读者在"品味"上一较短长的诗人。"品味"（taste）原是用来辨别食物的好坏的，与每个人的味蕾有关，其本身即是一个过于个人化的模糊概念，但它却被作为一个审美判断的标准在使用。诗人不是厨子，他不会单纯作为生产者的角色接受众食客的评判。有时他还会故意忤逆读者的口味，以宣示主体的自由和主权。品味的诞生不同于传统的教养文化，纯粹的教养文化教会读者从作品里发现“作为他者的自己”，而品味文化则造成了一种断裂：他与作者不再是一种共谋关系，而是竞争关系。他不再是追求简单的欣赏、享受与摄取，而是评判。诗人不会甘于做一个被评判者，当他发现面对挑剔的品味无论如何都无法做一个完美的教化者时，他会转而“主张自由意志的艺术原理”，让它“高高盘旋于内容之上”，甚至不惜做一个“没有内容的人”（阿甘本语）。阿甘本说：“面对趣味越来越精巧，存在感却越来越稀薄的观众，艺术家则慢慢移向越来越自由而稀薄的大气层，这场远行将使他们脱离社会活生生的肌体组织，进入美学这块极北的无人地带。”西川会有意识地背叛大多数读者，进而挑战那“无限的少数人”。这种较量或挑衅带来的结果往往是诗人将众所周知的“好品味”引入一种人迹罕至的“坏品味”境地。“正如知性越过某条界线以后，反过来需要愚蠢一样，我们似乎也可以说，好品味超出一定程度以后，就再也无法离开坏品味的支撑。”阿甘本认为好品味这种倒向自身对立面的神秘倾向是一种“好品味天生就带有的倾向”，我觉得更像是一种有意识的对斥。诗人通常不希望被人看透，更不希望在品味上与平庸的读者一致，但他喜欢在误读的意义上寻找知音。西川后来几乎是在恶狠狠地、充满快感地写一种“不像诗的诗”，一种有意为之的“坏品味”。他有时甚至有一种调戏读者的快意，而对他充满期待的读者也通常能从他的调戏中获取一种被虐的快感。在与读者对斥共舞的过程中，他也将一种高寒的个人品味建立起来。

兰波在《地狱一季》里对“坏品味”有一个纲领式的宣言：

> 我喜欢愚蠢的画、门上的镶板、舞台上的布景、街头艺人的招牌、旅馆广告牌、低俗插花，过时的文学、教堂的拉丁语、满篇错别字的黄色小说、奶奶们喜欢的文学书、童话、儿童读物、老歌剧、弱智歌曲和粗糙的旋律。

这个“坏品味”清单与西川的资料库有诸多重合之处，如在《潘家园旧货市场玄思录》一诗里，就储存着他的大量“坏品味”道具（尤其是诗中的黑体字部分，差不多是诗人的炫耀式展览）。市井、玄学、谶纬、碎片、寓言、梦境、伪历史、假道学……他以精湛的手艺、貌似严谨的逻辑和蒙太奇式的只言片语，将这些旁门左道组织成一首首充满顿悟与格言的诗。要想将这些充满自毁倾向的“坏品味”意象变得俯首帖耳，形成一种新型的充满挑战风格的“好品味”，不得不佩服西川有一种强大的吸收、综合与平衡能力。比如他貌似格言的思辨与反诘，他的思辨往往以反诘结束，并用自我反诘让一个貌似无理的逻辑在他自身那里打个死结，让你很难找到他的把柄或漏洞；他语言的滑动与絮叨，虽体量巨大、填充物庞杂、风格杂烩交响，整首诗却能在貌似絮叨与饶舌中一气呵成；还有他如词语接龙般的“假逻辑”、“拟格言”（一句格言，如果倒过来说也成立，就是假格言）。这些修辞策略不仅貌似谦卑地挑战着诗歌的文体边界，更以此建立起一种朝向虚无的、以其自身为对象的却又让自己立于不败之地的反讽风格。说西川是一位风格的大师，也不为过，他处理自身的混乱并将之上升为一种完美形式的能力超强。

理查德·罗蒂认为，一个反讽主义者，就是通过不断的再描述，来尽可能地创造那个最佳自我的人。反讽主义者总是不停地将他继承而来的语汇与他自己创造的终极语汇加以对照，非如此就“无法活下去”。反讽意味着艺术必须成为其自身的对象，用罗蒂的话说，反讽主义者“必须有东西来加以怀疑，必须有东西让他疏离”（罗蒂《偶然、反讽与团结》）。西川甚至有一种跳出诗歌之外来写诗的雄心，以便让自己看着自己写作，成为自己的“异己者”。而他的反讽策略就是一边建立一个常识（反讽的反面），一边再滑向其对立面，并与其自身玩自我解体的游戏。通过这样的自我否定与无止境的多重分裂，诗人主体像泥鳅一样滑脱了。读西川的诗，能真确地感受到，他写出了很多格言警句，读者却无法从他那里得到多少道德教诲，也无法把握其意识的本质；他诗里的柴米油盐、人间烟火是呈漂浮状的，他的目的不是提供教诲，而是通过再描述来重新安排这些习见的微不足道的日常事物。很难从一个反讽主义者的再描述中找到具有真正严肃性的肯定的意义。反讽主义者拥有无限的否定潜能，并通过这种无尽的分裂试图提升他自己。反讽主义者也不认为存在一个客观的真理或意义，真理不是“在那里”的，而是被创造的。当客观现实变成反讽主义者新风格、新隐喻的牺牲品，诗歌与现实世界的联系变得越来越不牢固，越来越虚无。诗歌不再提供真理或意义，只提供风格/品味。“再描述”本身并非发现事物本质的工具，而是创造一种新的语汇、新的隐喻。一个反讽主义者留下的往往是一种新的再描述风格（品味），以及一堆属于他自己的终极语汇。这也符合柯尔律治为所有伟大的原创性诗人所提的建议：创造自己的品味。一个反讽主义者的完美人生，就是在他人生就要结束的时候，他确切地知道——“至少他的最后一个终极语汇扎扎实实是他自己的”（罗蒂语）。

8

我在上文中以韩东、于坚、西川为例，分别从语言、文化与风格方面谈了汉语诗歌的一些特点。相较于 20 世纪 80 年代汉语诗歌最热闹的时期，当下的诗歌创作路向更多元，成熟度也更高，既有像多多这样向生存的幽暗与语言的断裂处去探险的强力诗人，也有黄灿然那种朝向信仰与日常的质朴的修行，在年轻一代诗人里既有在形而下的、道德挑衅意义上的反叛，也有朝向神性的或修辞本体意义上的探索。从外部环境看，长期以来，先锋诗歌差不多形成了一个封闭的场域，外人难以置喙，但内部却热闹非凡。汉语诗歌安于内部的创造，也许正适得其所。但过于封闭的场域，也会阻碍创造的视野，并在其内部形成一种窒息的氛围。这种现状也造成了一种尴尬的诗歌生态：大众的诗歌教养激发了诗人的孤立与骄傲，加重了诗人存在的幽暗性，而诗人在迎拒之间又激怒了受众。尤其是在这样一个充满匿名性、娱乐特征的自媒体时代，大众的审判往往会演变成一种集体性狂欢。如对“乌青体”的炒作就是一例。乌青是个机智认真的诗人，从当代艺术的角度来观察，他将写作行为化，写作与行为已融为一个作品的整体，这个新的整体充满了游戏的异质性、去合法性和表演性，以及必不可少的一点自恋。习惯了“经典文本”的读者只会朝他的“白云很白”吐口水，殊不知他们的口水也参与了这场表演。

“乌青体”的理论信靠来自“废话诗”，而“废话诗”更接近于海德格尔意义上的语言诗学。“废话诗”的提出者杨黎在与韩东争论时曾提出“诗从语言开始”，其实“诗到语言为止”和“诗从语言开始”在根本上差别不大，甚至可以说殊途同归。“为止”即到达澄明之境，到达即呈现，“诗”也才真正开始。这也正符合海德格尔诗学的内涵：艺术是无蔽的真理显明的一种方式，诗是危机的拯救者，而语言则是存在者的家。以海德格尔的观念来看，“废话诗”之所以成立，恰在于它不是废话，它有所道说，且非常准确。它有所发现，发现一种真实，真实到一种“有”和“存在”的程度，如禅家所谓“本来面目”。它需要我们将知识放在一旁，以未经世事“污染”的清净心态观物，呈现事物的清纯、明净、神秘面目。因此，它和智慧有关，而不仅仅是轻飘飘的语感。它基本上不属于语言天才的范畴，而是属于心灵的，以及与此有关的眼睛——观察。很多以“废话”写诗的人，大多写成了一个调调，任凭语言的滑动，内里的确是个“无”。汉语确有它的神秘性，会自动带来一些“诗意”的东西，但那是很初级的，它可能会召唤出一个神秘之境，但是天使还是魔鬼，则全凭天意。

这些年来，我们经常在一些相对性的话题上绝对化，而又在一些常识性的问题上相对化。我们的诗歌话题普遍不够高级，还经常在一些假问题上争论不休。比如一个争议较大的话题是诗与现实的关系，诗是否该介入现实。这本不该成为问题，或这是一个本不该在诗的当代背景中存在的话题。诗与现实该有多近或多远，在很多具体的诗人那里早已解决，可以很近，也可以很远。因为新诗在集体主义时代多年的“紧跟时代”的恶名，诗歌的“现实主义”在一些诗人眼里几成禁忌，对“时事入诗”戒备有加。而另一些入世情切的诗人，凭着诗人的良知，对诗在特殊时代背景下的凌空蹈虚感到忧虑，对诗在后现代语境里的多元性、碎片化、不确定性充满疑虑，因此更接近诗的“现实性”。如诗人王家新，一直满怀知识分子“持志如心痛”般的责任感，并以其全副怀抱，创造了自己热情、耿介、沉郁的“介入者”的诗人形象。在汉语新诗里，多少语言的泡沫破灭了，但王家新却以其“诚”与“实”而立。诗人柏桦以其江南的柔软与温润著称，如他笔下“望气的人”。他后来写了一部名曰《史记：1950—1976》

的诗，完全是以一种直白的、原生态的甚至是非诗化的方式原汁原味地重现历史现场，完全颠覆了自己的原初美学。由史入诗，确是难的，虚实转圜，最需功力。但也不必把“现实”看得过于拘谨。《论无边的现实主义》一书的作者罗杰·加洛蒂认为，根本就没有非现实主义的艺术，因为任何艺术都参照在它之外并独立于它的现实。每一件伟大的艺术品都有助于我们觉察到现实的一些新尺度，都必然是现实主义的。他原意是为现代主义辩护，从而也扩大了传统现实主义的边界。再比如口语与书面语的问题，用布朗肖的观念，口语根本就不是诗。诗人余怒就通过“变形记”的方式，将日常语言的可沟通性完全摒弃，他诗中的歧义、混沌、荒谬、悖论，虽没有明确指向一个“现实存在”，更多是一种无言和谵语，而这种无言却指向一种更本真的“言说”，类似于乔治·斯坦纳所说的“沉默”。诗人李亚伟则像个语言的纵欲主义者，语言在他手里就像酒，写诗像是喝高了。他是个典型的浪漫主义诗人，偶一落笔，人便现形，和余怒恰成对比。一个写诗像是喝高了，一个写诗像是夜游症；一个诗篇以银河系为界，在群星间不停地穿梭；一个仿佛从不走出家门。

前两年，我在微博上读到一位叫“@走饭”的一些语录。她是一位 90 后女大学生，抑郁症患者，前两年在自己的宿舍里自杀了。走前留下一句话：“我有抑郁症，所以就去死一死，没什么重要的原因，大家不必在意我的离开。拜拜啦。”像是去赴一场约会，语气轻松。一年多来，她在自己的微博上写下了上千条类似这样的语录，关于她的生活，关于心情，以及一些莫名其妙的感想。她似乎与我们生活在一个不同的世界里，一直作为一个“他者”而存在。因此她看到了、说出了许多我们司空见惯却又视而不见的真相。她走后，这些文字开始在很多诗人间流传，她也被很多人追认为“诗人”。我猜想“@走饭”可能不屑于这个名头，她在无意中记下的这些文字，大概就是其极限生存体验的真实记录，却在无意间走上了诗意的通道。“@走饭”的这些文字，时常让我想起卡夫卡的箴言集，二者都具有奇异的诗性。至少在对文字的创造性上，在对真相的发现上，以及写作主体的出神以至疯狂的状态上，它们天然就是诗的。

福柯曾在其《疯癫与文明》一书中，为“疯子们”做过一次有力的辩护。他说这种疯癫的极限体验应被视作一种方法，借助它可望重新找到一条进路，来探索人的被幽闭的狄俄尼索斯要素；倘若疯子们的冲动因受到囚禁和训诫而被逐入内心，同时产生一种新的、自杀的冲动，那也不是此人的错。他认为人的肉身是一种本质上无定性的冲动和活力流，因此，有必要用肉体、用肉体的各个要素——它的面积、体积、浓度，创造一种无训诫的生活。不要怕——不要怕活着，也不要怕死亡，你所要干的就是去希冀、去创造、去超越。而自由的顶点，就是一个人的死亡，被福柯视作“抒情的顶点”。“在萨德和戈雅之后，而且从他们开始，非理性就一直属于现代世界任何艺术作品中的决定性因素。”

布朗肖则更进一步，他在一种绝对的意义上将诗与死亡连通。“谁能把握住死亡，谁就能高度地把握自己”，而艺术就是对最崇高时刻的一种把握。布朗肖说，要写出一句诗，必须穷尽生命。但仅此还不够，因为诗歌要求诗人，要写出一句诗，还必须穷尽艺术，必须“在艺术追求中穷尽其生命”。这是一种危险，也是一次机会，因为当诗人操持着语言到达“抒情的顶点”时，发现并没有来到一个以他自己为中心的安全地带，而是来到了一个悬崖边上。在这里，诸神不在了，只有死神在徘徊；回到源头的希望也破灭了，人的主体结构坍塌了，欲望（包括死亡的欲望）的解放成为一种新的生产源泉，而这也成为新的曙光乍现的时刻，诗，就在此时生成。这是一个残酷的悖论。卡夫卡曾多次表达过他对死亡与写作之间关系的感受：“我远离人群不是为了生活在平静中，而是为了在平静中死去。”“我写的最佳作品正是以这种能够心满意足地死去的能力为基础的。”远离人群是为了写作，写作是为了能够平静地死去，只有平静地死去才能开始真正的写作，于是，满意的死亡与作品之间互为酬答。

在对诗歌的探险中，越是接近光源，越有一种临渊的眩晕。而伟大的诗人是不顾自我的，总是将自己置于一个开放的、危险的境地。布朗肖说，接近真正的“文学空间”就是进入一种极端处境，就会遭遇“诸神的不在场”，“生活在这种不在场的深处，并为这不在场负责，担当其风险，承受其厚意”。但这种风险是如此之大，以至很少有人能够不临渊战战。荷尔德林在接近诗的光源时也几乎像死了一样，直呼：“我是木头，我是石头！”试图躲进自我的洞穴里的卡夫卡也说："我无能力思考、观察、回忆、说话、参与到其他人的生活里去，这种无能变得与日俱增；我变成石头……要是不躲进工作里，我就完了。"连兰波这样的天才也在最后摒弃了诗歌的厚意，决定不再回到诗歌中来。而马拉美则说，钻研诗歌使其遭遇两个令他绝望的深渊，一是虚无，即上帝的不在场，另一个则是他自己的死。或者彻底的虚无，或者死，将写作与死亡联系起来，是一种自然的归宿，因为在一个没有上帝的有限性的世界里，文学与死亡一样面临着一个真实又不可接近的临界点。死亡规定着我们的界限，但死亡又从来没有一个确定的时刻与我们发生真实的关系，这和文学的空间何其相似。"只要我活着，我就是必死者，然而，当我死去，停止作为一个人，这也同时停止会死，我不再具备一个死去的资格，而死亡的张扬使我恐惧，因为我已明白何谓死亡：再无死亡，而是死去的不可能性。"（布朗肖语）试着将"死亡"置换为"诗"，当我靠近它，它已变幻；当我写下它，它已不是；当我进入它，它已将我推离/抛弃。还有一个更为具体的危险，就存在于写作者握笔的一刻，那是诗人在面对一张白纸时无法掌控的一刻：一行诗写下来，它后面的进展几乎无法掌控，仿佛是语言在自动呼唤出语言，神灵在掌控着笔尖。"这种推进活动如此艰难又充满危险，以至任何的作家和艺术家每次完成它而未遭灭顶之灾时，都会惊叹不已。"布朗肖不但没有给出救命的稻草，反而在背后又推了一把："钻研诗歌者应当抛开一切偶像，应当同一切决裂，应当不把真实作视野，把前途视为逗留之地，因为他没有丝毫期望的权利：相反，他应当绝望。钻研诗歌者亡，遭遇死亡如深渊。”

我们很多诗人都在期待到达自己抒情的顶点，也有不少“遭遇死亡如深渊”的诗人。朝向过去与未来、朝向死亡与深渊的道路都已挤满了人，包括新保守主义者对传统与现代性的温婉眷恋，以及一直待在“语言的牢房里”（尼采语）的抒情主义者。我们确乎已来到了一个多元的、虚无的、疯狂的相对性中，来到了一个伊哈布·哈桑所言的道德即兴表演的、精神杂乱拼凑的后现代语境中，一个在尼采口中预言了一个世纪的虚无主义时代。此时回望诗歌的光源，我们还是会忍不住念叨：我们还能回到过去吗？还能回到诸神的怀抱吗？还能回到海德格尔的“在”与“存在”中去吗？也就是说，我们还能重新回到语言与人类的亲密关系中去吗？“谁知道呢？”借用利奥塔的呢喃，“总有一天我们将生活在存在中，人们将活在他的故事里，就像太阳系中的群星在银河中徜徉那样。”

【本文在燕山大学、天津商业大学演讲稿基础上修改而成】

2014 年 10 月初稿

2015 年 11 月修改

如何证明你写的诗是诗

——反讽，理解西川的一条路径

某年冬季，在北京今日美术馆的一个活动上，我正在远处的咖啡座与朋友聊天，突然从朗诵现场传来一阵痛快淋漓的京骂，赶过去一看，是西川在朗诵他的《轶事（之一）》：

> 你他妈什么意思呀？你丫把我当他妈什么人啦！我像个小偷吗？我×你妈！我这眼镜是小偷戴的吗？我这手腕上的战国鸡骨白玉手串是你妈小偷戴的吗？你丫瞎了眼了我×你妈的傻×！管他妈闲事你也瞅准了再说！×！什么女人哪！……

以西川浑厚的京腔京调，佐之以专业的音响系统，一种在市井小民间才得一闻的捶床村骂，被措置到挂满当代艺术品的高雅空间，其震惊效果应该不言而喻。然而现场听众（大多是受邀而来的诗人、艺术家）除了报之以即刻的热烈回应，并没有人觉得受到了冒犯。仿佛是大家在共同参与一项表演，剧情已了然于心，掌声是唯一合适的道具。每个人都成了演员，舞台是一个封闭的空间，但每个演员的心目中又都有自己想象的观众，只是那些观众是缺席的。只有那些缺席的观众才能营造真正的震惊效果，但演员们既邀请又拒斥观众——演员想要得到的并非一种震惊效果，因为“震惊”只是作品的背景效果，因此，他们就虚拟一个观众，与他们一起在内心完成一次表演。

西川并非那种表演性很强的诗人（请中性地理解“表演”这个词，表演的意思是：一个艺术家/诗人如何处理他本人与他的作品之间的关系），相对于那些将自己的私密生活暴露于观众面前，并以一种大于作品的表演性风格向观众发出邀请的诗人，西川是那种将私密与公开、邀约与拒斥结合得非常好的诗人。他幽默风趣，有一种文本的亲和力。但他又通过一种隐秘的身份/智力的精英化、非民主化，将自己与读者设置在一个相对安全的距离上。他的身份设置也很微妙，既处身当代艺术的核心圈，又谦恭而谨慎地将其设置为一种光晕，只以诗人面目呈现，仿佛在用一种非常复杂的方式化繁为简。在被“先锋”唤醒并带来诸多怀疑姿态的当代诗中，他又以其睥睨式的、全球化的宽阔视野以及智性的光辉和工匠式的精湛手艺，为遭到怀疑的当代诗带来庆祝时刻。他是一位“现象级”的诗人，总能给人带来意外和阅读期待，但又很难用一个什么样的概念来概括他，他本质上是反规范、反对被归纳的。这也是他一直吸引我的原因——他魅力独具，充满挑战，值得信赖。

在借助批判的、灾异的、否定的现代性工具攻克传统的固有堡垒后，完成现代转型的当代诗歌也正在遭受怀疑论的返身攻击。如何来判断一首诗的优劣？除了神秘的行业/江湖规则，一个诗人如何自证其价值？如何证明你写的诗是诗？仿佛一切都无法自证了，传统的基础消失了，诗歌甚至连艺术领域的可交换性价值（以金钱获取身份）都不具备。面对一首诗，读者们不再是将自己置身其中，全情地投入进去，以期获得精神的愉悦和灵魂的满足，而是置身其外，将其放入某个批评框架中去面对它，质疑它，评判它。读者不是变得更聪明了，更挑剔了，而是开始向诗人要求分权了。他在欣赏一部作品时，首先想到的是，如果我是这部作品的作者会如何如何。但他又无法真正与作品合二为一，他无法真正参与创造，也就无法分享其荣光。正如康德所言，艺术作品正是那些“你全面了解之后还是无法做到”的东西。于是唯有撤身出来，将其异己化，站在一个评判者的位置上去审视它。“对现代人来说，艺术作品不再是神性具体的显现，既不会引发心灵的狂喜，也不会带来灵魂的震颤。艺术品只是提供了一个特殊的场合，供他实践他的批评趣味。这一有关艺术的判断就算并不比艺术本身更有价值，也至少满足了一种同等重要的需求。”（阿甘本《没有内容的人》）这也正应了洛特雷阿蒙的那句话：“对诗歌的判断比诗歌本身更有价值。”当一个读者撤出作品本身去评判它时，一种否定的审美趣味就会启用，批评就变成了一种“精妙复杂的否定神学”（阿甘本语）。他的参与感愈强烈，作品对他的排斥感就愈强。他越是试图用自己的眼光、趣味包围作品，作品越远离他。一个诗人，在读者甲眼中堪称大师，在读者乙看来也许一钱不值。这其中的差异端赖评判者笼罩在神秘直观中的艺术品味，以及如布鲁姆所言的，那些不可期的未来的陌生者的“仁心善意”。

“品味”（taste），这个略显神秘的字眼，原是用来辨别食物的好坏的，与每个人的味蕾有关，其本身即是一个过于个人化的模糊概念，但它却被作为一个审美判断的标准在使用。诗人不是厨子，他不会单纯作为生产者的角色接受众食客的评判。有时他还会故意忤逆读者的口味，以宣示主体的自由和主权。在前现代艺术史上，迎合某种公众口味被认为是理所当然的，比如枢机主教朱利奥·德·美第奇（后来的教皇克莱芒七世）在西斯廷教堂天顶壁画事宜上事事插嘴，而米开朗基罗却不以为忤，还对其品味赞赏有加。品味的诞生不同于传统的教养文化，纯粹的教养文化教会读者从作品里发现“作为他者的自己”，而品味文化则造成了一种断裂：他与作者不再是一种共谋关系，而是竞争关系。他不再是追求简单的欣赏、享受与摄取，而是评判。诗人不会甘于做一个被评判者，当他发现面对挑剔的品味无论如何都无法做一个完美的教化者时，他会转而“主张自由意志的艺术原理”，让它“高高盘旋于内容之上”，甚至不惜做一个“没有内容的人”。阿甘本说：“面对趣味越来越精巧，存在感却越来越稀薄的观众，艺术家则慢慢移向越来越自由而稀薄的大气层，这场远行将使他们脱离社会活生生的肌体组织，进入美学这块极北的无人地带。”如此一来，“写什么”不再重要，重要的是让诗歌变成一种绝对自由，让它“在自身内部的深渊所造成的眩晕中衡量自身”，以避开读者基于品味之上的评判。当审美评判与自由创造分裂之后，两者也在各自的方向上寻找自身依据。前者将作品带回以“美术馆剧场”为典型隐喻的“理想空间”，后者则不断地将自身的深渊挖得更深，最终飞翔在一片空气稀薄的“纯粹艺术空间”。前者最终得到了以异化形式现身的自己，而诗人在得到自我风格的同时也成为“自己毁灭自己的神”，作品最初的统一性就被打碎了。试想，如果将西川那次“破口大骂”的朗诵移出美术馆，会是一种什么效果？

不与读者的阅读期待合作，这是西川摆脱自己广受好评的早期写作风格的手段之一。然而吊诡的是，诗人真正不愿与其合作的，是那些没品味的人，或者说那些欣赏平庸之美的人。正如奥尔特加·加塞特所说，平庸的心智尽管知道自己是平庸的，却理直气壮地要求着平庸的权利，并将其强加于自己触角所及的一切地方。但“中等才华算个屁呀”，西川暗中期待的，是那些能够找准作品里那个“美点”的人。诗人内心想要征服的，是很少一部分同行、权威或前辈的“强力诗人”，这样的人虽然挑剔，但诗人愿意与之猫与鼠般的较劲或惺惺相惜。如果不在诗人的期待之内，即便得到再多读者的认可，也不会为他带来真正的满足和自信。因此，诗人会有意识地背叛大多数读者，进而挑战那“无限的少数人”。这种较量或挑衅带来的结果往往是诗人将众所周知的“好品味”引入一种人迹罕至的“坏品味”境地。“正如知性越过某条界线以后，反过来需要愚蠢一样，我们似乎也可以说，好品味超出一定程度以后，就再也无法离开坏品味的支撑。”阿甘本认为好品味这种倒向自身对立面的神秘倾向是一种“好品味天生就带有的倾向”，我觉得更像是一种有意识的对斥。诗人通常不希望被人看透，更不希望在品味上与平庸的读者一致，但他喜欢在误读的意义上寻找知音。西川后来几乎是在恶狠狠地、充满快感地写一种“不像诗的诗”，一种有意为之的“坏品味”。他有时甚至有一种调戏读者的快意，而对他充满期待的读者也通常能从他的调戏中获取一种被虐的快感。在与读者对斥共舞的过程中，他也将一种高寒的个人品味建立起来。

兰波在《地狱一季》里对“坏品味”有一个纲领式的宣言：

> 我喜欢愚蠢的画、门上的镶板、舞台上的布景、街头艺人的招牌、旅馆广告牌、低俗插花，过时的文学、教堂的拉丁语、满篇错别字的黄色小说、奶奶们喜欢的文学书、童话、儿童读物、老歌剧、弱智歌曲和粗糙的旋律。

这个“坏品味”清单与西川的资料库有诸多重合之处，在《潘家园旧货市场玄思录》里，就储存着他的大量“坏品味”道具（尤其是诗中的黑体字部分，差不多是诗人的炫耀式展览）。市井、玄学、谶纬、碎片、寓言、梦境、伪历史、假道学……他以精湛的手艺、貌似严谨的逻辑和蒙太奇式的只言片语，将这些旁门左道组织成一首首充满顿悟与格言的诗。要想将这些充满自毁倾向的“坏品味”意象变得俯首帖耳，形成一种新型的充满挑战风格的“好品味”，不得不佩服西川有一种强大的吸收、综合与平衡能力。比如他貌似格言的思辨与反诘，他的思辨往往以反诘结束，并用自我反诘让一个貌似无理的逻辑在他自身那里打个死结，让你很难找到他的把柄或漏洞；他语言的滑动与絮叨，如滑板鞋“摩擦摩擦似魔鬼的步伐”，虽体量巨大、填充物庞杂、风格杂烩交响，整首诗却能在貌似絮叨与饶舌中一气呵成；还有他如词语接龙般的“假逻辑”、“拟格言”（一句格言，如果倒过来说也成立，就是假格言）。这些修辞策略不仅貌似谦卑地挑战着诗歌的文体边界，更以此建立起一种朝向虚无的、以其自身为对象的却又让自己立于不败之地的反讽风格。说西川是一位风格的大师，也不为过，他处理自身的混乱并将之上升为一种完美形式的能力超强。

理查德·罗蒂认为一个典型的反讽主义者一般具备三个条件：(1) 他对自己目前所使用的终极语汇——每个人都随身携带着一组语词，来为他的行动、信念和生命提供理据，来向朋友献上赞美，向敌人表达谴责，来表达自己的期望，陈述自己的人生故事，此即一个人的“终极语汇”——抱着彻底的、持续的质疑；(2) 他知道以他现有的语汇所构作出来的论证，既无法支持亦无法消除这些质疑；(3) 当他对他的处境做哲学思考时，他不认为他的语汇比其他语汇更接近实有。此时，如果他想继续表达、思考、讲述，他就必须更新自己的终极语汇，换一种方式来讲述。一个反讽主义者，就是通过不断的再描述来尽可能地创造那个最佳自我的人。反讽主义者总是不停地将他继承而来的语汇与他自己创造的终极语汇加以对照，非如此就“无法活下去”。反讽意味着艺术必须成为其自身的对象，用罗蒂的话说，反讽主义者“必须有东西来加以怀疑，必须有东西让他疏离”（罗蒂《偶然、反讽与团结》）。西川甚至有一种跳出诗歌之外来写诗的雄心，以便让自己看着自己写作，成为自己的“异己者”。而他的反讽策略就是一边建立一个常识（反讽的反面），一边再滑向其对立面，并与其自身玩自我解体的游戏。例如：

> 大江流日夜啊大江流动在我的床边这样说太夸张了
>
> 我改口
>
> 假装不俗其实很俗的趣味算个屁呀中等才华算个屁呀但已经不容易了
>
> 但算个屁呀

通过这样的自我否定与无止境的多重分裂，诗人主体像泥鳅一样滑脱了。他留下了什么？他留下了一种新的再描述风格（品味），以及一堆属于他自己的终极语汇。这也符合柯尔律治为所有伟大的原创性诗人所提的建议：创造自己的品味。一个反讽主义者的完美人生，就是在他人生就要结束的时候，他确切地知道——“至少他的最后一个终极语汇扎扎实实是他自己的”（罗蒂语）。

读西川的诗，能真确地感受到，他写出了很多格言警句，读者却无法从他那里得到多少道德教诲，也无法把握其意识的本质；他诗里的柴米油盐、人间烟火是呈漂浮状的，他的目的不是提供教诲，而是通过再描述来重新安排这些习见的微不足道的日常事物。“今天谁死啊谁晒裸照今天哪个地方的工厂会爆炸/今天哪个地方的城管要打人哪个地方的桥梁会垮塌哪个领导会被双规”，这样的句子在他的诗中只起一种调节作用，像随手撒的一把芥末，调料或节拍器而已，无涉客观现实。反讽主义者信奉一个信条：“凡是只能在入世情怀方面，而无法在风格方面提供教诲的作家，都无法获得不朽。”什么是好的风格/品味，他不信任任何人，甚至有意跟他们对着干，他要做自己的裁判。他对自己的跟风者或后辈通常态度冷淡，“祝你们好运”，因为他知道永无可能有最佳的自我，永无可能有“正确的”描绘，被跟风实属必然，当然也是枉然。但有意思的是，西川虽懒得做读者的道德顾问，他却总是能在观念和意义上呈现出智性的迷人魅力。这缘于他的博学多识，见多识广，他虽不提供完整的、连贯的意义，却能够让人得到警醒：任何整一的观念都是陷阱，不要陷入某一偏执的终极语汇里无法自拔。

很难从一个反讽主义者的再描述中找到具有真正严肃性的肯定的意义。反讽主义者拥有无限的否定潜能，并通过这种无尽的分裂试图提升他自己。反讽主义者也不认为存在一个客观的真理或意义，真理不是“在那里”的，而是被创造的。“再描述”本身并非发现事物本质的工具，而是创造一种新的语汇、新的隐喻。如果说提供意义（哲学）是“发现”的隐喻，再描述（诗）则是“自我创造”的隐喻。诗人的价值在于提供一种新的说法，而说法——一个前提共识：“世界不说话，只有我们说话”——本身即是一种本质创造。尼采有一个极端的观念：无法成为一个诗人，就等于无法成为一个人，因为他只能接受别人对自己的描述，一种绝对的无个性。

反讽主义者不注重提供普遍性观念或意义，而是注重创造个人风格，他无法忍受自己不是自我创造的完美作品。反讽主义者不仅经常在自己的作品里与自己对质，还经常跳出作品来端详它、质疑它。但作品永远无法彻底异化自身，做一个异质的他者，就像我们没有能力走出我们的语言。如此，诗人和他的作品之间就永远存在一种纠缠不清的纠葛。这种纠葛也存在于作品与现实的关系上。当客观现实变成反讽主义者新风格、新隐喻的牺牲品，诗歌与现实世界的联系就变得越来越不牢固，越来越虚无。诗歌不再提供真理或意义，只提供风格/品味，如果一种品味过于陈旧或遭到否弃（也就是罗蒂所说的隐喻的本义化），反讽主义者的反驳方式无非是更新自己的描述方式和隐喻系统。因此，不要向一个反讽主义者要求意义和本质，那无异于从单纯的形式里挖掘内容。在提供意义和对艺术本质的认识上，反讽主义者的确是乐观的虚无主义者——“面对人类，两者在命运到达极端时都体现为‘无’”。

说西川是乐观的反讽主义者，是因为他从不忧郁，他在一种繁复的反讽与自我消解中，建构起一种嬉皮笑脸的乐观。但又不同于单线条的波普方式，与本雅明所说的“忧郁的左派”也不同。左派的忧郁在于他会沉迷于所痛失之物中无法自拔，在一种“想象中的丧失”里无能挣脱。他也不卸去所承负的负担，而是自恋式地享受这一刻。当哀伤与绝望成为一种稳固的处境，就会因此而失去“当下这一刻”（本雅明语）。西川既不是哀悼，也非忧郁，而是以戏谑、悖论的方式，将泥沙俱下的对象物作为“异质的他者”，自身撤出（消解）的同时，建构起一个混沌、庞杂、充满纠结与丰富可能性的文本废墟。在整个《潘家园旧货市场玄思录》中，他几乎是在以喜剧的方式庆祝一个“物的世界”的丧失（神的消隐），与一个嘉年华般的“虚假社会”（众神隐没于笑声中）的来临：

这也是被管理的地方。广播喇叭里管理员例行公事奉劝顾客别上当。

但哪有进潘家园不上当的？

听摊贩们习惯性的赌咒发誓此起彼伏在潘家园你感觉你活在珍贵的人间。

从红河石斧到“文革”袖标，6 000 年比邻而居。

6 000 年能够比邻而居乃是由于对 6 000 年的想象能够比邻而居，

社会主义市场经济的大工地吞吐 6 000 年简直小菜

一碟。

面对只有上帝才能够恢复其完整性的破碎的世界，西川没有沉溺在那已然逝去的“物的世界”（与他相比，海子似乎更接近忧郁），而是采用一种戏拟的方式，从恋物癖般的保守主义中撤出来。而一旦撤出，面对的又将是一个逻辑四处碰壁、处处遭到怀疑的现实，虚无便成为必然的归宿。《醒在南京》干脆让自己沉入半梦半醒之间，以一种梦呓般的情景剧来对抗忧郁的沉溺，全诗结束时，他才“撩开被子下地双脚认进一次性纸拖鞋/深呼吸/站稳”。当所有形象都遭到怀疑的时候，当虚无主义的黄昏已然降临的时刻，想在清醒中站稳已是不易，诗歌又能庆祝什么？也只能庆祝其自身的风格/品味了——它是我的，我说了算，而至于黑暗的巨兽们（公众）是否喜欢，答案只在那门牙闪光或心存善意的一刻。

> 真与假，寂寞的物件。
>
> 半真半假的物件同样享受寂寞的风雨、日光和星光。
>
> 而偶见人骨和兽骨的旷野，还有大音希声的群山　乃是寂寞本身。

西川的这种“撤出”姿态，也将自己与时代的关系放入一种“断裂和瓦解”之中。这是一种恰到好处的距离，“恰恰是通过这种断裂和时代错误，他们能够比其他人更好地感知和理解自身的时代”（阿甘本语）。这也正应和了尼采对“不合时宜”者的定义。只有这种适当的撤出，才让他既不依附于时代，又保持适当的距离，从而完成“对时代的凝视”。也只有真正的“同时代人”，才能感受到那种“人骨和兽骨的旷野，还有大音希声的群山”般的大寂寞，表达出我们的根本处境。

韩东说西川是他们那一代的“集大成者”，无论意识、观念、手艺还是行为，西川都当得起这一评价。反讽主义者乐于做一个集大成者，乐于收集一切旧事物，尝试在一切旧的手法上翻新花样。他明确知道自己要什么——他的任务是使一切陈旧的事物/手法焕然一新，为此他百无禁忌，他说：“状态好时，胡说八道都是诗。”对于一个反讽主义者，状态好坏不重要，重要的是，诗人有胡说八道的权利。这不仅仅基于“品味的倒错”机制，更是一种将自己逼入死角的艺术追求。兰波为了清除自己身上的冗余，追求最极端的诗意，干脆放弃了写诗，但他的沉默和放弃行为却与他的作品一道，成为“兰波传奇”的一部分。正如布朗肖所说，兰波的名声可以分为“他写过的诗和他不曾屈尊完成的诗”两部分。西川的“胡说八道”也是他那些杰出修辞的一部分，包括天生的好品味以及那倒错的一部分。他以反讽的姿态，建立起自身对一切内容的绝对权威，就像在美术馆中破口大骂——他不仅无辜而且可爱，美术馆那充满恩宠与神秘光晕的理想空间，也为诗人赦免了一切道德坏疽。

2015. 5

素朴而感伤的灰

——吕德安油画近作观感

我在想，如何为自己的观感写下第一句话。第一句，类似于涂抹在画布上的第一笔。面对画布那种浩瀚的无命运的空，甫一落笔，某种宿命就被唤醒了。犹疑，在于对画布上那种空的敬意，在于对自我霸权的取消，谦卑。我不知道德安在涂下他的第一笔时，是否也会心存犹疑。他不是个迅疾的画家，不确定，也不会胸有成竹，不会那么有把握。他似乎对什么都不太有把握，无论是写诗、作画，还是面对人群和世界。他对一切目的性都无把握，但他相信过程本身、工作本身。因此，当他落下犹疑的第一笔之后，他会奋不顾身地投入，某种确然性遂悄然形成。我时常想起他开着自己的小车独自北上的情形。在经过多年的犹疑后，他突然决定开始一段专业画家的生涯。他驾车行驶 4 000 里，从福州到北京，带着锅碗瓢盆和决心，那种决心绝非一朝一夕所形成的，也绝非一城一池可换取的。

两年前，我去过他位于环铁艺术区的工作室，那是他来北京

作者与吕德安在其位于环铁艺术区的画室

后的第一个落脚点。计划经济时代的红房子，一束光从窄小的窗子透进来，像一座单人牢房。门前是大片的绿草地，檐上鸟雀聒噪。他很满意自己的新生活，永远随遇而安。那时他刚刚画出来北方后的第一批作品，尺幅不大的抽象画。我看到他画室的墙边堆放着厚厚一摞新定制的画框，像一堆刚刚打制的农具，就等着新麦开镰。我们就着窗口的那束光抽着烟，闲聊着。我记得我还曾建议他先画点小幅人物肖像，以解决生计。他看着房门前忙碌的麻雀，若有所动，但终究没有涂下那一笔。

在当下，画抽象作品总显得危险而不合时宜。瓦釜雷鸣的时代，人们对真正的天才也会投去怀疑的目光。如果主动去迁就某些东西，得到的回报总是很及时。如雷诺阿所言，艺术要么会使你变成一个天使，要么会让你变成一个娼妓。德安不会自矜到主动站在天使一边，他不会非此即彼地做选择，而是完全回到个人"意识性的存在"，独自与世界对话。当一个画家一意孤行到仅仅诚实于自己的信念，那些怀疑的目光大概也忍不住要尊敬他了，因为这种信任就来源于那种一意孤行的诚实。

在德安的画作前，作为一个观者，如他所言，让我们重新回到"看"，既是单纯的，也是幸福的。仅仅诚实于自己的眼睛，不要跟任何的风格、流派、主义较劲，感动总是油然而生。我太喜欢他这批作品了，充满灵感与神秘的《光的缝隙》，深沉、真挚的《向保罗·策兰致敬》，开阔、恢弘的《隐秘的大地》，拙朴而虔诚的《石头》系列，如命运般自由而深邃的《大海》系列……我想找出一个恰当的词语来概括我的观感，我能想到的只有席勒的“素朴”——这个为诚挚的天才们所命名的赞词。

素朴是这样一些人：他的灵感源出自然、世界本身，他的心性如孩子般无邪、天真，他因其内在的伟大而自成源泉，并在这个矫揉造作的世界里带领我们进入一种伟大的安宁，进入它素朴的美的中心。他可能会因其淳朴稚拙反而引人注目，也可能会因其谦逊甚至羞怯而得其所哉，但他不会主动哗众取宠，更不会胆怯。如席勒所言，每个真正的天才必定是素朴的，“他的素朴单独使他成为天才”。素朴还因其无邪的天赋而天然具有一种道德感。在这个时代，素朴往往更能照见我们的委琐和贪念，让我们倍感羞愧。

无论是尺幅小品，还是大作，德安的画面基本上都很简朴，但笔触充满灵感，每一笔都有其使命，每一个意象都暗含着命运感。他的“任意地涂抹、拉扯、覆盖、涂改”，最终总是在其心灵和手艺的双重作用下，恢复它原初的素朴质地。德安的笔下都是些简单的事物，石头、大海、光和大地，素朴者的眼睛天然地看到这些纯然的存在，就像农民面对他的土地。即便是面对复杂的事物，他也会用自己本然的天真稚拙和轻松来驭繁为简。他画面的色调绝不华丽，大多呈现一种单色调的灰——青灰、铅灰、深灰、灰白、灰蓝、五十度的灰，大海深处的灰，天空的灰，大地深邃的灰，梦境的灰，等等。他只用这一种色调看世界，而这一种就已足够。他的灰里仿佛暗藏着全部的丰富性，仿佛有光透过。

《光的缝隙》
（布面油画，100cm×80cm）

《向保罗·策兰致敬》
（油画，160cm×200cm）

德安笔下的灰不是一种纯然感性的灰，虽然他拥有素朴的可贵品质，但他最终却总能成功地将其转向一种沉思，并为我们带来莫名的感伤。席勒在区分素朴与感伤时说，素朴的诗人通过自然、个体和生动的感性来感动我们，而感伤的诗人则凭借观念和高度的精神性来对我们的心灵产生影响。素朴的诗人“是”自然，而感伤的诗人“寻找”自然。一个是活生生的现实、自然本身，一个更接近于观念。抽象作品在其表现方式上更易于表达观念、理念，而德安却反其道而行之，即便是一些高度抽象的题材，诸如《风向》、《近景与远景》、《不深也不远》之类，他也能表达得素朴天然，感人至深。素朴的天才拜天性所赐，凭纯然感性来完成自己，他感人的力量在于此，他的局限性往往也在于此。过于依凭天然与心性，依凭自然与现实，往往会为平庸松弛的现实所俘获，而感伤则易失之于“过度”。感伤开始的地方，正是素朴结束之处，二者的结合，才是对各种局限与平庸的有效疗救。德安的妙处，在于他将素朴增高了一米，带我们迈进感伤之门。

席勒倾心于素朴，但他本人却是个典型的感伤主义者。歌德在晚年谈话中说：“看到那样一个有卓越才能的人自讨苦吃，在对他无益的哲学研究方面煞费苦心，真叫人惋惜。”但有什么办法？感伤与素朴往往基于个人天性，而二者又像磁石的两极相互吸引。我知道德安拥有一批隐秘的感伤主义的倾心者，就像一只忧郁的狗更容易爱上一只灰雀。

2015. 3

枉抛心力作诗人

——萧沉诗歌读后

我和老萧同居一城二十年，相互唱和往还无数。在诗歌断代史上，他算是前辈，有他和伊蕾、王向峰等人的存在，天津这座灰色大城总算没有缺席于 80 年代那场喧嚣的诗歌运动。他是津门土著，我则一直有一种客居的心态。他眼界特高，才思敏捷，“白也诗无敌，飘然思不群”，却也能与我们这些小朋友打成一片。他树大多柯，通者多能，早年踢足球（守门），办民刊（主编），开茶馆（馆长），唱民谣（主唱），做广告（策划），练书法（专业），搞摄影（评论），宅在家（姥爷）……频繁变换着身份，但唯有诗人这件长衫，他从未舍得脱下来过。他大概是最具诗人范儿的，颀长纤弱，长发飘然，开一吉普，抱着吉他。他写最浅白的口语诗，读最古奥的经史子集，唱最反动的民谣，练最传统的书法。他偶尔说文解字，时常嬉笑怒骂，间或出入商界，唯诗放心不下。他写诗三十多年，没出过一本诗集，理由是：诗不够。这样一位诗人，该如何评价他？

老萧的诗，属于口语一派，阅读上无障碍，写作上有难度，接受上有争议。口语，就是耳朵可以直接接受的语言。白居易写诗读给老妪听，老妪不识字，只是通过“听”就可以明白。书面语则需要眼的参与，观然后思，不具有“口语”的直接性。这样的诗适合朗诵，直接作用于耳朵。我听过老萧的现场朗诵，不需要字幕，仅仅通过话筒就可以让现场观众感动。这样的诗，如果拿来读，完全可以一目十行。但要写出这十行，大概需要捻断十根须，熬干十盏灯，然后还需要碰运气。看似随意的十行，真正写坚固了，那是一个字都不能动的。口语诗难在一切皆在明处，无法修饰，直接呈现，有点像传统文人画，一笔下去，有就是有，没有就是没有，格调全出来了。中国传统诗常以气、格、韵分，得其中之一便算佳品，若能调和一二，则是上品。如太白才气纵横，因此爱使气，好在太白是有真气，才不至虚骄、浮夸；格是在字句上下功夫，老杜“晚节渐于诗律细”，是真功夫。即如拗律，李杜都犯，但李是不知，杜是故犯，李是才气性情所致，杜是功夫学力。后来的江西诗派就过了，只讲学力，“此乃震慑人，唬人”（顾随语），不肯把心坦白赤裸给人看。诗人有才而无学不成，只靠才气而无后天修养，易“贫”；用功太过也不成，容易被古人压倒，是“瘟”。诗之最高境界乃是“妙不可言”，所谓“弦外余韵”，是“先天不成，后天也不成，乃无心的，需水到渠成，瓜熟蒂落”（顾随语）。现代口语诗也可如是观之。老萧有学，因此不贫，不逞才使气，使气容易叫嚣；他看似随意，不唬人，其实字句功夫都使在暗处，不涂抹，不夸饰；口语诗最讲究“妙不可言”，“深而不奥”，难度留给自己，余韵送给读者。因此，作口语诗难。难在你要想瓜熟蒂落，就必须等待机缘，有余裕，有沉潜的功夫。酝酿就是沉下来，但又不可闲置于一旁，必须如孔子所言“造次必于是，颠沛必于是”，“造次”即匆忙之间，“颠沛”即困苦之中，“必于是”，心仍在，然后等待机缘触发。弦绷得太紧不成，但太过放松也不成。老萧说他写诗三十年，尚不足以成册，信哉斯言。

我说口语诗在接受上尚有争议，是从普通读者角度而言。汉诗诗体解放百余年，经过几代诗人的改革传承，横的移植与纵的继承，总算有了些规制，但也仅限于诗人圈的“心知肚明”，其心得很难与外人道。也因此，汉语新诗，尤其是口语诗，依然要为自己的合法性争辩。当年胡适先生倡导诗体大解放，其期许其实是“朝着一个公共方向走的”，但结果却是越来越小众，大多数读者对诗的要求依然是“像诗”。是否像诗，就是有没有诗的韵律和节奏，有没有“诗意”，“美不美”，等等。当年新旧诗体分野时，胡适是抱着“解放”的心态看待用韵的，“有韵固然好，没有韵也不妨”。章太炎讲国学，对新诗大加贬伐：“诗至清末，穷极矣。穷则变，变则通。我们在此若不向上努力，便要向下堕落。所谓向上努力就是直追汉、晋，所谓向下堕落就是近代的白话诗。”太炎先生贬白话诗，一个前提就是“有韵才是诗”。汉语诗歌即便无韵，即便不合平仄，也可做出音乐之美。古体诗无平仄，“行行重行行，与君生别离”，节律不输近体诗。事实上，现代诗并非完全无韵，只是不强求押韵；现代诗的韵律感与节奏感更多体现在分行与断句，体现在诗行间的一呼一吸、轻重缓急，体现在诗歌内部的情感变化上。

仲夏之夜
新月如钩
毛笔与钢笔握手
国学宠辱不惊
留辫子的文竹
插在青花盆里
人间词话自沉于湖
梅雨碰见油纸伞
校花嫁给了古建筑
只有峰峦还闲着
敢于闲着

（《民国纪》）

这节诗不押韵，但有韵，“钩—手—竹—湖—筑—着”，不严格，但自如。其分行断句也颇讲究，你把它连起来，就是一小段平常的话：仲夏之夜，新月如钩，毛笔与钢笔握手，国学宠辱不惊。留辫子的文竹插在青花盆里，人间词话自沉于湖，梅雨碰见油纸伞，校花嫁给了古建筑。只有峰峦还闲着，敢于闲着。但分行之后，节奏与呼吸全变，意味也随之变，说它是一阕词也大致不差。

我想买下所有的牲口
然后让它们
闲着

我想买下大海
只放一只小纸船

我想收了人类
然后让人间
空着

（《空想》）

这首小诗，仅以分行断句而言，也大有讲究。取消了分行与断句，它就是一个平常的小奇思、小幽默。也许诗人最终并无何高见，但如此转、断、分、合之后，你就被诗人牵着鼻子走了。就像听马三立说相声，铺垫了半天，挠挠。“床前明月光，疑似地上霜。举头望明月，低头思故乡。”有何高见？意思虽是小意思，但诗人一番抑扬顿挫之后，你就被推而化之了。

口语诗之真正可贵的地方，在于它的“诚与真”。汉语传统诗教有“修辞立其诚”，锡德尼的缪斯则对诗人们说“看着你的心动笔”，说的都是那个诗里的第一人称与握笔的“我”是合一的。特里林在哈佛诺顿讲座讲“诚与真”时说：“我们这里所说的真诚（sincerity）主要是指公开表示的感情和实际的感情之间的一致性。”人是多么复杂的怪物啊，帕斯卡尔在《随想录》里说：“多么怪诞、多么新奇、多么狰狞的怪物，多么混乱、多么矛盾、多么奇妙的天才！一切的审判官，愚蠢的懦夫；真理的武库，无常谬误的渊薮；世界的荣光，宇宙的渣滓。”要想“言我一致”，真是太难了。诗人们总是号称自己是“真诚”的，但读读这半个世纪来的汉语新诗，我们在贺敬之、郭小川们的诗里读到的是一个复数的、虚拟的“我”，在“朦胧诗”里读到的是一个高亢的、英雄的“我”，在“第三代”读到的是一个琐屑的、平庸的“小我”，在“知识分子写作”中读到的是晦涩的、伪饰的“我”，在“下半身”、“垃圾派”、“废话写作”中读到的是崇低的、卑贱的“我”。哪一个“我”才是真诚的“我”？郭小川们的“我”是一个集体主义的代码，一个被异化的“无我之我”。“朦胧诗”里的“我”有太多“代言”的冲动，做“英雄”的冲动，但怎么看都像一个演员。“英雄就是看上去像英雄的人，英雄是一个演员，他表演他自身的高贵感。”（特里林语）“第三代”想回复一个本真的“我”，矫枉过正之后，“我”反而被人为地缩小了。“知识分子写作”变得更加内省，但也自视太高，对黑格尔所言的“高贵意识”充满期待，一个“完美的我”毕竟缺少点真诚。新世纪则充斥着太多过于崇低的“我”、“卑贱的我”，其目的是想直视自己“黑暗的心”，更加靠近“本真的我”。这有点接近卢梭的观念：“我老是笑蒙田的那种假天真，他佯装承认自己的缺点，却小心翼翼地只给自己派上一些可爱的缺点。”卢梭在《忏悔录》里说："我呢，我一直就认为，一个人的内心不论怎样纯洁，也不会不包藏一点儿可憎的恶习。"黑格尔认为，从"高贵意识"到"卑贱意识"的运动不是退步而是进步，他说"卑贱意识"导向并且因此就是"高贵意识"。他也在此意义上肯定了"拉摩的侄儿"，认为正是这种分裂的、混乱的、异化的意识才不受外部社会权力的控制，从而获得了一定程度的自为，因此也就实现了精神的本质。赫拉克利特说得好："下降的路和上升的路是一回事。"但对自我的过分否定，往往也会导致对自我的毁灭，与真诚背道而驰。

在西方现代主义诗学里，有一种"取消自我"的论调，如"艺术家的进步是一个不断的自我牺牲的过程，是个性不断被取消的过程"（艾略特语），"讨论我作品的唯一正途是美学的视角"（纪德语）。王尔德甚至认为诗人们都需要一个面具："人在亲自说话时，他几乎不是他自己。给他一个面具，他就会跟你说实话。"当代写口语诗的汉语诗人，有些是取消个性的，比如一味崇低的诗人，潮流所向，千人一面，并无个性可言；也有些是戴着面具写作的，比如"语言"的面具、"观念"的面具。老萧既不"崇高"，也不"崇低"，而是谨守一个"中道"；他既不需要面具，当然也不会取消自我，而是用一种略带反讽的语调，呈现一个分裂的自我。他的确是分裂的，却又顽固地执着于一个单纯、清洁的自我，这让他的诗里充满了纠结、悖论、自我搏斗的痕迹。

如果幸福像花儿一样
那就让它像塑料花吧
总也不凋
虽然看上去有些假
手感有些硬
也吐不出芬芳
但只要误以为真
幸福就来了
幸福就是骗自己高兴

（《幸福像花儿一样》）

幸福像花儿，多么美好，但它却是塑料花。那就让它像塑料花吧，这种请求的语调让人觉得可疑。幸福是什么呀？幸福就是骗自己高兴。分裂的、多疑的、混乱的现代人的形象，但又是过分清醒的，难求一醉的。

噫，这人间
最和我过不去的
就是长得最像我的
这个人

（《我没醉》）

这首小诗真是大有意味，清醒的人讲醉话最让人伤感。但清醒的人真的就清醒吗？世人皆醉我独醒，该是一种多么恐怖的境况啊。清醒者未必不希望自己真的醉掉，陷入一种狄俄尼索斯情结中，但是，难以让自己入醉的，正是那个过分清醒的自己。缠绕，悖论，清醒而又虚无，能用几句白话直视自我的内心，这就是诗了。

看到过一则逸事：史本德曾告诉奥登，他怀疑自己是否真的适合写诗，干脆去写散文算了。奥登说："我们不希望在诗歌上失去你。""你真的觉得我是那块料吗?""当然。"奥登说。"可是为什么?""因为你承受屈辱的能力极强。艺术是从羞耻中诞生的。"老萧也是个有故事的人，经历的屈辱一点不少，但他很少在诗里直抒胸臆。一些沉重的话题，他常常故作轻松语，或做个嬉皮笑脸的怪模样。这让我想起布罗茨基告诫他学生的一句话："要不惜一切代价避免赋予自己受害者的地位。"一旦你为自己设定了一个形象，你离自己的真诚就远了。他宁可学习拉金，做一个"写平凡的大师"。我也常常被他那些写家人、友人的小诗所打动，真情流露，毫不做作。

我妻子很好看
我妻子很简单
我妻子回家做饭
我妻子是根门栓

我妻子不关心天下
我妻子只问我吃啥
我妻子看电视也会流泪

我妻子的心

是团毛线

我妻子常写错别字

我妻子把“歉”看成“赚”

我妻子一生肤浅

我妻子一生健全

（《我妻子》）

娓娓如道家常，像一首小谣曲，但亲情、爱情、百味人生全在其中了。这样的诗，你可以说它不伟大，不高级，不够有力，但足够真诚，足够动人，足够清洁。它就像拉金的那些清泉般的平凡的小诗，“让很多‘伟大的’现代诗听上去就像噪音”。

我和老萧交往多年，要说莫逆，实在称不上。老萧是在朋友面前也不轻易外露心事的人，仿佛永远快乐，还有点玩世不恭的戏谑。他是一片心事都付诗篇的人，读他的诗，便知他的人。每每捧读老萧的新作，常为他诗中的一唱三叹感慨系之。写诗大半生，所为何来？“年年此夕费呻吟，儿女灯前窃笑频。汝辈何知吾自悔，枉抛心力作诗人。”（黄仲则《癸巳除夕偶成》）老萧啊，此生可有悔乎？

2014.2

朝向伟大的匿名性

——赵潭画作观感

我在考虑，如何通过道听途说和有限的印象，来组织起对一个艺术家的观感。“道听途说”这个词很有意思，说是战国时，有一齐人叫艾子，有一次遇到一个叫毛空的人。毛对艾说：“有一户人家的一只鸭一次下了 100 个蛋。”“这不可能!”艾说。毛遂改口说：“是两只鸭子一次下了 100 个蛋。”艾说：“这也不可能。”毛又改说：“大概是 3 只鸭子吧。”艾还是不信。最后鸭子数增加到 10 只，艾有些不耐烦了：“你就不能把鸭蛋的数目减少一些吗?”

这当然是一个很弱智的说教故事，孔子说：“道听而涂说，德之弃也。”意思是“道听途说”是件不道德的事。“道听途说”是一种个性化、匿名化、差别化传播，是一种无根据传播，会在传播过程中层层加码，因此也是反常识的，很多传奇往往就脱胎于“道听途说”。

我对赵潭先生的印象，首先就来自“道听途说”。比如说，此人做过医院的看门人，开过夜间电梯，还干过园丁，养过动物，做过果脯厂工人等等，然后，然后，他就成了画家。这中间的跨度所造成的戏剧性，具有“道听途说”的基本属性。再比如，他高中没毕业，但现在是美院的老师和几所高校的客座教授，据说外语也很厉害。再比如，他每天工作 10 个小时，常年不辍。从 1975 年到 2010 年这 35 年间，他共创作了 299 900 余幅纸本作品。这些作品摞起来有 60 米高，展示则需要 15 万米展线。而世界纪录原是由毕加索保持的，1973 年以后，毕加索素描达到 34 000 余幅（包括其他种类，他一生艺术创作总数 14 700 余件）。在赵潭面前，毕加索大师真是弱爆了。

这些具有“道听途说”属性的信息，事实上皆有据可依。这就有意思了。从传播效果上看，有据可凭的道听途说，其震撼力是要加码的。我于是很好奇，赵潭先生的这些具有道听途说属性的个人信息是要彰显个性吗？事实上他的日常行为就已经足够个性了（据说出门必背三架相机，此事已得我验证；曾经长发、中分、圆髻，一副秦人打扮等等，现在则已回归常人）。艺术家往往会在艺术的自负中拒绝拥有同类，往往会通过不断的标新立异而重塑另一个自己。当一个艺术家不断释放出“道听途说”般的信息时，他好像是在暴露自己以制造某种效果，比如说，将观众的眼光吸引到他所制造的那个幻影上——它更纯粹、更个性、更生动或更邪恶。你不要真的以为他所制造的这个形象就一定是艺术家本人，它也可能只是艺术家的作品之一。

《大鱼》(赵渾画，布面油画)

因此我想说，事实上有两个赵潭：一个艺术家赵潭，一个艺术作品赵潭；一个个性化赵潭，一个匿名化赵潭。我们往往看到的是他的作品，而他本人则躲在作品后面偷着乐。偷着乐的赵潭事实上艰辛无比，比如说每天工作 10 个小时，比如说那 30 万张习作。这让我想起瓦莱里笔下的维克多·雨果。瓦莱里说，在长达 60 多年的时间里，每天从早上 5 点到中午，雨果都坐在自己的写字桌前，“在那里，他不遗余力地向一门技艺的容易之处和困难之处发起一次次进攻”，他写下了 10 万或 20 万行诗作，他是靠这 20 万行习作才达到了诗歌艺术的顶点。这些信息其实无不在彰显一个事实：画家来自手艺和岁月的千锤百炼，中间省略不提的实则是汗水、汗水、汗水，在这些汗水面前，个性实在是个小意思。而这种千锤百炼足以将一个艺术家从个性重新打回无名状态。

建立在 299 900 幅习作上的“无名”，是一个什么概念？如果说 1 万幅习作足以让一个艺术家建立信心，10 万幅习作可以让他形成自己的个性，那么，30 万幅习作会让他将自己的个性重新隐匿。个性建立在差别性之上：他在何处优于当代人，又在何处与传统有了差异？我们现在到处都是有个性的艺术家，跳脱的风格使其贴上了个人化的标签，市场又将其转换为商标。个性的隐匿则是一个通过修行而重回无名的过程，“无名”就是泯然于传统。用赵潭所服膺的黄老哲学来说，“无名”近于“无”或者“道”。这个过程极其痛苦而漫长，因为你永远不知道你是否真的隐身于那伟大的传统之中。

问题是，跳脱有什么不好？跳脱本身并非不好，而是真正的跳脱极难做到。诗人艾略特在谈论“传统与个人才能”这一话题时，曾说：“我们称赞一个诗人的时候，我们的倾向往往专注于他在作品中和别人最不相同的地方。……实在呢，假如我们研究一个诗人，撇开了他的偏见，我们却常常会看出：他的作品，不仅最好的部分，就是最个人的部分，也是他前辈诗人最有力地表明他们的不朽的地方。”这是说跳脱之难。他在此意义上强调了一个艺术家具有“历史意识”是何等重要——“不但要理解过去的过去性，而且还要理解过去的现存性”。“历史意识”让一个艺术家意识到自己在传统中的位置，也明白自己与当代的关系。重新回到传统中，就是作为一滴水重新回到源流里，就是朝向伟大的匿名性所做的努力。在此意义上，艾略特才提出艺术“不是放纵感情，而是逃避感情，不是表现个性，而是逃避个性”，让自己归附更有价值的东西。

赵潭 20 世纪 90 年代初的“青花系列”油画作品，虽然每条线都有其传统的来路，但整体的破碎感，自创的变形记，梦呓般的饮食男女，温婉的青花里有陈老莲的古拙粗粝，依然可以看出画家对“表达”的渴望，对“个性”的追求亦让人印象深刻。但他那个时期的个性追求其实是逆着潮流来的，完全不理会“当代”这回事。新世纪以来所做的纸本水墨，圆润飘逸，匿名的冲动越来越明显，向传统回归的“历史意识”也不言自明，传统的元素在在清晰可鉴，比如佛头、唐线，但这个“传统”又是被“当代性”所中和的。佛性中有性感，自得里有禅意。画面更加出世，有归隐之态，总是欲言又止，画家本人则近于无语。不表达。其中不仅仅有一种天才的匿名性，也向市场竖起了中指。巴丢论及现代诗时，提出过一个“闭合又矜持”的概念，亦可移作对赵潭这些画作的评价。他说现代诗中栖息着一种至关重要的沉默，它是“语言朝向自身的优美；它是对语言资源的美妙轻触”。线条朝向自身的优美，说不可言说之物，这正是赵潭画作对观画者心灵的“美妙轻触”。让画面自己说话，让画中美人开口，或干脆沉默不语。“这件事无法在属于多数人的语言里被谈论；我发明沉默以便于表达它。我把这言谈从世界中隔离出来。而当它再被谈论时，那总是和它的第一次一样。”因此，当我们与这些画作相遇，被邀请进入，我们获得的将是一种创世般的境界，一种对画面“与生俱来的清白的信任感”。

如果画家匿名，到底是谁在思/说？也就是说，艺术的主体是什么？

在《当代艺术的十五个论题：怎样不做一个浪漫主义者?》一文中，巴丢说：“艺术真理的主体是由艺术作品构成的那个集合。”通常认为，艺术家才是艺术的主体。巴丢认为非也，“如果你认为艺术创造的真正主体是艺术家，你就把艺术创造当作了某个人的表达。如果艺术家是主体，那么艺术是那一个主体的表达，因此艺术就是某种个人的表达”。说艺术家是主体，只能说明你缺乏“创造普遍性的新形式的可能性”，所以你才不得不通过自我表达或为某一群体代言来反对普遍性的抽象形式。艺术的主体是作品本身，“艺术家是艺术中被牺牲的那一部分，也是最终在艺术中消失的那部分。艺术的伦理就在于接受这一种消失”。

既然艺术作品才是艺术的主体，艺术家必须消隐于作品后面，那么到底是谁在思/说？艺术家还是不是思的一部分？作品依然是艺术家的作品，但作品诞生之时，艺术家消失。艺术家的创造是思的一部分，但最终还是作品在思。也正是在这一意义上，巴丢才提出“怎么样才能避免做一个形式主义的浪漫主义者”这一命题。浪漫主义者通常会向作品提出强烈的主权要求，强调个性，认为自己才是真正的主体；而对形式主义的迷狂则会减弱或颠覆对永恒的渴望，诸如迷恋身体，迷恋限定性，迷恋性、暴力、死亡等，使艺术变成一场崇高的降落，“从无限下降到身体和性欲的有限的不幸”，这皆是题中应有之义。在确立了艺术的主体之后，巴丢提出艺术的任务是朝向真理的努力，是为我们共有的人类状况提出一种新的普遍可能性，而不仅仅是个人的或社群的表达。艺术创造就是人的解放的一部分，它需要在看似不可能的地方开创一种可能性，对某种无法直接显示出来的事物进行重新把握，“最终类似于一个新的世界，一道新的光亮，一座新的星系”。

赵潭是个玩家，喜怪力乱神，一切有趣的、好玩的东西。但他的艺术却“中规中矩”，无一笔无来历，守护着一个中道。他自己生活得个性满满，但他却拒绝为自己的作品贴上个性的标签/商标。朝向伟大的匿名性，这是他艺术之思的方向。艺术的任务就是要打破各种潮流的桎梏，创造一种新的自由——由艺术所定义的自由。尤其是在今天，在全球化的强制普遍性，在金钱和权力的强制普遍性中，如果没有这种艺术追求，金钱和权力的强制普遍性就有可能成为一种统治。在此意义上，赵潭的艺术追求就是一个人生解放的问题，其本身就带有终极性。

2013. 4

在谛听静观中等候命运的赏赐

——为方勇、陈智安、徐纲三人画展而作

“……今天的大多数艺术家在这些往返路途上耗尽了力量，不仅把精力全用在了路上，他们还极度迷惘……在塞尚这个人物身上，无限伟大并令人震撼的是，几乎长达四十年，他从未中断地待在他创作的内部，最内在的中心。我希望有朝一日能够表明，他的画透出闻所未闻的新鲜和贞洁，该如何归功于这种倔强：画的表面真像是一枚刚刚剖开的果肉；而大多数画家面对自己的画幅已经是欣赏者和品尝者……”

以上这段话录自诗人里尔克的《慕佐书简》。1922 年，自从在瑞士慕佐小城寻得一处栖身之地后，一生都在栖栖遑遑地寻找归宿地的里尔克终于像一头兽那样安静下来，在深山古堡中凝神静气，谛听诗神的召唤。在这封给友人的书简中，他谈到了塞尚，谈到了他四十余年心无旁骛地待在“创作的内部”，并以近似于倔强的执着，开创了自己新鲜如果肉般的画风，一种“闻所未闻的新鲜与贞洁”。与此相反，他对那些徘徊于途的艺术家们充满了同情。那些身处现代与传统、当下与过往之旋涡中的艺术家们，不仅把可怜的精力全部浪费在了往返的路途上，而且他们最终也没有找到灵魂安栖之地，“他们还极度迷惘”。

一个世纪之前的西方画界，正受困于现代与传统的两难困境，往前走，未来如“脱缰的自由”，令人疑虑重重，失败似乎是理所当然的事情；往回去，经典如山峦阻隔，胜利也显得不那么有信心。如汉斯·贝尔廷所言，“现代主义承受着既向传统寻根，又试图打破传统憧憬未来的悖论”。然而，艺术永恒的革命动力最终使西方艺术沿着“现代主义”的无轨之轨脱缰而下，携带着被无限夸大的主体意识形态的病毒和充满挑衅与自我神化的普世主义修辞，现代主义艺术终于摆脱了传统的束缚，重获自由。现在，现代艺术面临的困境是，它已经走到了自己的反面，成为了自我的他者，它当初所反对的东西，正在它自己身上隐现。“它放弃了人的因素”，如贝尔廷所言，“它把自己置入外在于艺术的权力中”。在此意义上，现代主义艺术“不再是艺术”。

相对于西方现代艺术，中国传统水墨艺术则面临着“双重他者”的困境。往回看，传统艺术高山仰止，已然臻至一个拙朴自然、雄浑健雅、萧疏简远、高逸充盈的难以企及的完美之境。如李津先生所慨叹的，“对传统的思念，就像夜晚梦见老情人”。现在的问题是，不仅情人已老，夜晚也不再是那个夜晚。新旧嬗递之后，西风渐盛，传统文化代益陵迟，中国传统水墨所赖以存续的道统与心境均已丧失。风雅道销，画亦云亡，当此蹄存兔逸之世，水墨何为？一门艺术，如果不能与当下的日常生活世界形成一种有效的对话关系（无论是对抗还是对应），变得隔阂与反应迟缓，它就无法获取一种丰富性和前行的力量。当它因失去对话能力而试图将自己变得更加高蹈和纯粹时，它正走在一条越来越狭隘的路上。当此困境，仍有两条路可走：一条是拥抱当下，“把大众文化的符号转变为抗议和创作转型对象”（贝尔廷语）；另一条路是转过身去，回到历史与自身的神话当中，与当下世界倨傲而矜持地保持距离。两条路其实就是直面两种困境：当你拥抱当下时，你会失去那种高度程式化的、发达而循环不已的表意系统的庇护，需要重新为自己的合法性辩护；当你回到自己的历史当中寻求庇护、重获意义时，你不仅要面临传统故纸堆的严厉审视，还要忍受被当下隔绝的被抛感和孤独感。两者都不好受，我们会发现我们始终处于一种“永恒的自我质疑状态之下”。

“笔墨当随时代”，苦瓜和尚此一登山宝训，曾被吴冠中先生修正为“笔墨只是奴才”，这其实是“当随时代”的一个极端变体。变化终不可避免，两条路有时候也可以合为一条，那就是，既与传统保持一种和谐的对话关系，同时又能够无隔地处理当下的碎片化的个人经验和时代欲望。水墨艺术家谷文达曾为此设立过一个“地界”：“一旦中国水墨艺术的创作逾越此一‘地界’，它将不再是水墨艺术了；但是，没有企及此一‘地界’的创作将不是当代的。”这无异于走钢丝，回旋的余地极小，如艺术的

“窄门”，稍不留神就会坠落深渊。当下的水墨创作，“触界”甚至“出界”者众，抛弃笔墨，放弃传统的程式，试图在技术层面上建立一种新的图式，以一种主动抛弃的姿态来避免被抛的命运。如谷文达所言，在某种程度上它已经“不再是水墨艺术了”。另一个极端则是一味泥古，追摹传统，终被传统压倒。两者之间也许尚存一条小道，那就是，在传统程式与当代性之间重建一种指向性明确的对话与阅读机制，其手法并非贴新异的标签或革命性的抛离，而是灌注——通过个人的修为、开阔的视野与精湛的手艺，让传统艺术转个弯。所谓大河拐大弯，每一个弯处并非明显的曲线，也许是你根本无法意识到的，河道已然发生了变化。

如此说辞难免有陈义过高、流于空言之嫌。不妨先打住此一话头，来看看三个人的创作，或可从具体的创作中寻得些端倪。

方勇、智安、徐纲三人有不少共同点，如三人均为70后新锐山水画家，均出身于南派水墨重镇，经受过系统的学院训练，腹笥充盈，自不待言。三人的画风及面貌已非常清晰，相异之处总是更令人兴奋。相对而言，方勇的画风更为阔大，善于经营丘壑，大山大水，大开大合，生机盎然，气象万千。即便尺幅小品，也能笔走云端，做出气吞山河之势。他的笔墨更为润泽，南派气质明显。方勇乃桐城望溪先生之后，清淑之气似天生之质。他的画在笔墨技法上绝不苟且，心摹手追古人多年，有一个绝对

《青城山隐之一》
（方勇画，纸本水墨，35cm×69cm）

坚实的笔墨基础。在画风上，我觉得他当得起一个“雅”字。郑玄《周礼注疏》：“雅，正也，古今之正者，以为后世法。”雅与郑相对立，典雅纯正的音乐为“雅乐”，淫邪之音则为“郑声”。雅不尚奇，刘勰《文心雕龙·定势第三十》：“旧练之才，则执正以驭奇，新学之锐，则逐奇而失正。”方勇可谓“旧练之才”，并不急于如众多同辈画家那般“逐奇”。他或气定神闲地出入市井，或孜孜矻矻搜尽奇峰。家乡自然好山水，但他并不拘于此，他曾数次出入太行峨眉，几上藏地昆仑。雅常与俗悖，古人讲高雅、雅正，是尚古出尘的，与俗绝缘。如宋张择端《清明上河图》，这种与俗接壤的写实风格一直被轻视。明张丑《清河书画舫》言：“所画皆舟车城郭桥梁市廛之景，亦宋之寻常品，无高古气也。”一味高古出尘，最易与当下隔绝，看似脱俗，其实是俗上加俗，雅俗。俗到俗世里，倒也不怕，那不是真的俗，那是生活的原样，个人的真性情。最怕的是俗到雅，“只要琴棋书画，不要柴米油盐”。雅俗才是真的俗，俗气。因此，雅不能救俗，只会害俗。方勇力避此弊，取材广泛，或名山大川，或山里人家，或市井小品，皆可会心于笔端。关键是他能够灌注真性情，有大方向，有视野和胸襟，在笔墨中悟道，在山水中修行。不封闭自己，滋之养之，自有回报，笔墨不会骗人。观方勇近作，雅正之外又有新变，画面更加灵动，元气更加充沛而凝聚，化意为象，炼意成境，象境转换更加自如。万象更新，由心开始，得心而应手，技近乎道矣。

如果说方勇雅正，智安则近于奇崛。中国传统书论中，雅正与奇崛相反相成，如明项穆《书法雅言·奇正》说："奇即连于正之内，正即列于奇之中，正而无奇，虽庄严沉实，恒朴厚而少文，奇而弗正，虽雄爽飞妍，多谲厉而乏雅。"意思是要能做到正而不板、奇而不野，当是又一进境。智安笔墨功夫自不待言，无论是如卷云般的皴法、飞速运转的渴墨、形迹清晰的笔触，还是执简驭繁的构图，均给人以摇曳多姿、酣畅淋漓之感。智安画面枯瘦但不苦，灵动而不乱，脱俗而不隔，奇而正，峻严而有禅意，在一种新异的水墨语境里直抒胸臆，明心见性，形神兼得。智安是从传统与西方的双重阴影下摸索过来的，诸般小道他都走过，追摹过宋元，推崇过塞尚，因此更心知肚明大道何在。智安有才但不恃才，有气但不使气，因此才不至虚骄、浮夸。他肯在笔墨上下功夫，如老杜"晚节渐于诗律细"，是真功夫。顾随先生说诗，讲拗律，说李杜都犯，但李是不知，杜是故犯，李是才气性情所致，杜是功夫学力。后来的江西诗派就过了，只讲学力，"此乃震慑人，唬人"。智安的成功之处在于，他是在传统的水墨语言上开出新意，植入个性标识，这其中既有沉潜传统之功，也有个人的顿悟之力。他能通过个性化的"造象"功夫，不仅在技术维度上，更是在"画道"的维度上，留下了自己的印迹。

相较于上述两人而言，徐纲显得更"淡"。淡即平淡、自然，从技术上讲，就是功夫纯熟到家，行笔法度自然不做作。从心态上讲，就是不瘟不火，无论取材于溪桥渔浦，还是园林洲渚，不施不设，不显雄心、装巧趣、争奇峭。徐纲多画园林洲渚，很少名山大川，但这小景之中却蕴含江南一片，丰沛淋漓，已经有了自己的笔墨语言和心性。比如他画石，潇洒流落，心手相应，氤氲一片。他画园，也是匠心独取，不着痕迹。颜真卿曾问书于怀素，如何自然灵动，素曰："吾观夏云多奇峰，辄常师之，其痛快处如飞鸟出林，惊蛇入草；又遇折壁之路，一一自然。"真卿曰："何如屋漏痕?"素起握公手曰："得之矣!"这"屋漏痕"，即自然，即淡，徐纲亦可谓"得之矣"。浓艳娇饰最易，简淡最难。苏轼有一段高论："凡文字，少小时须令气象峥嵘，彩色绚烂，渐老渐熟，乃造平淡；实非平淡，绚烂之极也。"徐纲少壮而能臻老年之境，绚烂至平淡，平淡中又蕴藉着至极之绚烂，难得。

三人绘事虽各有形态，各见性情，笔墨语言各异，但共同点亦是明显的，那就是，都在传统笔墨的框架内孜孜以求，不舍法度而又有心得独创，三人走的是一条鳌山悟道之路。传统艺术这件事，无来历不成，但一笔一画上都站着一个古人，也不成。顾随先生论诗，说一个人有才而无学，只有先天性灵而无后天修养，往往会"贫"；若被古人压倒了，就是"瘟"。真正有出息的艺术家，是在古人的压迫下亦能自由呼吸。所谓"雅"、"奇"、"淡"，依然属于传统画论的话语范畴，如果用当代艺术的话语去言说，就会面临半失语的窘境。这一方面说明传统与西方批评话语的通约性、普适性难以无缝衔接，另一方面也说明，三位的创作更接近于传统语境，在对话性能和阅读机制上与当代仍有些微隔膜。但这又是急不得的，大河拐大弯，渐变在进行中。无论如何，一种与当代无隔、与传统不悖的自由心性之表达，是他们共同的追求。

这年头，出点新奇机巧，标新立异，贴标签并不困难，也容易获取短时的成功，难的是如何在一种独立的程式语言中自由发挥，自由表达心性。更难的则是如何建立自己的思想体系和艺术体系，通过自我悟道、自我完善来承担起传统艺术与当下的衔接转型，此为大道。现代人学艺，喜欢从小道上走，或曰抄近道。子夏曰："虽小道，必有可观者焉。致远恐泥，是以君子不为也。"（《论语·子张》）意思是君子不是不可以走小道，问题是"致远恐泥"。走小道容易迷失，走着走着就不见了。河流众多，都入大海，大道就是海纳百川。兹事体大，需耐住性子，耐得寂寞，孜孜以求，在勤学苦练、谛听静观的基础上求得顿悟。顿悟无法假手他人，需要一次次的自我觉醒。"道也，进乎技矣"，技达到极致，就可以无限接近道了。在这里，技是前提，道是归宿；在更高层次上，技就是道，道就是技。由具体的技到抽象的道，才算完成了一次顿悟与飞跃，才能心手、物我交融，了无分别。然个中艰辛，唯悟道者方能体会。悟道需厚植胸次，真正好的东西，是画面背后的修养与内涵。诗之最高境界乃是"妙不可言"，所谓"弦外余韵"，是"先天不成，后天也不成，乃无心的，需水到渠成，瓜熟蒂落”。要想瓜熟蒂落，就必须等机缘，有余裕，有沉潜的功夫。“今日偶游公园便写牡丹诗，定好不了，需有酝酿之功夫。”酝酿就是沉下来，但又不可闲置于一旁，必须如孔子所言“造次必于是，颠沛必于是”，造次即匆忙之间，颠沛即困苦之中，必于是，心仍在，然后等待机缘触发。学画大概也应当如是观。“为学日益，为道日损。损之又损，以至于无为，无为而无不为。”（老子《道德经》）这有所不为就是老子所言的“损”，就是排除，扬弃，删繁就简。悟道之事，看似玄而无门径，其实是个笨事情，急不得也慢不得。传统山水画家，四十岁之前能有所悟已不简单，因其中需要太多的人生经验和感遇，皆是拜时光所赐，不可能凭空得来。傅青主说王铎“四十年前极力造作，四十年后无意合拍，遂能大家”。而青年们“皆不踏实，积久稍成狂廓，则自以为是矣，故无一成就者。此实笨事，有何巧妙？”好在以三位之秉性，当可力避躁进；以三位之才情，当可光大传统，推陈出新，出入无间；以三位之抱负，开悟得道，当可待也。

本文开头部分引用了诗人里尔克对塞尚的一段评价，此处不妨再折回去。里尔克在致一位少女的信中说，我们的命运何其脆弱，一点小小的外部灾难就可能中断一个天才的事业。塞尚深深懂得这一点，因此在他生命的最后三十年，他才心无旁骛，远离尘嚣，一头扎进艺术中。即便是他母亲的葬礼，他都放弃参加了，“以免失去一个工作日”。“当我知道这个时，仿佛一支箭将我射穿，”里尔克说，“在我们的时代，只有几个艺术家懂得这种顽强，这种极端的固执。”而大多数人，仅仅是待在艺术的边缘，就像守在桌边的赌徒一样，他的“冒险之举”也许偶有成功，但输掉的将是一生。

2014.6

天津社会山寓所

绘画作为一种自由元素

——2015·天津“诗象与图铭——当代诗人绘画艺术展”前言

书画手艺可谓中国传统文人的基本素养。自战国初萌，以迄两宋笔意，文人们将中国书画推至一个拙朴自然、雄浑健雅、高逸充盈的难以企及的完美之境。宋以后，写意之风渐盛，院体代益陵迟，以至涂地，这其中少不了文人画的参与。虽说文随世变，然变风变雅，那个传统仍然是在的。但近一个多世纪以来，西学东渐，世变频仍，尤其是仓皇鼎革之后，中国传统文人所赖以存续的道统与心境均已丧失。风雅道销，画亦云亡，当此蹄存兔逸之世，文人亦逐渐粗鄙化以至斯文扫地。

近些年，文人作画又渐兴旺，无论水墨还是西画，传统还是当代，绘画或作为个人修养，或作为谋生手段，它所接续的是一个辉煌的传统。这其中，诗人群体参与者尤众。有一次，诗人于坚在电话中跟我半开玩笑说，六艺之中，他已习得五艺，“唯射稍逊”。很多诗人私下里或作画，或习字，已蔚然成风。大概是因为诗人作为游荡在这个时代的自由幽灵，与绘画那种直接性、那种近乎膨胀的表达欲，有一种天然的亲近。泰戈尔、黑塞、毕晓普、帕斯捷尔纳克、帕斯等等，一大批西方诗人同时也是画家。诗人作画，同时也强化了诗人存在的时代征象。身份作为一种社会认证机制，已越来越难以规训诗人这个群体。诗人在这个时代越来越成为一种象征性的、虚幻化的身份，无身份的身份。“诗人画家”作为一种相互修辞关系，既没有为“诗人”带来新的身份证件，也没有为“画家”带来真正的合法性，相反，在学院化的学科体系中，二者更多是一种相互僭越的关系。但是，正是这种僭越，打破了过度膨胀的“专业”神话，在接续上一个伟大传统的同时，也为艺术这一行当注入一种自由元素。这种自由，并非“业余”者的自由，而是艺术观念的自由，如一阵刮过临界的风，“诗人”与“画家”此时沐浴在同一个苍穹之下。此时，诗与画变成同一件作品，同一种呼吸与表达，艺术的本质意义被呼唤回来。

诗艺与画艺，作为“艺”的一部分是共通的。“艺”的劳动价值理应得到体现，但“诗艺”是“无物”的，如帕斯所说，诗是空气，它无法作为“物品”流通。而画至少可以作为一“物”，让受众为其买单。人们可能会为诗人天才之剩余价值的一部分买单，如名望、地位等等，但人们不会为“艺”之外的虚无缥缈买单，即作为“艺”，自有其定价规则。中国传统绘画有一套极为程式化的语言系统，无论分章布白、随类赋彩、三矾九染等等，早已深入人心。子夏曰："虽小道，必有可观者焉。致远恐泥，是以君子不为也。"（《论语·子张》）意思是君子不是不可以走小道，问题是"致远恐泥"。走小道容易迷失，走着走着就不见了。河流众多，都入大海，大道就是海纳百川。这也是中庸的说法。诗人学艺，喜欢从小道上走，或曰抄近道。抄近道的底气来自诗艺的支撑，诗人们相信他可以架起诗艺的云梯直抵艺术的核心。其间省略掉的是作为"手艺"的一部分，当然，收获的是一种真正的自由元素。袭非踵谬，或可避免，但绠短汲深，也是件难事。

歌德在晚年谈起席勒时说："看到那样一个有卓越才能的人自讨苦吃，在对他无益的哲学研究方面煞费苦心，真叫人惋惜。"作为一个素朴主义者，他不明白为什么席勒热衷于哲学。有些诗人就是无法隐藏自己满溢的天才，他需要另一个更为亲近和直接的出口。我有时非常羡慕这些前辈和同行们的才能——越来越臻于天真绚烂的老芒克、心灵自由得"无边无沿"的美丽的伊蕾、深入当代核心的老岛、素朴而感伤的德安、学养深厚而春风化雨的宋琳、深得艺术三昧的老向峰、多才多艺而出入古今的老萧、热情而坚忍无畏的柏坚。我不知道在当代艺术的名利场中是否会有他们的位置，对一个诗人而言，这大概不重要。重要的是，绘画作为一种自由元素，在为他们的生命重新丈量自由的边界。艺术追求的不是不死，而是复活。帕斯曾对那些寻求现世读者的诗人们说："我们不晓得有多少罗马人阅读奥维多，多少意大利人阅读彼得拉克，多少法国人阅读龙萨，不过，我们知道什么人在阅读。这些读者是社会的头脑和心灵，是社会与行动的核心。”诗人画家亦无须期待有多少人来看他的画，但在他的观众里，必有自由的心灵重新复活。

2015.3

天津社会山寓所

保罗·乌切洛的钟

在写作的所有环节中，检视旧作、编订文集大概是最不令人愉快的一环了。当然，写作所谓的“创作谈”也算其中之一。如果写作可以“谈”的话，也就没必要去“写”了。写作就是一支蜡烛被点燃，当未燃尽的部分去仰望或回视那一点小小的跳动的烛芯，以及体味从顶端流下来的烛泪时，那是一种什么样的感受？是的，从意义上讲，你曾带来过一小片光明（希望你不是悲催地在太阳下燃烧），在你没有遇到强风的理想状态下，你燃尽了自己，然后世界恢复如初，你已不再存在，意义这个坏东西也灰飞烟灭。但写作并未因此而堕入虚无，相反，它揭示了写作自身存在的处境：写作就是干掉自己，也就是去冒险，去遭遇自我的不在场，时间的不在场。写作存在于那蜡烛燃尽的空无中。在这样一种极端处境中，写作者最常遭遇的状态无非是虚无（诸神的不在场）和死亡（自我的不在场），而写作行为本身，就是对此二者的西西弗斯般的逆转。

莫里斯·布朗肖认为，真正的写作始于一个点：这个临界点，真正区分着暗夜与黎明、语言与沉默、生存与死亡。“写作，就是找到这个点，没有语言用来保持或促使同这个点的接触，就勿谈写作！”这个点在哪里？它确然存在于恍兮惚兮中。真正的写作者能够体会到这个点的存在，这也是促使他投入到这场赴汤蹈火、永无止境、自我毁灭的激情中去的原因。中文里“投身”是一个很形象的词汇，包含着决绝、冒险、永不停歇。因此，当你让一个“投身”者回身检视自己的来路，那种蜡炬成灰的幻灭感就太强烈了。越是写作，便越是没有把握。卡夫卡在日记里谈到自己的《变形记》时说：“我觉得这本书写得很糟。也许我彻底完了。”但他又不甘心，过后不久又说：“十分嫌恶《变形记》。结尾无法看明白。几乎是极不完美。要是当时我不是因为出外做商务旅行受打扰的话，也许会好些。”（1914 年 1 月 19 日日记）事实上不可能。所有的作品都可以有个假设，但假设毫无意义。即便卡夫卡把所有的时间都献给了写作，仍然是不够的，因为在真正的写作中，时间是不在场的。我也曾渴望拥有“所有的”时间来写作，但我发现，“所有的时间”其实就是没有时间。写作这种吞噬性的工作要求的不仅仅是时间，还要求着一种状况，在那种状况里，写作者像一个就要溺水的人，他徒劳地挣扎，试图抓住一点救命稻草。能否抓住，端赖命运赏赐，以及他所处的江河。在那种状态下，向诸神呼告无疑是最安全的，但卡夫卡说，艺术不是宗教，“但它趋向祈祷，这是肯定的”。里尔克经常处在一个祈祷者的位置上，他一生都在寻觅一处接近诸神的神庙，然后将自己囚禁起来，闭上嘴巴，凝神谛听。“几周以来，除了两次短暂的中断，我不曾开口说过话，”他在给洛巴哈伯爵夫人的信中写道，“我终于把自己禁闭在孤独中，而我投身于工作，就像被果肉裹住的核一样。”一颗被果肉裹住的核，应该是最接近原初的神祇的位置吧，就像在母腹中。但它依然不是最佳的状态。布朗肖认为，召唤神灵的最佳状态是一种“根本的孤独”，这种状态无可验证，只有真理可把握它，而身后的名声会偶尔将它照亮。与此相比，里尔克的状态只是一种“静心”。

写作者的孤独类似于神启，在这个绝地天通、充满分离和苦恼的流亡时代，“神通”并非要对接一种宗教生活，而是绕过这苦恼的虫洞，去揭示那种久已遗忘的、被遮蔽的真实。在写作者的孤独中，不仅时代抛弃了他，作品抛弃了他，连他自己也抛弃了他——他不再是自己的主宰，他将自己抛到了时间/生活之外。他面临的是这样一种处境：在暗夜里，他听到了一头兽的真实的声音。

以这种处境去观察，我的写作早已成灰。

一则逸闻：在佛罗伦萨主教堂有一座钟，其彩绘钟面出自佛罗伦萨画家保罗·乌切洛。1443 年，乌切洛将钟面画在教堂内部正门的墙上，其记时方法是由恺撒大帝所推行的“意大利时间”（又名“圣母颂”）。钟面上标注着全天 24 小时，以日落为一天之始，因此大钟必须经常调校，以确保每天的最后一小时都能与日落时间同步。有意思的是，大钟只有一根指针，而且，是朝逆时针方向走动！保罗·柯艾略在他的小说《薇罗妮卡决定去死》里说，保罗·乌切洛在设计这座钟的时候并没想着去标新立异，在那个时候，一些钟是顺时针走动，还有一些是逆时针，大家司空见惯，并没有扰乱祈祷与作息的时间。不知何时，顺时针被认定为唯一的走向，于是，乌切洛的钟便成了疯狂与颠覆的象征。

我时常觉得，在我写作的房间里，走动着一座保罗·乌切洛的钟。

2015.2

一个人去写诗

——首届“《诗建设》诗歌奖”获奖感言

首先要说声谢谢，谢谢《诗建设》的各位同人和评委，把首届“《诗建设》诗歌奖”的新锐奖授予我。我很喜欢“新锐”这个说法，说明我还没有老掉，还没有真正完成，尚可期待吧。我也恭喜其他获奖者，尤其是大奖获得者，恭喜你们。

说实话，这次获奖，已没有刚写作时获得奖励那么兴奋了。初学写作时，非常渴望能得到某种鼓励或承认，哪怕是一句赞美、一次发表，也能让自己高兴几天。一开始的写作，不可能是为人生的写作，也许是被某种情愫所诱惑，被某个词语所引导，一种懵懂的写作就开始了。这种写作注定是脆弱的、纤细的、带有听天由命的味道。我记得小时候在自家的院子里种花种草，昨天刚把种子撒下去，早晨爬起来就要去看看发芽了没有。没有耐心，但有美好的期待，有小小的虚荣心。正是这种期待和小小的虚荣心鼓励着我，将一件看似毫无希望的事情坚持做了下来。

我写诗差不多快二十年了，大大小小的奖励也得到过一些。

现在，我已不再期待获奖，甚至有些惧怕。这种惧怕一方面源自对幸福感的恐惧，另一方面，我也觉得自己的写作配不上那么多奖励。从天而降的幸福感就像一只咕咚一声掉下来的鞋子，在等待另一只鞋子的过程中，内心充满了恐惧。另一只鞋子是什么？是厄运。这就是我朴素的神秘主义。我对自己的写作一直是不满意的，这种不满意也在督促着我好好去努力，不要心有旁骛。我母亲给过我一个很好的教诲，她是个农民，但是一个非常聪明的农民。她告诉我，做事情不怕慢，只怕站。站就是站住，停下来。如果你有过在农田里摘棉花的经历，你会对此有深刻的理解。那大片的棉田一眼望不到边，你弯腰一朵一朵地摘棉花，仿佛置身一片汪洋。什么时候才能捡到头啊！如果站下来，你会很绝望的，你就干不下去了。如果你一直不停歇地弯腰去摘，也许就在你意想不到的某个时刻，你就到达终点了。这种幸福感、成就感，就是对弯腰劳作者最大的奖励。

这个教诲还告诉我，写作这件事情，急不得，要慢慢来，要像一个匠人那样去劳作，你的每一笔都是有来历的，不是凭空得来的。相信人生的内分泌有它自身的节奏，相信岁月的累积自有其果。要少些虚荣心，尽量让自己的写作贴近自己的内心和肉身。你会发现，你那些在虚荣心诱惑下写下的作品，过不了多久就会让你脸红不已。现在，我越来越有一种强烈的愿望，那就是，一个人去写诗。一个人去写诗，写为人生的诗，写美与爱的诗，也可以写激烈的诗、热血的诗，总之是一个人去写诗，一个人面对人生与世界，而不是面对场域、流派、权力或江湖。一个人去写诗，抛弃掉打打杀杀的江湖气，抛弃掉名与利的诱惑，抛弃掉颠倒梦想，甚至抛弃掉身后的读者，这才是一种美好的写作，为人生的写作。我希望在我老年的膝头上，能有一部沉甸甸的、能让自己满意的诗集。就如马拉美所言，世界上至高无上的事物及其存在的意义，是而且只能是，一部书。

一个人去写诗，并不是闭门造车，故步自封，潜心去学习永远是必要的。我就很奇怪，很多诗人评价起同行来，总是这不对那不好，你就不能从别人那里看出点好的东西吗？要勇于接受一点异质的东西，不断去完善自己。写诗这么些年，我相继践行过一种肉身的诗学，一种批判的诗学，一种羞耻的诗学。变来变去，其实你永远都跳不出自己的手掌心，你一生都只是在完成一个自己而已。怎么说呢，这一生我选择了做诗人，冥冥之中自有天意吧。既然做了，就把自己整个的投入进去吧。写作的一生，也可以是完整的一生。

再次谢谢大家。

2013. 11

感谢命运那无尽的赏赐……

——《星星》诗刊2012年度诗人奖获奖感言

获奖感言，首先当然是感谢。感谢这个奖的主办方《星星》诗刊，虽然我与这家老牌的诗歌刊物交集不多，但能在自己写作的中途就获得某些肯定，这让我感激不尽。其次要感谢评委，我感激诸位投票时向我投来的信任的目光，我定不辜负。最后我要感谢命运给我的无尽的赏赐。我写作不为得到掌声，但当掌声在黑暗中响起时，我知道那私密的手艺和心灵的独语赢得了它额外的荣誉——这也是写作的荣誉。那命运赏赐给我们的，我们应该再还回去。“一粒麦子不落在地里死了，仍旧是一粒。若死了，就结出许多子粒来。”这古老的教益让我受用不尽。

写作者就是一粒善的种子，它秉承爱的信念，投身于黑暗的土地，并自黑暗中开花结实。因此，必须感谢这土地。对一个写作者而言，土地即生活。用心领受生活的每一次恩赐或鞭打，不要被侵入生活的欲望所诱惑，努力去思考、工作、践行。“要像一棵树栽在溪水旁，按时候结果子，叶子也不枯干。”

我想起瓦莱里笔下的维克多·雨果。瓦莱里说，在长达60多年的时间里，每天从早上5点到中午，雨果都坐在自己的写字桌前，“在那里，他不遗余力地向一门技艺的容易之处和困难之处发起一次次进攻”，他写下了10万或20万行诗作，他是靠这20万行习作才达到了诗歌艺术的顶点。这个事实告诉我：艺术来自手艺和岁月的千锤百炼。

2013.5

辑三

一个姑娘在站台上哭泣

沉闷的空气中有惊雷的消息

8 月 12 日早晨，我被鹦鹉的叫声惊醒。大概是半个月前，一只绿色鹦鹉，畏缩着落在我的露台上觅食。它可能是被人养大的，还保持着未经野外飞翔的蓬松的尾羽和孩子似的对食物的眷恋。相对于麻雀，鹦鹉的叫声更加婉转多样，如果仔细听，可以从中听出某些微妙的对人类的情感。它通常会落在一棵石榴树上，与我保持着一米的距离。这是一个逃脱的距离，也是一个信任与友好的距离，在这个距离上，我们相互抱以奇妙的热情与警惕。无论如何，我们都是被惊恐养大的，它有凌厉的翅翼，有灵活的颈项和半秒钟的埋头，它能来到我的露台上觅食，那么，谢谢它。它能将距离缩小为半米，仍然要谢谢它——当它凌空飞走的那一刻，我觉得某种信任也被带走了。在一个缺少鹰隼的天空，它唯一的天敌就是人了。在被人捉到之前，我相信它还会回来。

此前一天，我刚刚从青海湖诗歌节回来，还带着高原反应后的微微的眩晕，高原的清澈还留在记忆里。当飞机从云层里降落时，我看到弥漫在整个华北大地上空的灰黄而又“辉煌”的雾霾。还是原来的配方，还是熟悉的味道。我已在这座北方的大城生活了二十多年，早已熟悉了这里的风土人情和物候地理，却始终难以在情感上完全融入。我在这座城市搬过三次家，每一次搬家，似乎都是一次疏离，最终我搬到了靠近高铁南站的郊区。这里很好，远离喧嚣，像一个乡村。但城市却像海啸一样在蔓延、逼近。我知道被它吞没是早晚的事。

早晨起来后，给鹦鹉撒了把小米，等它从树上跳下来吃。然后开始浇花。我在水泥露台上种了几十种花草，每天侍弄，搞得像一座小花园。这个夏天多雨水，花草长势不错。也多亏了这些花草，让我的呼吸始终顺畅。8 月 12 日，末伏的第一天，从早晨开始，天气就开始闷热起来，空气中有一股腐败的味道。在我小区的围墙外，有一条小河，一到夏天便发出腐臭的怪味。我曾经数次打电话到环保部门反映、投诉，但毫无效果。这个夏天，小河里的怪味突然消失了，河里又长出了芦苇和青蛙。听邻居说，镇上关闭了两家化工厂，下岗的工人们经常围在镇政府门前请愿。要呼吸还是要生存，这是一个问题。

隔着露台的围栏，跟邻居梁老师聊了会儿天。这天真够闷的啊。是啊，不过最近有雷雨的消息。然后回到书桌前，坐下，打开电脑，开始一天的工作。事实上我也没有什么正经工作，离开工作单位十年了，每天待在家里，基本上就是看看书，写点字，浏览一下新闻。新闻每天发生，看着大大小小的灾难或喜讯遍布在世界各地，今天与昨天并无多少不同，大多也与自己无关，便安下心来，继续一天的生活。

上午写了首小诗，题目叫《讲和》，开头两句是，“我发明了一种和这个世界讲和的/方式：背对它，不理它，干煸它”，末句是，“这是一个厕身的时代，谢谢你耶稣/谢谢你尼采，让我混蛋但不必绝望”。这也是我对这个世界的矛盾心态，既无力，又不甘。整个上午，我都在摆弄这首小诗。其间，鹦鹉来过一次，喝了点水又飞走了。用写作这种虚妄的行为来抵抗虚妄，我似乎觉得自己获得了某种力量，至少，让我虚度了不少好光阴。

午后，昏昏沉沉地睡了一会儿，梦中有雷鸣，又似乎是幻听。爬起来，继续读麦田版《卡缪札记》，读到一段心驰神往的句子，记下来：“因为天空是蓝的，覆满雪的树木伸着它们的枝桠，在河边，非常靠近结冰的水面，看起来好像盛开的杏花。”望望窗外，天空灰蒙蒙的，看不清模样。加缪说：“我们可以像爱一个女人那样去爱一个地方吗?”这也是我的问题，我爱上了这里的一个女人，却始终无法爱屋及乌。

黄昏时，给露台上的波斯菊又浇了一遍水。想起青海湖边盛开的波斯菊，我的波斯菊显得面黄肌瘦。太阳落下，依然闷热，有一丝丝风。七点三十五分，中超联赛开球，天津泰达对阵河北永昌。我对泰达足球队的情感充满纠结，既爱得难以舍弃，又恨其小富即安。比赛最终以平局收场，郁闷中稍有纾解。站在露台上抽了根烟，天空无云却看不到一颗星。

大概十点多的时候躺下，翻看了一会儿手机，微博、微信、体育新闻，今天似乎与昨天没什么不同。大概是白天写作的缘故，脑子有点兴奋，睡不着。十一点多，躺着数了会儿绵羊，依然睡不着……

我不知道在我数到第几只绵羊时，塘沽那边传来了第一声爆炸。据说爆炸的当量相当可怕，大地亦随之抖了一抖，但我可能在微微的摇晃中已随爆炸声睡着了。第二天，当我在鸟鸣中睁开眼睛，摸出枕头下的手机，满屏皆是问候的消息。"你那里没事吧?""你现在是安全的吧?"我才知道出事了。

我开始给朋友们回复，谢谢关心，我是安全的，我离爆炸地点尚有几十公里。听说空气里有毒?没关系，我在上风口，风力二三级。听说死了不少人?听谁说的?我只是离风暴眼近一点，我不在风暴的中心，关于这场灾难，兄弟我和你知道的一样多……

13 日一整天都在惶惶中度过。一边回复远方朋友们的问候，一边打电话给塘沽那边的朋友了解情况。一个亲戚就住在爆炸地点附近，家中已一片狼藉，好在她几天前刚请假回老家了。现场已戒严，通往塘沽的轻轨停运，我经常去看球的那座大球场，据说也受损严重。我的诗人朋友去血站献血，可惜我的血不合格。据说血库已满，物资充足，志愿者比伤号还多。这个城市的普通民众间总是充满了一种老街坊般的温情，很让人暖心。我不知道该做些什么，一整天都在抱着手机了解情况。爆炸现场异常惨烈，几成焦土；消防战士伤亡惨重，牺牲巨大；信息发布不畅，公众舆论渐成“次生灾害”……有人讽刺本地媒体的不作为，“全世界都在看天津，天津却在看韩剧”，我的媒体朋友也是叫苦不迭。这是一个“没有新闻的城市”，大家早已习惯于如此这般。那只鹦鹉有没有再飞回来，一整天我都没心情关注，希望它尽早适应野外生存。

远方的朋友以为我离现场很近，事实上，我和他们离得一样远，又一样近。我们居于同一片土地，同一个事发现场，同属于未明真相的群众。这场爆炸的震荡波过于巨大，似乎离现场越远，越觉得惨烈。槽点太多，不知该从何吐起。无力感。到底是谁为我们的生活埋下了这么多雷？我们呼吸的空气、喝的水以及脚下的这片土地，还是安全的吗？我想起 2013 年 11 月 22 日上午，青岛市黄岛区，一个老头儿正坐在家门口的空地上下棋，三米外的下水管道突然爆炸，现场只留下一副花镜一顶帽子，还有一摊血迹……天不会马上塌下来，哈雷彗星七十多年才一遇，但我们似乎每天都在经历奇迹，在这片神奇的土地上。现在，我突然觉得屁股下的座椅，在微微晃动。

2015. 8. 14
天津社会山寓所

母亲的手机

母亲的手机是那种老款的诺基亚按键手机，铃声刺耳，超长待机。小妹有一年暑假回家淘汰给她的。虽然功能并不复杂，但母亲仍然觉得那手机像个怪物，难以把握。她让小妹给她设定了两个功能：音量调至最大，通讯录里保存两个号码，其余的功能，统统作废。起初母亲并不想接受这部手机，她觉得一个农妇整天怀揣着手机，不像样子。手机不都是带在老板们身上的吗？另外，当时家里还有固定电话，再添部手机，实在浪费。小妹还是坚决地把那部手机淘汰给了母亲，于是，我们又重新体会到小时候想找母亲就能马上找到的幸福了。

母亲成了村里较早的“手机一族”。做饭时，她会把手机放在灶台上；睡觉时，手机放在枕头下；下地干农活，她嫌手机放在衣兜里碍事，就随手放在田间地头。有时候在田里干活，渐渐离手机远了，路过的邻里听到手机铃声，会远远地招呼母亲：“嫂子，你家儿子（或闺女）打电话来了！”母亲便放下手里的农具，急匆匆地赶过来摁下按键。隔着几千里路，我时常能在听筒里听见呼呼的风声和她的喘息声。我经常告诉母亲，不用着急，如果没人接听，我会多打几遍。但没有用。母亲使用手机始终不太自如，也对那小玩意儿缺乏信任，似乎慢走几步，那手机里的人就会消失不见了。

除了手机的接听按键，母亲很少使用其他功能。她偶尔会拨打一个电话，通讯录里一共两个人，除了我就是小妹，但还是经常会按错。“你是谁?”电话拨到我这里，还要确认一下我是谁。母亲主动拨打手机，通常出于两种情况：一是我们很久没有打电话给她，她会担心。二是她又做了个什么不好的梦，会匆匆拨个电话过来问问，最近怎么样，没什么事吧。没什么事。没事就好。然后就把电话挂了。母亲的手机似乎就是为她的两个漂泊在外的孩子准备的，如果我们长时间不打电话，欠费停机了她也不知道。

有了手机后，母亲就把家里的固定电话停掉了。这部固定电话用了七八年光景。我还记得当初刚装上电话时全家人的兴奋之情。那时小妹还没离家出来读书，在外面的只有我一个。有时候电话打过去，能感觉到全家人都围在电话机旁，一个人接听，其他人七嘴八舌地补充。固定电话就固定在堂屋的八仙桌上，我一般也会在固定的时间打过去。因为不同的节气会有不同的作息时间，尤其在农忙时节，如果把握不好下田和回家的节奏，就很难打通电话。

村里最早安装电话的是村长家。那时候我跟家里的联系方式主要还是靠写信。一封信单程要走六七天，然后再用十来天的时间等回音。有时候遇到急事，我会先打电话到村长家，麻烦村长把母亲叫来，过几分钟再打过去。能够在电话里交谈，而且可以真实地听到孩子的声音，因此每次到村长家接听电话，母亲的声音都有些微微发抖的感觉。总麻烦人家村长毕竟不是办法，有一年装电话的费用终于稍稍降了一些，父亲卖掉几袋麦子，终于在秋后装上了家里的第一部电话。

我已经十来年没有往家里写过一封信了。想想都觉得不真实。在我十几岁出来读书后，我几乎每周都会往家里写封信。其实也没有什么事情可说，一个学生能有什么事呀，但每封信总能够写满几页纸。写信不像打电话，打电话是直接说事，有话则长无话则短。而写信就像一个人的倾诉，有事没事都能浮想联翩。收到的回信总是很简短，无非是问问吃的可好，穿的可暖，身上还有钱吗之类的。

这事不能怪母亲，我知道她肯定有很多话想对我说，但千言万语总是被弟弟汇成一句话落在纸上。弟弟那时还在上小学吧，表达能力有限，认字不多，字也写得歪歪扭扭。我想起我最初开始写信时，也是在小学二三年级。那时主要的通信对象是远在东北的舅舅。通常是母亲在旁边说一句，我写一句。母亲说完一串话，看我几笔就写完了，总是垂下头来关切地问：写完了？我说的都写下了吗？我告诉她，都写下了。其实很多时候，我总是自作主张地精减了母亲的话。有时是因为遇到了不会写的字，有时是觉得母亲太啰唆。

我忘了说一句：母亲不识字。因此母亲不会写信，也不会发短信、看短信。每次回家，总能看到她手机里存着上百条垃圾短信。她不会删，大概也不敢删，生怕删去了什么重要的信息。

当母亲拥有了她的第一部手机后，她再也不用央求别人替她写信了，再也不用担心别人会精减她的话了。她想说什么就说什么，想说多久就说多久。对于我们而言，手机就像装在母亲身上的按铃，你什么时候摁一下，都能找得到母亲。后来小妹把她的第二部手机淘汰给了父亲，但我们依然只习惯于给母亲打电话。而母亲也渐渐离不开手机了，虽然一部手机用了五六年，通讯录里依然只有两个人的电话号码。

2014.8

一个姑娘在站台上哭泣

深秋时节，在外面山山水水的游荡了几天后，坐高铁回到蜗居的城市。下了火车，随人群继续向下。地下一层是出站通道，地下二层是地铁 2 号线，地下三层是 3 号线。向下，再向下，穿过一条长长的黑暗隧道，再从一个小小的通道钻出地面，然后上电梯，敲门，开门，一个小小的亮着灯光的水泥立方体就是自己的家了。想到这里，我简直想笑。

夜已经很深了，估计地面上早已是灯火阑珊。站台上稀稀拉拉站着几个人，在等最后一班地铁。每个人的脸上都挂着倦意，或盯着手机屏，或探向幽深的隧道尽头。漠然，拒人千里之外，仿佛体内的血液已被冷却。

我扫了一眼头顶的信息屏，离下一班地铁到站还有五分钟。五分钟，在大多数情境下，是一个可以忽略的时间长度，一根烟的工夫，大概就是这样的长度。但在疲倦、等待、长途奔波后急切的心境下，五分钟，太漫长了。我把重心从左脚移到右脚，把视野放远又收回，还有四分钟。回味了一遍这次出行的遭遇，将那个在火车站把我的背包割开的毛贼在心底又骂了一遍，还有三分钟。三分钟以内的时间就比较容易度过了，三分钟是个奇妙的极限。但有时候也有例外，比如足球场上最后补的那三分钟，无论输赢都是一种煎熬。

两分钟的时候，我又扫了一眼屏幕，然后眼光顺势向下，就看到了那个姑娘。她站在我旁边的阴影里，至少有三四分钟了吧，我却一直没注意到她。她穿着一件深色的及膝修身的风衣，衣领竖起，围着一条紫色纱巾。马尾，长长的刘海，耳边有一缕蓬松的、染成淡黄的发丝。背着一个小小的双肩包，肩头瘦削，身材算不上修长，但被短风衣修饰得很动人。她大概是很漂亮的吧，刚才怎么就没注意到她呢？如果意识到这样一个漂亮的姑娘站在身旁，那三分钟大概也就没那么漫长了吧？如此胡思乱想着，忍不住又看了一眼那姑娘。灯光一闪，竟然看到两行泪，从她的面颊上流下来。怎么回事？哭什么？一个姑娘，独自在地铁站台上，无声地哭泣，这引起了我的好奇。是刚刚在火车站与恋人分别，独自返回时忍不住伤心落泪？还是突然得到了什么不好的消息？猜不透。那姑娘就那么站着，双手插在衣兜里，肩头一抽一抽的，无声地，哭泣。眼泪从她那两只漂亮的大眼睛里涌出来，滚落下两颊，她就任由它们滚落，不去擦拭。眼泪流得那么尽情，哭泣却是无声的。也就是说，她既是在尽情享受着眼泪滚落的欢畅，又抑制着这悲泣，以免引起周围人的注意。

我往前探了探身子，想过去探询一下。“姑娘你需要帮助吗?”或“遇到什么伤心事了?”嘴角蠕动了一下，半个脚步又收了回来。太冒失了吧？被姑娘当成坏叔叔怎么办？关你屁事？思想斗争了十五秒，那姑娘已注意到我在看她，往这边稍稍转了一下头，哦，满脸的泪水，悲戚的面容，但又没有丝毫寻求帮助的意思，只是，哭得更凶了！刚才只是在默泣，逐渐开始抽泣，终于哭出声来。我突然觉得她的哭终于与我扯上了关系，我成了她尽情哭泣时可以信赖与依靠的一棵大树，我成了她那些汩汩流淌的高山流水的稀世知音，我成了掘开她心灵堤坝的知心朋友。而她，素昧平生萍水相逢偶然一遇惊鸿一瞥的姑娘，却将她体内最珍贵的东西——眼泪，像礼物一般送给了一个陌生人。

那些只是在表面上哭过的人，是不懂得眼泪的形而上学的。哲学家齐奥朗说，眼泪是圣徒通往上帝的河流，没认真哭过的人不可能见到上帝，阿西西的圣方济各临终时眼睛都快要瞎了，医生发现是流泪过多所致。如果我们拿眼泪来抒情，可以这么说："泪水穿透大地，在另一片天空中上升为点点繁星。"在世俗的情感世界里，眼泪是什么？"眼泪就是真理的标准。"

没有加时，没有延误，最后一班地铁准时到达。幽灵般的乘客鱼贯而入，另一段幽闭黑暗的旅程开始了。谢谢你，姑娘，你让我在这幽深的水泥通道里看到了繁星点点。

痰迹人生

早晨起来，发现停在小区露天停车场的车子被人划了一道。不长不短，从前机盖曲曲折折到后车门；不深不浅，刚好刮掉车漆，露出丑陋的铁皮。

第一反应，在内心狠狠地骂了一声“谢特”！然后赶紧想，是不是停的位置不对，影响别人了？没有呀，大家都这么停，我也是这么停，怎么单单我的车子中奖？得罪人了？不至于，得罪人就划人家车漆，这也太小儿科了。怎么着也得把玻璃砸了呀。怎么办？脑子里迅速盘算了一下：小区露天免费停车，物业是不管的；报警，事儿太小，警察是不管的；看监控找坏蛋，监控器早被人砸了；报保险公司，不值当的；自己去修吧，可是，为了那曲折蜿蜒的一条线将半个车子喷一遍漆，有病？

仍然很生气。接下来需要找些理由自我安慰一番。你看看，你的车子也不算新了，如果是出租车的话，早该报废了；你忘记了，你的同事小马小王老康老李的车子，不都被人刮花过吗？划一道，算轻的，重的直接就砸玻璃卸胎了。你不是车子还没丢吗？人不是没事吗？人没事就好，破财免灾。

总之，对于我等吃惯了亏受惯了气懦弱又犬儒的升斗小民，类似的心灵鸡汤百喝不爽。

类似车漆被刮玻璃被砸门锁被撬这种见不得人的勾当，我们早已司空见惯。所有暴露在公共空间的设施、财物、建筑，没被破坏的少之又少。但我从没在光天化日下见到过一个坏人，从没遇到过一次事发现场，是我运气太好，还是坏人们手段太高？都不是。既然是见不得人的勾当，当然也就没人能轻易看得见。

我却分明遇到过另一种说坏不坏说不坏但也的确让人难以释怀的勾当，比如说——

那天阳光很好，难得的四级春风将雾霾吹得干干净净。我从菜市场买了一捆菠菜，心情轻松地往家走。想想看，我渲染了一个多么美好的情境。穿过露天停车场时，遇到了一个大爷，六十多岁，骑着一辆破旧但擦拭一新的自行车，从对面穿过来。他也买了一捆菠菜，放在自行车的前框里。春天的菠菜，多么美好的事物，英雄所见略同啊。我想，如果我和他四目相对，我会向他颔首一笑，仿佛两个同时买菠菜的人心心相印一般。就在我们错身相遇的一刹那，那大爷，突然噘起他满是胡茬的嘴巴，朝一辆停在路旁的汽车前挡玻璃，狠狠地，迅速而准确地，啐出一口浓痰。那口痰在他嘴里大概已酝酿多时，不但浓度大而且分量足，力道也十分了得，正中前挡玻璃。我的笑容一下僵住，仿佛那口痰啐在了我的面门上。大爷以为我没看到，吹着小曲优雅远遁。

那口痰啊，在阳光下，曲曲折折地流下来，仿佛大爷六十多年的人生路，那般委屈、黏稠、卑贱、不如意。

二战结束前夕，美国人类学家本尼迪克特曾接受军方委托，从人类学的角度来分析日本人的行为方式、民族特性。她得出一个结论：日本人的文化心态是一种典型的“耻感文化”，这种文化特别在意别人怎么说、怎么看，以外部评议作为行事准则。在别人看得到的地方，会有很强的羞耻感和自我约束力，在别人看不到的地方，则百事可为。这种文化与基督教世界的“罪感文化”形成鲜明对比，“人是生而有罪的”，“我们的罪高于我们的头”，“罪感”在自己的内心，审判和标准通常也发生在自己的内心，与他人无干。我们的传统文化也是一种耻感文化，《论语》498章，与耻有关的就有58章，可见“耻感”在儒家文化中的地位。“耻”这个字本身就很有意思，从心，耳声，也就是说，“耻”是跟心和耳朵有关的。古人称耳环为“羞耻”，左耳环叫“羞”，右耳环叫“耻”，最初的耳环就是用来规范女子走路姿势的。但是很不幸，我们现在戴耳环多是为了让人瞧着好看的，在他人见不到的地方，在一个人的黑暗的角落里，各种粗鄙、小恶、无耻、无教养就莫名爆发了。

如果把作恶怪到古人身上，把责任追究到孔夫子，就无聊了。夫子让你知耻，是不分人前人后的。好好的小区的白墙，你踹它干什么？你怎么不踹你自家的墙？还有那位大爷，都那么大岁数了，说您什么好呢？

垃圾人生

有人喜欢黄昏散步，有人喜欢晨练，我喜欢夏季长跑，而且是在夜深人静、尘埃落定之际，在小区旁的街区公园，围着一座小山一圈圈跑。因为经常在夜间出动，因此能见到不少白天难得一见的事物。比如，我在小区花坛遇到过一只黄鼠狼，还遇到过两只过马路的刺猬，在污染严重的都市，这些小动物都难得一见。

最常遇见的，是拾荒者。他们常在深夜的小区出现，身背一只巨大的编织袋，嘴里哼唱着家乡小曲儿，就着昏暗的路灯，在垃圾桶里翻找城市生活的下水。那些沉默的垃圾桶早已被翻找过多次，但垃圾的妙处是，再翻一遍，依然可以找到垃圾中的垃圾。

出小区后门，穿过一条货运铁轨，斜刺里是一排端庄的别墅区。这些别墅大多被改造成了灯红酒绿的高级会所、KTV、洗脚城，也是我跑步路上最繁华的一段街景。白天这里通常冷冷清清，一到深夜，马路两旁便停满了车子，红男绿女好不热闹。别墅区门前沿马路一溜儿垃圾桶，经常被撑得顶盖儿肥，是拾荒者最常光顾的地方。拾荒拾荒，到底能拾些什么？也不过是些包装纸盒矿泉水瓶之类的。我经常为这些拾荒者感到伤感。他们的一夜所得也许抵不上会所里的一支香烟，他们的一生所谋也许买不起城里的半间厕所，他们自己会感到悲伤和沮丧吗？子非鱼，就不要乱猜想。

我的一个朋友，大学教授，出于孝心，把父母从乡下接到身边来安度晚年。没承想，老两口根本闲不住，每天出去捡垃圾，捡回来的垃圾就堆放在家属院的角落里，等着小贩上门收购。邻居们投诉多次，朋友也做了多次工作，依然止不住老两口的疯狂行动。没办法，只好由他们去。在老两口看来，这和在麦茬地里拾麦穗有何区别？有钱不捡，简直是罪过。一种从贫穷里总结出来的生活哲学。

我的房子靠近郊区，虽然城管凶猛，但郊区的大片荒地上，依然会在一夜之间冒出不少棚户。多是拾荒者所搭建，住得久了，就成了钉子户，拖儿带女的，城管也难以断然驱除。我就认识一家棚户，男主人老刘，安徽和县的，曾帮我搬运过东西。人厚道，价钱也公道，一来二去成了朋友，我有些旧书废刊，就给他送去。有一次雨夹雪之后，雾霾浓重，我去他家串门。临时搭建的窝棚上搭着湿漉漉的苫布，一根白铁皮的烟囱里冒着轻烟，他家的狗跑老远来接我。他的小女儿也跟来了，就读在附近的民工子弟学校。小女孩发梢湿漉漉的，招呼我进了窝棚。她母亲平时捡拾废品，最近病了，躺在床上，旁边挂着吊瓶。父亲老刘出去打零工，还没有回来。小女孩想找个东西让我坐下，转了一圈，搬来一个木桩，用衣袖擦了擦，有些窘。她已会做些简单的家务，勤快又懂事。她那么美丽，却只能生长在这样的地方。问起以后的打算，没有打算，走一步看一步。他们一家互为希望，互为依靠，互相离不开对方。

虚无主义大师齐奥朗说，乞丐并非贫困的产物，而是我们日常生活里一个永恒的角色。否则，你就很难理解那些并不贫穷的拾荒者，以及那些发达国家的职业乞丐。“只要有十字街头、重门叠户和慈悲心肠，他就会从不知何处冒出来。乞丐是街头的芳香、门户的诚意、所有乐善好施者的救星。”齐奥朗甚至为职业乞丐唱了一曲赞歌。“乞丐必须是天生的，”他说，“他的兴趣仅仅在于屈身的姿态，每一位施舍者在他面前鞠躬如仪的致意。”这世界上，只有乞丐和富人是不愿改变和进步的，他们寄生在穷人身上。穷人卡在中间，成为最绝望的、兀自挣扎的一群。

这些从垃圾里讨生活的拾荒者，既非职业乞讨者，也不可能拾成富人（乞讨成富人倒有可能）。他们就是那些卡在两者中间的穷人。很可惜，“治疗不幸的药方有很多，治疗贫穷的一个也没有”。但也很难说他们就不幸福。子非鱼，还是不要乱猜想。幸福往往来自满足感，而满足感又取决于每个人内心的沟壑。也许他们是幸福的吧，当他从垃圾中又拣出一样垃圾，像一碗粥的诱惑，足以抚慰这垃圾中的人生。

大家都是可怜的人间

“鲁迅先生：我昨天才知道——但过去的事不必再说了。我不是基督徒，却幸而尚能担受得起，也不想责谁——大家都是可怜的人间，我以前的蔷薇色的梦原来却是虚幻，现在所见的或者才是真的人生。我想订正我的思想，重新入新的生活。以后请不要再到后边院子里来。没有别的话。愿你安心、自重。七月二十八日，作人。”

1923 年 7 月 19 日，鲁迅收到了一封其弟周作人的绝交书，在八道湾聚居三年多的两兄弟突然反目。反目的原因聚讼纷纭，这里暂且不去妄自裁断，但看这封绝交书，就觉得有趣。兄弟阋墙，得有多大的火气，但信里分明都隐忍着，绝不出恶声，只道是“大家都是可怜的人间”，都不容易。鲁迅收到信也并未马上火起，日记中有言：“上午启孟自持信来，后邀欲问之，不至。”还是想解释解释，但终至不克，两兄弟遂互道“珍重”，各走一边了。

我爱读民国文人的书信，大都写得那么谦恭有礼，温良善意，有股子沁人心脾的老味儿。我觉得这才是“诗三百”的语言，这才是“子曰”的口气，这才是苏黄李杜之间的惺惺相惜。

我前些年在老城区住的时候，有一位老邻居，是位京剧票友，程派青衣。他三楼，我六楼，有时早起上班，下楼时会碰到。老人衣衫古朴，但很整洁；个头矮胖，但气宇轩昂。他不读晚报，不遛鸟，不与楼下的老头老太太们多来往，显得有些落落寡合。其实老人很热情，很讲究礼节。每次跟他打招呼，必笑脸、拱手、点头、弯腰，一连串的“回见回见”。某次，他问我在哪里做事，我说在某某杂志社。哦，他说，原来在报馆上班，在旧社会，这可是个好差事。我纠正说，不是报馆，是杂志社。但老人就是不改，往后再见到，依然说“去报馆啊”或“报馆下班了”。老人经常将老票友们召集到家里来开堂会。雨丝飘洒，空气润洁，一段沉郁顿挫的西皮二六悠然飘来：“春秋亭外风雨暴，何处悲声破寂寥。隔帘只见一花轿，想必是新婚渡鹊桥……”七十多岁的人了，唱起来依然那么妖娆妩媚，温婉湿润，言语间让人欢喜。

不知从何时起，我们的语言变得粗鄙简陋，坚硬板结，充满杀伐之气和好斗冲动。“改造”、“肃反”、“解放”、“批判”、“斗争”、“牺牲”、“狗崽子”、“坏分子”、“反动派”、“纸老虎”、“你死我活”、“水深火热”……在这些意识形态语汇的影响下，我们的网络语言也变得暴戾粗野，传统的古典素养消失殆尽。当我们的周围到处充斥着粗鄙的语言时，那才端的是一个可怜的人间。

乔治·斯坦纳发现，经纳粹一劫，德语变得粗鄙了，陌生了。“翻开日报、杂志……去看一场新的德剧，或者听一听收音机里或者联邦议院里说的话语，你会发现，这不再是歌德、海涅还有尼采他们使用的德语。甚至不是托马斯·曼的语言。德语受到了极大的摧残，德语成了噪音。人们仍在用德语交流，但却创造不出交流的意义。”这一切是如何发生的？语言也是一个生命体，它有一种特殊的吸收和成长的力量。当一种语言被“革命”、“改革”、“运动”、“批判”等意识形态话语强行改变，变成了有效的宣传工具，这种语言的尊严也就被降低到了“狼嚎的地步”。斯坦纳在考察了德语的命运后说：“当语言从道德生活和感情生活的底部斩断，当语言随着陈词滥调、未经省察的定义和残余的语词而僵化，政治暴行和谎言将会怎样改变一门语言。”

一种语言要重新复活，需要接续上古典传统的源头活水，更需要这个社会的精英人士，尤其是诗人和作家们将被污染的语言重新洗净、擦亮。在一战和二战之间，德语曾有过一段短时的复兴，被称为现代德语精神的“黄金十年”。那十年间，里尔克为德语奉献出了《杜伊诺哀歌》，布莱希特为德语恢复了路德式的简洁风格，托马斯·曼为德语融入了古典地中海传统的柔软、明亮和优雅，卡夫卡则贡献出了《城堡》……正是这些文学精华，使德语在西方世纪初的文学浪潮中丝毫没有落伍。在那次浪潮中，西方涌现出了福克纳、海明威、乔伊斯、艾略特、劳伦斯、普鲁斯特……

告诉我你想怎么死，我就知道你是什么人

小区楼下，有一片难得的面朝湖水背靠高楼的开阔地。夏天，两棵高大的国槐浓荫遍地；冬天，八九点钟的阳光穿过楼间的缝隙，洒在那片开阔地上。因此，常有老人们来此乘凉或晒太阳。一天上午，遇到两个老太太，坐在轮椅里，在那片太阳地儿里闲聊天。没有别的听众，只有她们两个，耳不聪目不明的，竭力扯着嗓子，力图让对方听清楚。我站在那里听了一耳朵，我以为她们会聊些病啊痛啊生啊死啊的话题，结果不是，她们居然在聊房价，聊天气，聊刚刚发生的热门话题。房价的升降还与她们有关吗？那些发生在远方的纷争与她们又有什么关系？我有些吃惊，仿佛这世界上所有的一切都还与她们有关，仿佛她们还可以干预这个世界。唉，都已那么大年纪，她们不是在考虑死，而是重新考虑生。

我们这个民族不喜欢谈论死。季路问死生事，孔子曰："未知生，焉知死？"（《论语·先进》）意思是，活人的事情还没弄清楚，活着该怎样做人还不明白，哪有时间去研究死？孔夫子不但

对死不感兴趣，而且对鬼神也是“敬而远之”，“子不语怪力乱神”（《论语·述而》）。即便是重视祭祀，也仅是出于“礼治”的需要，“祭如在，祭神如神在”（《论语·八佾》）。如，好像，并不是真的。我们喜欢谈论生，乐生，如梁漱溟先生在《东西文化及其哲学》一书中所说，“生”是儒家的核心观念，“孔家没有别的，就是要顺着自然道理，顶活泼顶流畅的生活”。

西方人的观念似乎正好相反，是“不知死，焉知生”（海德格尔语），是“必有一死的人”向死而生。因此他们会有上帝的终极悦纳，会有天堂的乌托邦愿景。那些全意侍奉上帝的圣徒们，终生都在修为一种死亡的形而上学。“谁征服了死亡的恐惧，谁就会深信自己不朽；谁没有这种恐惧，谁就实乃不朽。”齐奥朗说，对死亡的修行几乎取消了生，使生变成了死。无论我们怎样修行，死亡对我们来说终将是一场“又惊又痛的意外”，我们都没有含笑以待的本事。如此说来，儒家这种“顶活泼顶流畅”的乐生哲学，难道不是一种更伟大的智慧？

乐生者该如何面对自己的死呢？若死期已定，会否死得很难看？我见过一个人的死。住在楼下的一个邻居，年轻时做过解放军的连长，进城后转业当了税务局长。他是一位远近闻名的战斗英雄，我们曾在风靡一时的小人书中读过他的事迹。局长没做多久，便因“乱搞男女关系”，被下放至农场劳动。据说他的老领导很为他惋惜，但形势所迫，无能为力，临下放前赐他一纸“免死证”，也就是说，无论犯多大错误，均可“免死”。此传说近乎荒诞，但我们当时确是信其有的。他曾跟我们讲，带兵打仗时，他能从士兵们的脸上看出谁会死，谁能活。怕死的兵最容易死，因为他们不敢往前冲，爱扎堆儿，而子弹就爱往人多的地方飞。到农场后，此公意志消沉，犯错误无数，但因一纸“免死证”在手，均平安度过。闹得最大的一次是写“反标”，用白漆在柏油马路上手书了五个大字“打倒毛主席”。市局笔迹专家忙活了一个多星期，人人过关，最后发现是他左手所书。抓起来关了不久，毛主席就去世了，他也“免死”回家。退休后，他开始像那些老干部那样，天天在小区里锻炼身体。有一段时间，发现他渐渐开始消瘦，脸蜡黄，精神萎靡。说是他怀疑自己得了癌，但又拒绝就医，怕一旦确诊，就真的活不成了。如此抑郁了大半年，他死了。不是死于癌，是死于怕死。

“告诉我你想怎么死，我就知道你是什么人。”齐奥朗调侃托尔斯泰怕死，“每次我想起托尔斯泰对死亡的恐惧，就开始懂得大象的恐惧。”事实上，托尔斯泰死得很体面。死前几天，凌晨五点不到，他就吩咐车夫套马，带上日记、铅笔和羽毛笔，匆匆离开了庄园。他在出走那天夜里写道：“我的做法与我这种年纪的老人通常的做法一样，即抛弃俗世生活，以便独处，在一处僻静的地方度过一生最后的时日……”他要像一头自由的野兽，为自己寻找一处干净的死亡之地。他逃到奥普京修道院后，因已被革出教门，他怕自己不被接纳。站在修道院院长居室的台阶下，他脱帽伫立，不敢贸然进去，先请人传话：“请您说一声，我是列夫·托尔斯泰，也许我不能进去吧?”院长迎出来，张开双臂说：“我的兄弟!”托尔斯泰扑到院长怀里痛哭失声……“为什么要按照上帝的要求去生活呢？因为若不这样，最终归于死亡的生命就毫无意义。”1910 年 11 月 20 日，这位俄罗斯黄金时代的缔造者，死在他出走的途中。

爱和恨，全由你操纵

那天阳光灿烂，春色正好，鸟雀们正忙着谈情说爱。我坐在书房的窗户前，望着窗外露台上的花丛发呆。一只麻雀停在栏杆上，嘴里叼着一条扭动的青虫，来回转着头，寻找它亲爱的。多么温馨的一幕，连鸟雀们都本能地在爱。

然后，就听到了隔壁传来的争吵声。依稀能听到女主人在哭，男主人在叫，然后女主人开始歇斯底里地叫，男主人闭口不言。听不清争吵的内容，能听到的只是争吵的分贝时大时小。摔了一只杯子。椅子倒了。另一把椅子也倒了。一记耳光。哭。“不过了，离婚！”这句听清了。然后又是半天沉默。

这对中年夫妻刚搬进来，还不太熟，只知道女主人教书，男主人做生意。平时见面打招呼，女主人热情有教养，男主人有点傲气但也不失为一个好邻居。平时看上去好好的一对夫妻，该有怎样的仇恨，才会发生那样的争吵？仿佛积攒了一生的仇恨都在那一刻爆发，仿佛一个就要把另一个立刻吃掉。我突然觉得，这样的夫妻以后该如何继续生活？他们不会就此分手吧？第二天上午，我下楼去倒垃圾，发现他们正有说有笑地往菜市场走去。看来我多虑了。

你能遇到一个怎样的邻居，纯属命运的安排，仿佛两家被抛进相邻的笼子里的鸟儿，演出着貌似迥异却又百般相似的人生剧。如果把房顶打开，如果从上帝的角度看，我们的床头对着头，我们的桌椅排并排。我打鼾的时候，他可能在说梦话；他做爱的时候，我也许正脱衣。我们就像两对赤裸的婴儿抵足而眠。我煮羊头的时候，他在炖狗肉，生活半斤八两；他副科级的时候，我正要离开，道路各走一边。有时候我在卫生间唱歌，他一拉水箱，歌声立马停了。他在隔壁俯首帖耳，我一敲墙，震聋了一只耳朵。隔壁正在上演的人生闹剧，未必就不是我的生活。

黄昏时，细雨中，在小区的楼下散步，看着一扇扇窗户里的灯光渐次亮起，真有一种人间大戏拉开帷幕的感觉。高楼如一格一格的盒子，收容着人的一生；又如蚁穴，收纳着在外奔波忙碌了一天的公蚁和母蚁。一只公蚁在电视屏幕前放松身体，母蚁正在厨房里忙碌；另一只公蚁迫不及待地抱起他年轻的母蚁，母蚁一边迎向他的吻，一边随手拉上了窗帘。而当今晚的配角拖着疲惫的身子回到家里，在她无休止的责备声中享用他的晚餐，并不知道，那就是爱。

人生的戏剧如此虚无，又如此生气盎然，一波三折。没有无休无止的争吵，就像一台古老的机器缺少了润滑剂。谁能够打破这戏剧模式？你以为你不是剧中人，你以为你是溢出者，无论你走到哪里，人生舞台的帷幕就会在哪里为你打开。你只是导演了你人生的那一小出插曲，那高明的大导演又将这插曲汇入人生大戏。

上帝充当着大导演角色，你可以追随他，或抛弃他，但永远别想与他平起平坐分享权力。“上帝爱管闲事，他无所不在”。没有他许可，我们可否微微一笑呢？真正的信徒们明白，不可以，“自行其是的世界一定会自我毁灭”。

我常常想起那些在荒山野岭隐修的隐士们，他们远离人烟，在无边的空寂中为自己的肉身选定一个洞穴，没日没夜地在里面冥想出神。他们脱离了人间戏剧，是否也可以说他们是一些提前死去的人？理论是灰色的，生命之树常绿。这生命之树上，也必然包括了喜怒哀乐，悲欣交集。

人生的大问题，想不清楚的十之八九。下楼，去河边的小公园散步。遇到一对老夫妻，沿着河边溜来溜去。他们看上去那么和谐，那么般配，两人却一左一右，互相不搭理。唉，得有多少年的厮磨，才能造就那样的若即若离。

哭声与微笑

世间最美丽的东西是花，比花更美的是孩子的笑脸。比落花更让人伤感的，是孩子们的哭声。

市中心的街区公园，一个小女孩，欢跳着，在母亲的视线里吹泡泡。齐刘海的短发，白裙子，小红鞋，咯咯地笑着，追逐着五彩的泡沫。太动人啦。有时候忍不住会想，这美丽的小尤物，将会成长为谁的妻子？那美丽的小嘴唇，是上帝赐给谁的礼物？

公园小径上，一个小男孩，像刚出巢的鸟儿，张开胳膊飞向母亲，要母亲抱抱。年轻的母亲，狠狠心，与孩子保持若即若离的距离。孩子停，她就停，孩子扑过来，她就紧走几步，一定要孩子自己走完那段路程。就在孩子快要坚持不了时，母亲才弯下腰来，将孩子抱起。小男孩满足地伏在母亲的肩头，泪眼中含着得意的笑。

还有更动人的一幕：我看到一个男人在马路边弯下腰来，双手探出像是一种祈祷。他的小女儿张开双臂扑向他，那一刻如果永恒定格，将是一幅多么动人的图画。

春天回乡下，在母亲的院门前遇到了一对小姐弟。小姐姐漂亮，小弟弟顽皮。弟弟正手持竹竿追着姐姐打，姐姐吓得尖叫着四处躲避。我大喊一声，喝止了弟弟，小姐姐却向我投来恨恨的目光，然后转身对弟弟说：你接着打吧。然后他们继续追逐着，尖叫着，跑进胡同里。

两小儿无赖，小姐弟情深，如此理解，倒也其乐融融。但事实上，背后有更幽暗的生存现场。小姐弟两个视我完全为陌生人，一个闯入者。我也不知道两姐弟到底是谁家的孩子，我出门读书的时候，他们的父母可能才刚出生。回家问母亲，才知道是村后红旗家的孙子孙女。红旗有三儿一女，三个儿子也都已生儿育女，儿子儿媳们全都出门打工了，留下五个孩子给红旗老两口照看。红旗一边要耕种三个儿子的土地，一边要走街串巷收破烂赚点钱，还要抚养五个孩子，其粗疏忙乱之情状，由此想见。小姐姐看上去已经七八岁的样子，眼睛大大的，头发乱乱的，破衣烂衫却难掩漂亮可爱。已经是读书的年龄，还要在家里帮着照顾弟弟。小弟弟完全顽戾无赖，缺少家教。

这样的场景，在村里越来越常见。现在村里的年轻人，大多是一个人或小两口一块儿出门打工，而家却依然在乡村，根依然在乡村。往往是过年时才回来一趟，播下颗种子，再出去谋生路。那种子生根、发芽，而父母已不在身边。现在的乡村，几乎就是儿童和老人的世界。每次看到那些光腚游戏的孩子，那些弯腰驼背的白发老人，心中就会有隐痛。谁来教育这些孩子？谁来传承乡村文明？面对1914—1918年战后一代德国人，本雅明曾慨叹，那些在壁炉前为子孙们讲故事的人彻底消失了。“哪儿还有正经能讲故事的人？哪儿还有临终者可信的话，那种像戒指一样代代相传的话？”本雅明痛感一代人经验的贫乏，并称之为一种“新的无教养”。如本雅明所说的那“在壁炉前讲故事的絮叨者”，如今又在哪里？是那些留守乡村的祖父祖母们吗？他们终日劳碌、奔波与蒙昧，又如何充当一个“讲故事者”？于是，我们这里的“新的无教养”出现了，新的“经验的贫乏”出现了。“我们变得贫乏了。人类遗产被我们一件件交了出去，常常只以百分之一的价值押在当铺，只为了换取‘现实’这一小块铜板。”为了一小块铜板，那些乡村的打工者甚至抵押上了自己的后代。

我常常想，如果那些外出打工的父母能把子女带在身边该多好啊。事实上，对于多数打工者来说，根本无此条件。即使有条件把孩子带在身边，孩子的境况就会好吗？在我小区的楼下，有一对来自南方的小夫妻，辛辛苦苦经营着一间小杂货店，还将自己的小女儿带在身边。我经常与他们打交道，有所见，有所感，写过一首小诗：

> 杂货店老板的小女儿
> 刚刚四五岁，已经漂亮得

让人心生爱怜，但她依然没有小伙伴
因为她穷，她脏，她没上幼儿园
她就一个人在小区的花圃里玩
她一个人玩的游戏，就像一群人在玩。

家门口儿

早晨一出门就遇上了事儿。事儿说大不大，但要较起真来，也足够麻烦。

是这样的，早起送孩子上学，下了点小雪，路上有点滑，胡同口还结着冰。小心翼翼地把车开出来，在胡同口拐弯的时候，感觉车门被撞了一下。赶紧刹车，但已经晚了，一个骑三轮的大爷已经就势倒在地上。赶紧下来，问大爷您没事吧？大爷一脸没好气儿。没事儿？没事儿能倒地吗？怎么说话呢你啦？我说：大爷要不我把您扶起来，走两步试试看摔得重不重。大爷说，甭扶，叫救护车吧。我心想不至于吧，我车速这么慢，再说是您撞我车上的，责任也不在我呀。大爷一听要分清责任，在地上躺得更瓷实了，还冲我嚷，你呢也别叫救护车了，直接报 110 得啦！

这时节，就有几个遛早的街坊围了过来。报嘛 110，不是摔得不重吗，商量一下赔多少钱得啦。另一个也插嘴说，都是街坊邻居，家门口儿的，商量一下私了得啦。大爷还是躺在地上没动，估计是在琢磨到底该要多少钱。我心想这也不怨我呀，干吗就让我赔钱？我坚持报警。街坊们就劝我，事儿本来不大，你要报警，就得走程序，上医院，去交通队，耽误事儿不说，最后还不是赔点钱了事？说的也是呀。问题是大爷躺地上不起来，我也走不了。就有街坊自作主张报出个数来，大爷不是摔得也不重吗，赔两百得啦。大爷微闭双眼，摇摇头，看来是不满意。另一个街坊说，要不三百？三百我就不干了。僵持不下之际，一个街坊认出我来了，说小伙子你是不是住某某里？我说是啊。几号楼？2 号楼。几门？2 门。嗨，都是一个楼的，大爷也住 2 号楼！我看看地上的大爷，是有点眼熟，冬天穿得有点臃肿，认不出来了。大爷睁眼看看我，没言语。此时就有街坊赶紧撺掇，小伙子赶紧给大爷赔个不是，都是家门口儿的，事儿也不大，算啦。我心想这也不怨我呀，但我必须得道个歉，给大爷个台阶下。我说大爷对不起我不小心碰着您了让您受惊了要不要带您去医院？在街坊们你一言我一语的帮衬下，大爷总算从地上起来了。我说大爷我请您喝顿酒给您压压惊吧，说着就掏出钱包来。大爷一脸正气，赔嘛钱，都是家门口儿的，以后注意点得啦！拍拍身上的雪，骑上三轮，走了。

嗯，“家门口儿的”，就这么好使。

“家门口儿的”，体现的是一种较为传统的、前现代的市民文化。那时候大家一个胡同儿里住着，一条街上买菜，一个厕所里拉撒，低头不见抬头见，一个小共同体，有一种自然而然的亲切感。这种亲切感往好里说，就是能拉近人与人之间的距离，有一种温情在。比如你去菜市场买二斤牛肉，问，掌柜的，牛肉怎么卖？意思是，牛肉多少钱一斤？掌柜的会问你，怎么吃？他是要问你打算怎么做，煎炖烹炸，不同做法他会建议你买不同部位。如果要炖，他还会告诉你怎么炖香怎么炖烂，放什么香料放多少水。我说打算做红菜汤，红菜汤他不熟，没什么建议好说，但他会让我把红菜汤的做法告诉他，下次再碰到做红菜汤的，他就有发言权了。

“家门口儿”意识，本质上是一种“熟人文化”。只要是家门口儿的，甭管认识不认识，都可以自来熟，一家人，有事好说话。这种意识过强，就会变得凡事不较真，人情是人情，规矩是规矩，一较真就伤感情了不是。再延伸出去，就会在内心深处不信任规则和秩序，只相信人情。“只要有人就好办事。”“有人”，就是绕过公共法则，通过“熟人法则”来处理事情。说一个人在社会上能混，背后的意思是他“有人”。有人就能使鬼推磨。经过这些年的旧城区改造，这座城市传统的邻里文化已改变不少，大家对门儿住着也可以视而不见，但内心深处的“家门口儿”意识依然存在。在一个只信任“人情”的地方，是很难建立起“现代规则”的，也很难建立起真正的公民社会。

不觉闷

不觉闷，俗读不觉闷（bù jiǎo mén），天津本地俗语。凡地方俗语，往往既微妙又精确，无法替代，不可名状，解释起来也相当麻烦。我原来一位老领导，天津土著，对本地俗语感兴趣，编了一本俗语词典，对此词条的解释是：不自觉，知不道自己行老儿，既无自知之明，也不知人之雅，惹人烦。例如："人们都腻烦他，他还总来，真不觉闷。""她还觍着脸夸自己，也太不觉闷了。"

这么解释，还是难以曲尽其妙。必须到具体的事上去体会，方能让人莞尔。

现在不是时兴在公车上为老人或需要帮助的人让座嘛，凡涉及公共道德的事情，我一般比较积极。我做这些事情，还没有到学雷锋的高度，一般都是碰到就让，顺势而为，不勉强。你为老人让个座，一般都会得到一连串的谢谢，既帮助了别人，自己的内心也得到了满足，何乐不为。当然，那些得到座位之后认为理所当然心安理得连一句谢谢都不说的主儿，就是"不觉闷"。某次，坐公交车去火车站，中途上来一老太太，站到了我身边，手里还提着一把芹菜。白发苍苍的站你身边，你哪里能坐得安稳？我赶紧起身，说老太太您坐。老太太跟我推辞，说小伙子你坐吧，带那么多行李不容易，我再有一站地就下车了。一站地，让还是不让呢？我正犹豫间，旁边一妇女挤过来，说了声谢谢，一屁股坐下了。她不老不小的，我也不能跟她争呀。就这样，她坐着我站着，一起来到了火车站，她前门出，我后门下。她这种人，也是“不觉闷”。

“不觉闷”的事，我自己也干过。

以前在单位里，经常有组织募捐的事。这里地震啦那里洪水啦，单位工会都会组织捐款捐物。凡这种事情，我一般都会随大流，处级捐五百，科级捐三百，像我这种觉悟一般的普通群众，一般都是一百二百的意思意思。捐齐了，工会主席老康会写张大字报（他年轻时经常干的老手艺），红彤彤的，贴在单位食堂门口。自然是领导捐最多，排在最前头，后面跟着一排群众。如此这般搞过很多次，基本已成定式。

有一次，市里又发起募捐，捐助对象是修建一座名人纪念馆。我心想，这名人跟我也没什么关系呀，我凭什么要捐款？再者说，修建纪念馆是市政工程，修得起你就修，修不起就甭修了呗，干吗要劳民伤财四处募捐？我心里有意见，就不想捐。领导知道了我的心思，就找我谈话，说大家都捐你不捐，是不是太显眼了？这样对你影响不好啊。语重心长的。我心里气呀，一不小心说出了心里话，我说我妈还需要我寄钱给她呢，与其捐给他们还不如捐给我妈。领导就有点急了，一下子上升到讲政治的高度。那么高的高度让我顿时有点头晕，我说好吧，我捐。

那一次，我捐了五百。

捐完款的当天中午，我去食堂打饭，食堂门口空空荡荡，没发现那张惯常会出现的红纸。我有些纳闷，咦，工会主席忽略了？不会的，工会主席老康是个细心人，大事小情向来处理得“眉清目秀”的。要不就是红纸暂缺？毛笔找不到了？如此疑惑着，心想也许老康太忙，一时顾不过来，兴许明后天就贴出来了。

第二天还是没有贴出来。

第三天就是周末了。那个周末我带孩子去公园玩了半天，正巧路过那座修了半截的纪念馆，心想，嗯，这里也有我添的一砖半瓦啊。然后就又想起了那张没有贴出来的大字报。看看，我还是有点虚荣。

周一没有贴出来。周二还是没贴出来。周三开了个员工大会，领导在主席台唾沫横飞，传达十几大精神。中午散会后，在走廊里遇到了老康。

抽颗烟，兄弟。老康递烟给我。我掏出打火机，凑到他下巴底下，他双手捂着，点着烟，深吸了一口，似有话想说。

我说老康你想说什么就说吧。

不好办呀，兄弟。老康长长地吐出一口烟来，说，领导才捐了三百。

我说，哦。

我还能说什么呢？瞧我干的这事儿，简直就是典型的“不觉闷”。

各色

讲个故事。这故事可能源自卡夫卡的某部小说的残篇，也可能就发生在你我身边。

迈克尔・K 是一位深居简出的作家，经常会收到一些同行们寄来的印刷品。大概自去年入冬以来，他感到由外地寄来的书刊等印刷品开始大量减少。此种状况一直延续至今。最近，迈克尔・K 的信箱已基本收不到印刷品。起初他以为是被小区保安或废品收购人员拿去，后来感觉此事过于蹊跷。寄来的印刷品多为诗歌类书刊，既没有消遣娱乐和学习价值，作为废品的价值也很微薄。而且作为小偷而言，赶尽杀绝的偏执不符合其职业道德。迈克尔・K 于是查了下《邮政法》，其第四条规定："通信自由和通信秘密受法律保护。除因国家安全或者追查刑事犯罪的需要，由公安机关、国家安全机关或者检察机关依照法律规定的程序对通信进行检查外，任何组织或者个人不得以任何理由侵犯他人的通信自由和通信秘密。"于是他让道上的朋友帮忙打听了一下本人是否在名单之内，答案是"否"。这种情况下，他只好找邮政系统了。

先找分片的邮局，被推到投递局；找投递局，被推到投递员；找投递员，被推到另一位投递员；找另一位，不接电话。有一天他在楼下碰到投递员，问他最近两个月可有自己的邮件，投递员说没印象。他当然不能承认弄丢了，承认了就是违法。再找邮局，再被推到投递局，再找投递局，答：跟领导汇报一下。没有了下文。于是向市邮政局投诉，态度和蔼，但，不解决问题。说是向分片的投递部门反映一下。迈克尔·K说他已反映过了，接线员说那他就没办法了。

总之，迈克尔·K在家里再也收不到邮件了。他于是专门学习了一下《共和国邮政法》。此法规定，挂号邮件丢失或损毁的，会按照实际损失赔偿，但“最高赔偿额不超过所收取资费的三倍”。打个比方，你寄二两黄金，会赔给你二两铁的三倍。在一个既行垄断之实，又号称“提供普遍服务”的重要的社会公共事业单位，你想抛弃它很难，但跟它交涉，又有劣法保护。如果坐等它变好，其实就是等着自己变老。迈克尔·K完全没有了主意，他强烈感觉到，自己就是卡夫卡《在法的门前》里的那个乡下人：

> 在法的门前站着一名卫士。一天来了个乡下人，请求卫士放他进法律的门里去。可是卫士回答说，他现在不能允许他这样做。乡下人考虑了一下又问：等一等是否可以进去呢？

“有可能，”卫士回答，“但现在不成。”

乡下人听说，法律之门是人人都可以进的呀，卫士却答道：“要是你很想进去，就不妨试试，把我的禁止当耳旁风好了。不过得记住：我可是很厉害的。”乡下人为难了，他不停地贿赂卫士，诅咒自己来得不巧，等等等等，慢慢地，他就变老了。弥留之际，他觉得尚有一个疑问没得解答，于是向卫士招了招手：

“事已至此，你还想知道什么？”卫士问，“你这个人真不知足。”

“不是所有的人都向往法律吗？”乡下人说，“可怎么在这许多年间，除了我以外就没见有任何人来要求进去呢？”

卫士看出乡下人已死到临头，为了让他那听力渐渐消失的耳朵能听清楚，便冲他大声吼道：“这道门任何别的人都不得进入，因为它是专为你设下的，现在我可得去把它关起来了。”

专为你设下的门敞开着，你怎么就没有勇气进去试试呢？迈克尔·K抑郁而终。

故事讲完了。

在天津本地方言里，类似于迈克尔·K这样的人，被称为“各色”，意思是有点古怪，不合群，别人那样，他偏要这样。“这人真各色，大家都去，就他不去。”略含贬义。在很多人眼里，我大概就是一个“各色”的人。最近几年，我相继投诉过出租汽车公司、环境保护局、教育局、公共停车场、公厕管理单位、供热站、城西供电局、车辆年检站……凡是跟我日常生活相关的公共服务部门，基本都被我投诉过。投诉的经过和结果大体如上，大差不差。“各色”的人有些偏执，有些悲壮，有些堂吉诃德。偏执是因为认真，有公心；悲壮是因为可想而知的结局，知其不可而为之；堂吉诃德，当然，自视还是甚高的。我是这么想的，在一个大都市里，如果缺少一些“各色”的人，大家都见怪不怪，习以为常，这座城的现代化程度就大可存疑。

骑驴

中午喝了点酒，就把车给朋友开了，我坐副驾驶。

朋友住东郊，我住西郊，我们相约到南郊一家“农家乐”吃鱼。说是农家乐，其实就是沿水塘盖了一排茅房一样的小屋，每个小屋里盘一座炕，炕上摆着桌椅板凳。屋内的墙上贴着五六十年代的旧报纸，对我们来说，这怀旧怀得过头了。

朋友是当地土著，爷爷的爷爷就是天津人，对当地门儿清，地界儿也熟。他开车，我放心。

没想到，刚拐出乡村小道，在通往市区的丁字路口，就出事了。

丁字路口的路灯坏了，或者根本就没亮过。朋友拐弯时，也没有减速的意思。我刚喊了声“小心”，一辆直行的卡车就从后面撞上来了。

酒一下子醒了。下车看了看，车后备箱被强吻得嘴歪眼斜。

开卡车的是个外地司机。他是直行，按道理拐弯该让直行。但他又是追尾，按道理他负全责。掰扯了半天，也分不清责任，于是报警。

三个人躲在路边树荫下等警察。朋友让了颗烟给卡车司机，司机接着抽了。朋友的意思是，让卡车司机掏两千私了得了，卡车司机只愿出一千，意思是，我们也有责任。双方还算和气，但警察久等不来。

一颗烟工夫，朋友说：骑驴的来了。

警察没到，骑驴的倒先到了。

骑驴的不是骑着驴来的，是骑着一辆二八大梁破自行车来的。

黑黑胖胖的，本地口音，挺普通、挺热情的一个小伙子。把自行车往树荫下一支，没跟我们过话，直奔车祸现场，围着两辆车转了几圈，然后把我朋友叫过去，两个人叽咕了半天。

我问朋友：什么意思？朋友说，骑驴的，专门负责这一块儿，交给他办得了。

骑驴的把卡车司机叫到另一边。看得出来，他也有不和气的时候，看不清表情，但能看清他时不时露出来的刺青。

过了一会儿，骑驴的招招手，朋友赶了过去。两人说了几句，朋友用手势加口型向我比划了一下：一——千——八——！

还算理想，没有理由不成交。我和朋友都很满意。

从骑驴的手中接过钱来，钻进车里刚要走，警车来了。

警察下来看了看现场，把双方司机叫到一起，问，商量得怎么样了？骑驴的不失时机凑上前去，递了颗烟给警察，警察摆摆手，说，工作呢。没接。

都商量妥了。也没出人命，也没酒驾，双方签个字，走吧。

回来的路上，我跟朋友说，要是卡车司机肯出一千五，我就能接受。结果他还多出了三百。

朋友撇撇嘴，知道他最后出多少吗？我问，多少？两千四。

这我就不理解了。朋友说，他一外地司机，经常在这条路上过，让他出两千四，他敢不出吗？

不是有警察吗？

朋友嘿嘿笑了。你呀，就是读书读多了。

现在，我来解释一下什么叫骑驴的。

骑驴的，其实就是中间人，隔着买家骗卖家，隔着卖家骗买家，在买卖双方不知情的情况下，赚取差价。哏儿都人民为其起了个略带鄙视的名称：骑驴。

骑驴，其精髓在于：零成本，空手套白狼。需要本钱的那叫黄牛，北京行话叫“拼缝儿的”，上海人称之为“黄牛党”，重庆话叫“羊儿客”。

天津本地骑驴的常见于古玩市场、农贸市场、小商品批发市场等等。骑驴的有骑驴的规矩，但也有欺行霸市、靠下三滥手段解决问题的，那就有辱骑驴的行规了。骑驴的现象存在，让交易规则变成了潜规则，交易线路变短，有时也能降低交易成本。

但我总觉得，靠骑驴解决问题，总不是个办法。是我读书太多的缘故吗？前两天读以赛亚·伯林的谈话录《未完的对话》，来自波兰的访问者贝阿塔对他说，她在国内遇到的很多事让她感到困惑，比如人们普遍爱说谎、欺诈、不守规矩、行为粗鄙、强权政治等等。“如果在一个正常的、民主的国家里生活，在理论上，可以享受诚实——诚实也是一种奢侈啊。”伯林却对贝阿塔说，你的道德敏感性未免太强了，这样怎么在社会上混啊。“你想要每个人都尽可能行为优雅，他们不会那样的，”他重述了歌德的名言，“‘扭曲的人性之材，绝然造不出任何笔直的东西’，你认为扭曲之材可以扳直，办不到啊。”

附：自我体制化，才是最可怕的

——朵渔访谈

提问：《晶报》汪小玲

时间：2014.9.11

1. 今年是你的散文丰收年，从年初起一口气出了《原乡的诗神》、《我的呼愁》、《生活在细节中》、《说多了就是传奇》四本书，这四本书的创作缘起分别是什么？

其实算不上丰收，我七八年没有出过书了，春种秋收，也就是很自然的收成。我写散文随笔好多是应付约稿，大多可换算成柴米油盐。但也有一部分是自己有目的去写的，比如与诗歌有关的那些文字。我的这些非诗的文字大概可分为几类：诗论随笔、文史随笔、读书札记以及和故乡有关的文字。这四本书是应不同出版社的要求整理而成，内容上各有偏重，但基本没出这个范围。这些东西自我教育的成分更多一些，如果有读者喜欢，那是意外之喜。

2. 《我的呼愁》出自你对童年和故乡的凝视，你的出生地是山东乡村，现在不少人渴望回到乡村去生活，也有人说这是“伪田园主义”，你怎么看？

《我的呼愁》基本上是与童年和故乡有关的文字，是我用情最多、自我的影子最明显的集子。对故乡的感情，我用了帕慕克的“呼愁”这个词，这是一个充满了惆怅、缠绵、纠结、忧伤的词。我离开家乡二十多年了，虽然每年都会回去，但越来越觉得不适应。渴望乡村生活大概是因为厌倦了都市的喧嚣与劳碌吧，但乡村并非你梦想的田园。现在乡村的年轻人都渴望着到城里去，乡村已经被污染、被抛弃了。你回到乡村，但乡村没有一分土地是属于你的，缺乏最基本的公共设施，也没有干净的河流和井水了。重回乡村之梦我也一直在做，但回去不是为了享受，而是为了建设它、回馈它。

3. 60后、70后的童年生活大多是贫穷的，你也不例外，有想过贫穷对自身的伤害或者成就吗？太多人耻于与贫穷为伍。

我对故乡的感情是很深的，虽然曾经很贫穷，但故乡给了我金钱难以买到的财富。故乡赐给你大地，赐给你星空，赐给你大自然和人间亲情，这都是乡村最珍贵的赏赐。但与贫穷为伍的确让人气短，贫穷能让人丧失最基本的做人尊严。贫穷会阻碍一个人的视野，会影响一个人对世界、对人生的看法。我写过一篇《吃过见过》的短文，里面引用杨联陞先生《侈靡论》中讲的一个“倒吃甘蔗”的故事。故事引自《世说新语·排调》篇：“顾长康啖甘蔗，先食尾。问所以，云：‘渐至佳境。’”顾长康即东晋时期名画家顾恺之。说当顾恺之吃甘蔗的时候，通常由尾部向中间嚼起，对于他这么做的道理，人们总是大惑不解，而他却说："渐入佳境"。杨先生将其解读为一个用来贬斥奢侈与浮华的心理方面的个人事件，"提高一个人的生活水准是很容易的，而降低则甚痛苦，所谓由俭入奢易，由奢入俭难——因此倒吃甘蔗是较为人偏爱的，尤其是人的一生如果就只能够吃这么一根甘蔗的话。"我从这则小故事中没看出与节俭和奢靡有何关系，倒联想到一个人的出身问题。大凡出身贫寒，童年时衣食匮乏者，长大后吃好东西时常会战战兢兢，倍加珍惜。吃苹果先从青的一面吃起，吃饭把肉留在碗底。一个人的出身对人一生的影响是巨大的。《史记·高祖本纪》说刘邦其母"尝息大泽之陂，梦与神遇……已而有身，遂产高祖"。而项羽就差远了，"少时，学书不成，却学剑，又不成"，看来本非"真命天子"。这当然都是"祛魅"前的春秋笔法。出身代表一个人的成长背景，尤其在我们这个城乡二元结构的国家，出身的影响更加明显。贫穷不可怕，只是不要让贫穷影响一个人的心智和情感。

4.《生活在细节中》书名直接用了书中一篇文章的标题，写诺奖得主赫塔·米勒的，而此书封面上另有一行小字："这始终关乎爱情，没有人知道"，这是书中另一篇文章的标题，写雷蒙德·卡佛诗酒人生的，为什么要把这句话也放在封面上呢，曾想用它做书名吗?

书名是我起的，我喜欢这个说法：生活在"细节"中，而不是在“主义”、“阶级”、“革命”、“奋斗”、“前程”等等这些虚幻的“大词”里。“这始终关乎爱情，没有人知道”是编辑加的，我觉得很好，因为它提示了这本书的另一个向度。

5.《说多了就是传奇》讲述了百年中国知识分子的坎坷命运，学者陈徒手评论说“充分显现了作者把握历史脉动的能力和志向”，你以前还写过《史间道》，是什么时候开始对历史写作产生兴趣的，研究历史对自身有何影响？

陈先生在帮我卖书呢，实在过誉了。我的研究还是很业余的，即便有此志向，也无此能力。我对历史感兴趣，是将读史作为自我启蒙的一个手段。文史研究和写作，我持续了大概十多年了。研究历史可以改变你的时空观念，可以将你的目光拉远。很多诗人**没有现实感，其实是因为缺乏历史感。**

6. 这几年兴起民国热，关于民国知识分子的书、纪录片、电影都出了不少，《说多了就是传奇》也写到不少民国大先生，你怎么看这股民国热？

民国热，是因为民国有一些我们现实匮乏的东西，而在全球化时代，那些东西又具有某种普适性。某些珍贵的东西曾经在不远的过去存在过，如今却被我们弄丢了、抛弃了，那种伤感和惋惜是最难让人释怀的。民国热，也是启蒙的另一种途径，是借他人酒杯，浇自己块垒。当然民国也有民国的问题，但大都被我们有选择地过滤掉了。

7.《生活在细节中》、《说多了就是传奇》这两本书写了不少特立独行的文化人，如外国的加缪、布罗茨基、辛波丝卡，中国的梁启超、蔡元培、胡适等等，感觉这些文章首先是写给你自己看的，你把他们当成了精神上的导师或说朋友，是这样吗？自由写作多年，有时你会觉得孤独吗？

的确，我写到的人物，大都是我所追摹的大师，或心灵上的朋友。我写他们，不仅仅仰慕他们的学问、精神和成就，更主要的，是他们的生活方式，他们的人生足迹。学问之事尚有门径，而日常修行是最难的。读他们的书，追摹他们的生活，我觉得与我心心相印的朋友越来越多。孤独感完全是自己的心态，与你有多少朋友没有关系。日常生活里，我的朋友不多，但彼此会心。即便待在家里，我也时常能感觉到满书架的喧嚣。但孤独感是我最珍视的一种感觉，只有在那种无限的孤独里，才能沉入一个人的心底，做出最自由最出神的表达。

8. 十年前你辞职了，之后一直在家写作，这是一种对体制的反抗吧，但事实上我们没有办法完全离开体制啊，有人会觉得这种反抗是徒劳的，你的看法呢？

不是反抗体制，是选择一种生活方式。你说得对，体制无所不在，我们无往而不在罗网之中。我现在是无视它，它既不是对立面，也不是生存背景。我选择一种自认为自由的、有价值的生活方式，不奉陪了。从肉体的意义讲，人生苦短，但在精神和信仰上，人也可以将自己的生命无限拉长。体制不仅仅是一种外在的制度形式，更是一种被规约的心灵机制和生存模式。心灵不自由，**自我体制化，这才是最可怕的**。你不必去反抗它，当你选择了一种符合自我心性的自由生活时，你已经成了它的敌人。当我还在过一种集体生活时，我看到的通常只有几十个人，而我离开单位，我觉得我拥有了全世界。

9. 学者余世存和你一样是自由写作者，他认为写作者如果离开了体制，靠市场生存理所应当，你考虑过这个问题吗？

世存老师说得对，他是一个热忱的理想主义者，知其不可为而为之。但我很清楚我没有市场。当我认清这一点后，我就不再费心去考虑了。现在的市场是一个肤浅的市场，任何深刻的东西都很难卖上好价钱。不是说我自己有多深刻，而是做不到那种恰如其分的肤浅。

10. 前段时间有位诗人以古诗词获鲁迅文学奖诗歌奖并引起争议。诗人王小妮曾说："中国古典诗词离我们越来越远，产生它的那种特有的节奏、心态、词汇，包括支撑它的山川地貌全都变了。它的魂儿断了。在深圳这个巨大的城市搅拌机里，谁能写出古诗来，那算做作到家了。"你认同她的观点吗？

我同意小妮老师的观点。一种艺术形式过去了就是过去了，只能把它放进博物馆里，靠人工呼吸是救不活的。写古诗不仅在深圳是做作的，在终南山也是做作的。但新的艺术形式总可以从那些旧的艺术中吸取营养，于是那旧的也在另一种形式中复活了。我最近读《诗经》，发现无论是节奏、心态还是词汇，都与我最近的写作有一种新的契合。当然我也不承认"文学在进步"。

曼德尔施塔姆在他的随笔《词的本质》中说："根本不存在当代诗歌比过去诗歌'高水平'这回事，文学中的进步论代表着学术愚昧的最粗鄙、最可恶的形式。文学形式在改变，一套形式让位给另一套。然而，每次改变、每次获得，都伴随着丧失。"比如，现在再也写不出杰尔查文或莱蒙托夫那种风格的颂诗了，因此，诗歌的进程更像是一种不间断的、不可逆转的失去，"失去的秘密多得像创新"。

11. 2008年汶川地震后你写下了《今夜，写诗是轻浮的……》，这首诗被广为传诵，这是诗人用诗歌介入当下生活的一个例子。诗歌介入当下生活似乎很难做到既有力量又有诗意，这方面有什么心得可以分享吗?

我最近刚写了一篇关于曼德尔施塔姆的随笔，贴一段在这里：在苦难中直接书写苦难，或在专制的国度里主动承担起一个诗人的良知，在很多诗人看来会有一种滑向"非诗"的危险。在这些人眼里，似乎只有"纯诗"才是安全的。这就把"诗"看得太小了，无非是针尖上的那点真理而已。把边界缩小，无疑是最为安全的。但诗的边界很大，如果诗的胃口不够大，诗人的消化能力不够强，诗歌也许早已成为艺术化石了。汉语古典诗歌曾承担起"史"与"宗教"的功能，西方诗歌也曾与宗教密不可分，诗人在思想和信仰领域一直具有一种引领作用。但自文艺复兴以来，一个总的趋势是，艺术越来越强调其自身独立的合法性，康德的"判断力批判"也使艺术自律获得了某种哲学解释的根基。

诗人成了“失落的思想的残余物”，仅仅保留了“有限的行为”，那就是——语言的守门人。康德有一个悖论式说法：无目的之合目的性才是美。也就是说，艺术本身不具有目的和用处，它不关涉利害，不具有用性，它“拥有一些它自身中就得以表明的东西”（汉斯·昆《艺术与意义问题》）。但目的与意义是两回事，“无目的”并非“无意义”，艺术的自律与艺术向各种可能性的敞开之间并非完全对立的，而是处于一种辩证的张力关系中。试图用一首诗去推翻一个政府自是走火入魔之举，但在一个充满危机与苦难的情境中，如果“作为精致的地震仪”的诗人竟毫无反应，那也过于奇怪了。“艺术有社会的牵缠，每一件艺术品实际上都是对社会、公共关系的作为与回应。”作为宗教学家的汉斯·昆面对意义不断丧失的当代艺术，依然强调以意义来对抗虚无，以“基本的信赖”对抗“基本的不信赖”。“归根到底，艺术品被创造出来的目的就在于发生、朗现。”他说，“艺术是游戏，但不只是游戏。”应当将艺术的意义问题放在一个总体的语境中来观察，“所谓总体语境，我指的是：艺术与生命的意义”，而不是从纯艺术的或艺术与政治的关系出发。

12. 去年你的诗集《最后的黑暗》出版了，收入了你2009年至2012年的诗作，感觉比你早期的一些作品如《河流的终点》要急促许多，是有意为之？

是的，因为过去那几年的呼吸也是急促的，诗歌的节奏也变得急促起来。我信奉“为人生的写作”，不必强做调整，写作会随人生的境遇自然变化。

13. 你出生于1973年，刚过四十，“四十而不惑”，你的状态是怎样的?

孔夫子的确伟大，他准确预言了人生不同阶段的精神状况。比如，人到三十就要考虑“立”了，人到四十就要考虑“不惑”了。我现在依然充满了惑，但我的确开始思考“不惑”，思考生死、信仰等终极问题。而在三十岁的时候，这些问题还不曾是问题。我似乎抓住了一些什么，虽然并不清晰，但我知道那是方向，是高处。我因此感受到一种蒙恩的幸福感。

14. 生老病死，人生常态，但中国人似乎不愿意谈老和死，你会常常想到这两个问题吗？惧怕衰老吗?

是的，我常常想起这两个问题。生、死、爱、欲，曾是我诗歌写作的主题，现在我又加上了“信”。我不怕衰老，相反倒有些憧憬。我常常设想一种老年状态，我觉得那是一种功德圆满的状态吧。就像一颗挂在枝头的核桃，它会怀念它开花引蝶的岁月吗？无论如何，经历了岁月，结成了果子，最后落进土里，就是一种圆满吧。有时候会这样想想。

15. 最近在读什么书？谈谈下一步写作计划。

最近重读了荷尔德林和曼德尔施塔姆，还有《诗经》。写了一些随笔。我的写作没什么计划，尤其是**诗歌，就是生活的内分泌**。

16. 今年年初，你获得了首届《诗建设》诗歌奖新锐奖，你在答奖词中说："写诗这么些年，我相继践行过一种肉身的诗学，一种批判的诗学，一种羞耻的诗学。"这算对个人诗歌路程阶段性的总结吧，能展开详细谈谈吗？

这本不该我来说，说自己太多就成了一种不可救药的自恋。肉身的诗学大概就是我的"下半身"时期吧，这种写作实践帮助我打开了肉身的参与；"批判的诗学"是对现实的关注，以及以史入诗的尝试，曾得到过一些认可，这让我心生警惕；"羞耻的诗学"是对儒家诗学的一种体认，是对传统的致敬。在这个过程中，生、死、爱、欲成为我不同阶段的诗歌主题。现在我考虑更多的是"信"，既是形而上的，也是对这个世界的肯定。

17. 有人说你是阅读最多的诗人之一，能分享一下阅读门径吗？有人越读越通达，有人越读越迂腐，如何避免后者？

我没有具体的工作，大部分时间都是用来阅读，貌似"阅读最多的之一"。事实上我的阅读很没有体系，与那种学院式的、建构完整的知识体系的阅读完全不同。我阅读是为驱赶内心的黑暗，是为擦亮空气以便看得更远，也是为建构和夯实个人的诗学土层。对我来说，阅读没有什么门径可言，完全是跳跃式的、无限链接的、随灵感而来的。我不认为阅读会让人变迂腐，除非他本来就迂腐，而又没有通过足够通透的阅读让他化解掉。迂腐，说明读得还不够。

18. 你怎么完成一首诗？现在完成一首诗和早期有何不同？

每一首诗的产生都不太一样。早期往往比较随意，有点感觉就写，写好写差全凭天意。当然大部分写得很差。现在我会很耐心地等待一首诗的到来。我能感觉到它，但看不清面目，一个句子、一个声音、一种气味或色彩，也可能是随天气变化而来的一种情绪。我在笔记本上记下一个词、一句话、一个符号、一种暗示，然后调整身心，安静等待，它往往在你安静出神的一刻到来。这么说似乎有点拽，但事实就是这样。当然，最终到来的也许是很平庸的东西。就像一个梦，梦里很精彩，等你醒来才发现，稀松平常。有人说诗是改出来的，我的经验是，坏诗很难改成好诗，而好诗，根本不用改。

19. 写诗多年，遇到过瓶颈期吗？如果有，怎么度过这个瓶颈期的？

有过，大大小小的瓶颈都会遇到。有时两三个月写不出一句诗，感觉已被诗神抛弃，完全不会写诗了。有时对自己的写作会感到很虚妄，这种危机感常有。阅读或出游是度过瓶颈期的有效方式。当然，瓶颈并非灾难，它是一种磨炼诗人身心的关口，渡过之后，海阔天空。

20. 听说不少成名作家也会时常产生幻灭感，会突然觉得自己写的不过是堆垃圾，你会有这种时候吗？怎么消除这种幻灭感继续写下去？

幻灭感是诗歌本身所带来的。诗本质上是无法被把握的、空灵的东西，而它自身又是非物质的、无价的，它既不可能成为你心灵空洞的填充物，也无法在世俗的意义上为你带来好处。幻灭感就如同瓶颈，克服一次，你的境界可能就提升一次。当然，如果幻灭感过于强烈，你可能就会放弃了。放弃了也没关系，你还可以去其他行当寻找价值感。真正伟大的诗人大都是强力诗人，会通过自己的强力意志来克服它。当然，我也不太信任那种自信满满、完全没有幻灭感的诗人，我认为他们并没有真的理解诗。

21. 一位医学博士曾问我："古诗有格律，我们很容易就可以指认诗与非诗，而现代诗我们如何指认呢？有些诗感觉不过是一堆分行的文字而已……"你会怎样回答这个问题？

现代汉语诗歌，其文体合法性的基础，其现代性的获得，更多是通过"横的移植"，是向西方学习的结果。用古体诗的标准来指认现代诗，肯定会让人迷惘。现代汉诗完全是一个新的东西，靠背诵唐诗三百首那点诗学教养，是无法真正体认现代诗的。当然，"有些诗感觉不过是一堆分行的文字而已"，它可能就是一堆分行的文字，你的感觉没有错。就像有格律的古诗并不都是"诗"，它也可能是一堆很差的东西，非诗。提高一个人的诗学修养，目的并非用来区分诗与非诗，而是，你可以从诗歌当中汲取更多的营养和快乐。不懂也没关系，快餐里也有养分。

22. 不少诗歌活动中，"唱诗"已成为诗歌普及的一种新方式，俞心樵的诗作《要死就一定要死在你手里》被改编成歌曲，并在电视节目《中国好歌曲》中演唱而为众人所知。你怎么看"唱诗"，如果有人要将你的诗作改编成歌曲，你会同意吗？

在汉语诗歌传统里，歌诗起初是同一的，朱自清先生就考证说，最初的诗都是合乐的，至少到春秋时止，诗和乐都还没有分家。无论是赋诗还是献诗，都是自己唱出来。《汉书·艺文志》：“《书》曰，‘诗言志，歌咏言’，故哀乐之心感而歌咏之声发。诵其言谓之诗，咏其声谓之歌。”一种东西的两种不同表达方式。虽然后来诗与歌各自独立，但诗因其平仄韵律，依然可以诵。词与曲很多是专为歌而作。现代诗虽有其内在的节奏与韵律，但与歌已渐行渐远。“唱诗”偏重在“唱”，诗是次要的。我写过一篇小文，比较过诗歌与音乐的不同。音乐具有直接的感染力，再加上它丰富的表演元素，至少在舞台上，是诗歌难以比拟的。音乐直接作用于人的耳朵，具有一种直接击打人心的力量；而诗歌首先是一种文字，作用于人的眼睛。当诗歌被诗人以声音的方式呈现，它还需要听众由耳入心，将声音转化成文字，然后再转存到心灵的硬盘上。音乐不需要心灵的反刍，会使听众直接产生情感反应；而作用于人心灵的诗歌，则需要一个反刍的过程。所有娱乐化的东西都是直接作用于人的感官的东西，诗歌则潜藏在人的心灵里。音乐作为一种情感的直接作用，它也很容易消失；而存储于心灵硬盘里的诗句，却可以反复咀嚼，反复发酵。就像我们每每看到头顶的月亮，它已不仅仅是当下的月亮，它可能是唐朝的月亮（床前明月光），也可能是宋朝的月亮（明月几时有）。这就是音乐的即时性和诗歌的延后效用。

23. 你偏爱自己的那几首诗作？

有时是这一首，有时是那一首，各有颜色，各有偏爱。当然，喜新厌旧是常态。

24. 有人说作家就不该专事写作，而应以其他工作谋生，业余写作，这样的写作与生计无关，更纯粹。你怎么看这个观点？职业写作有什么不好之处？

我们有很多体制内的职业写作者，领一份工资，埋头写自己的东西。当然大多是小说家，诗人很少。其实很多小说家靠写作也是可以养活自己的，不明白他们为何还要领那份名声不好的工资。仅仅靠写诗的确是很难养活自己了，但是，如果写得好，也不至于饿死。关键是，如果将写作作为一项志业，就无所谓职业不职业了，写作会成为生活本身，赚钱、谋生等等倒成了业余。这种转圜是很自然的。里尔克就认为诗人与生活之间存在一种“古老的敌意”，他一生都在一心一意追寻诗神的脚步，完全不事产业，也不经营爱情和家庭。荷尔德林也是如此，他曾在给母亲的一封信中说，“作诗是最清白无邪的事业”。荷尔德林的母亲是一个寡妇，多年来省吃俭用供孩子读书，就是希望荷尔德林能够尽快找个正经工作，娶妻生子，过正常人的生活。但荷尔德林已经决定献身于诗神，弃绝了尘俗的生活。他认为世俗生活和诗人生涯是相冲突的。他曾经对母亲说：“有些人远比我更强大，他们尝试着既做一个伟大的商人或学者，同时又做一个诗人。但到最后他们总是为了一样而牺牲另一样，这绝不是好事……因为如果他在自己的职业上作牺牲，那他就是对别人不诚实；如果他在艺术上作牺牲，那他就亵渎了神赋予他的天生的任务。”但他又不想过分伤了母亲的心，因此就常会写信安慰她，跟她解释。“作诗是最清白无邪的事业”，这句话的意思是，作诗是一种自由的、沉湎于想象世界的朴素的游戏，它不需要对现实说话，不需要做出什么现实决断，因此作诗是完全无害的，在此意义上它也是无用的。表面上看是这样，一个诗人在现实面前往往显得天真、无力、不合时宜，这是诗人道路选择的问题，是跟生活讲和，还是弃绝常俗，选择一种更为绝对的生活。当然，这都是在“大师”的意义上言说的一种“绝对生活”，难免陈义过高。没有那份天才和决心，最好还是先安排好自己的生活。至于说哪种选择更纯粹，这关乎个人自由。

25. 中国文坛关于鲁迅的各种争论一直没停过，他的几篇作品被请出语文教科书亦成为热点话题，你眼中的鲁迅是怎样的？

一位觉醒者、批判者、冷眼观世却内心火热的大先生。强大，坚硬。老大帝国现代转型过程中必然会出现的普罗米修斯式的人物。经世致用的文学标杆。

26. 除了写作、阅读，你最喜欢的事情是什么？

看球——我是体育迷——以及在有限的园地里养花。

27. 你读科幻小说吗？感觉科幻和诗歌有相似之处，可以把人带到高处，脱离沾满灰尘的世俗生活。

不读。我觉得科幻只能将人带到虚幻的高处，那里面没有“信”，但有天真。有意思的是，住我下铺的大学同学就是一位出色的科幻作家。我们关系不错，但互相不读对方。

28. 你好像很宅，不怎么喜欢出门，印象中诗人都特有激情，喜欢丰富多彩的生活，包括到处行走……该怎么理解这种宅？

我不是宅，我是希望能够保持一种有规律的工作状态。经常外出总是一种中断，要想接续这种中断，会花很多时间。我不太喜欢丰富多彩，我觉得有一种色彩就可以了，但要沉下去，并且足够深入，然后才会有所得。丰富多彩在某种意义上就是浮皮潦草。

29. 你理想中的爱情和爱人是怎样的？有人觉得琐碎的日常生活极有可能杀死爱情，你怎么看？

爱情和诗在本质上很像，一种本能的又带有点神启的伟大的激情。有爱有欲有信，可以为之生亦可以为之死，所有构成一首好诗的元素都可以造就一段美好的爱情。爱情死于柴米油盐，就像诗与生活的古老敌意。爱情的生生死死再正常不过，不是死于琐碎，就是死于厌倦，因为人不是上帝。

30. 儿子读你的诗吗？他说什么？太太是你的忠实读者吗？

他不读，他是典型的理工男，不在一个频道上。但他尊重我的工作。我太太也不怎么读我的作品，但她总是给我最大的鼓励和支持，仿佛我是最棒的。

图书在版编目（CIP）数据

我悲哀地望着我们这一代人 / 朵渔著．—北京：中国人民大学出版社，2016．4
（明德书系·文化慢光丛书）
ISBN 978-7-300-22700-9

Ⅰ．①我… Ⅱ．①朵… Ⅲ．①随笔-作品集-中国-当代 Ⅳ．①I267．1

中国版本图书馆 CIP 数据核字（2016）第 058475 号

明德书系·文化慢光丛书
我悲哀地望着我们这一代人
朵 渔 著
Wo Beiai de Wangzhe Women Zhe Yidai Ren

出版发行	中国人民大学出版社		
社　　址	北京中关村大街 31 号	**邮政编码**	100080
电　　话	010－62511242（总编室）		010－62511770（质管部）
	010－82501766（邮购部）		010－62514148（门市部）
	010－62515195（发行公司）		010－62515275（盗版举报）
网　　址	http://www.crup.com.cn		
	http://www.ttrnet.com（人大教研网）		
经　　销	新华书店		
印　　刷	北京联兴盛业印刷股份有限公司		
规　　格	148 mm×210 mm　32 开本	**版　　次**	2016 年 4 月第 1 版
印　　张	12．625	**印　　次**	2016 年 4 月第 1 次印刷
字　　数	240 000	**定　　价**	38．00 元